KB053820

거인의 마을

이청준 전집 34 중단편집

거인의 마을

초판 1쇄 발행 2017년 2월 20일

지은이 이청준
펴낸이 주일우
펴낸곳 ㈜**문학과지성사**
등록번호 제1993-000098호
주소 04034 서울 마포구 잔다리로7길 18(서교동 377-20)
전화 02) 338-7224
팩스 02) 323-4180(편집) 02) 338-7221(영업)
전자우편 moonji@moonji.com
홈페이지 www.moonji.com

ⓒ 이청준, 2017. Printed in Seoul, Korea

ISBN 978-89-320-2114-0 04810
ISBN 978-89-320-2080-8(세트)

이 도서의 국립중앙도서관 출판예정도서목록(CIP)은 서지정보유통지원시스템 홈페이지
(http://seoji.nl.go.kr)와 국가자료공동목록시스템(http://www.nl.go.kr/kolisnet)에서
이용하실 수 있습니다. (CIP제어번호: CIP2017002933)

이청준 전집 34

거인의 마을

문학과지성사

일러두기

1. 문학과지성사판 『이청준 전집』에는 장편소설, 중단편소설, 그리고 작가가 연재를 마쳤으나 단행본으로 발간되지 않은 작품과 미완성작 등을 모두 수록했다.

2. 전집의 권별 번호는 개별 작품이 발표된 순서를 따르되, 장편소설의 경우 연재 종료 시점을, 중단편소설의 경우 게재지에 처음 발표된 시점을 기준으로 삼았다. 단, 연재 미완결작의 경우 최초 단행본 출간 시점을 그 기준으로 삼았다. 중단편집에 묶인 작품들 역시 발표된 순서대로 수록하였으며, 각 작품 말미에 발표 연도를 밝혀놓았다.

3. 전집의 본문은 『이청준 문학전집』(열림원) 발간 이후 작가가 새롭게 교정, 보완한 내용을 충실히 반영하여 확정하였다. 특히 미발표작의 경우 작가가 남긴 관련 자료에 근거하여 수록하였음을 밝힌다.

4. 전집의 각 권에는 작품들을 수록하고 새롭게 씌어진 해설을 붙였으며 여기에 각 작품 텍스트의 변모 과정과 이청준 작품들의 상호 관계를 밝히는 글을 실었다. 이 글은 현재의 문학과지성사판 전집의 확정 텍스트에 이르기까지 주요한 특징적 변모를 잘 보여준다.

5. 이 책의 맞춤법은 국립국어연구원의 '한글 맞춤법'에 따르는 것을 원칙으로 하되, 띄어쓰기의 경우 본사의 내부 규정을 따랐다. 단, 작품의 분위기에 영향을 준다고 판단되는 방언이나 구어체 표현·의성어·의태어 등은 작가의 집필 의도를 살려 그대로 두었다(괄호 안: 현행 맞춤법 표기).
    예)① 방언 및 의성어·의태어: 밴밴하다(반반하다) 희멀끄럼하다(희멀겋다) 달겨들다(달려들다) 드키(듯이) 뚤레뚤레(둘레둘레) 뎅강(뎅궁) 까장까장(꼬장꼬장)
    ② 작가의 고유한 표현:
    ─그닥(그다지) 범상찮다(범상치 않다) 들춰업다(둘러업다)
    ─입물개 개엾고 아심찮게도 목짓 편뜻 사양기
    ③ 기타: 앞엣사람 옆엣녀석 먼젓사람 천릿길 뱃손님 뒷번
    그리고 나서(그러고 나서) 그리고는(그러고는)

6. 이 책의 외래어 표기는 국립국어연구원의 '외래어 표기법'에 따라 바꾸었다. 단, 작품의 제목이나 중요한 어휘로 등장하는 경우에는 원본을 그대로 살렸다.
    예)① 맘모스(매머드) 세느(센) 뎃쌍(데생) ② 레지('종업원'으로 순화)

7. 이 책에 쓰인 문장부호의 경우 단편, 논문, 예술 작품(영화, 그림, 음악)은 「 」으로, 단행본 및 잡지, 시리즈 명 등은 『 』으로 표시하였다. 대화나 직접 인용은 큰따옴표(" ")와 줄표(─)로, 강조나 간접 인용의 경우 작은따옴표(' ')로 묶었다.

차례

닭쌈

'오늘은 그놈의 빨간 벼슬을 물어뜯어서 기어이 피를 내놓고 말 테다.'

아침상 앞에서 성이는 제가 싸우기나 할 것처럼 한차례 더 마음을 다졌다. 자꾸만 마음이 설레어서 못 견딜 지경이었다. 그냥 숟가락을 던지고 텃밭에서 끈을 맨 채로 두엄을 파헤치고 있는 장닭을 끌어안고 옆집인 영식이네 집으로 갔다. "온, 저런, 아마 저 애가 닭에 미치기나 했나 보다 원!" 부엌에서 나오시던 어머니께서 성이가 사라진 사립 쪽을 향하고 이런 말씀을 하신 것은 오늘뿐이 아니었다. 그러나 성이는 영식이와 닭싸움에 한 번도 이겨본 적이 없었다. 그래서 영식이보다 언제나 성이 편이 더 약이 올라서 이렇게 영식이네 집으로 가곤 했지만, 아무리 사납다고 생각되는 닭을 구해가지고 가도 그 검정 털이 드문드문 두엇씩밖에 돋지 않은 ─성이는 그 징그러운 모양이 더욱 밉게만 보이는─

영식이네 놈에겐 벼슬만 잔뜩 찢겨가지고 오곤 했다. 그래서 자식은 못난 놈이 닭은 사나운 것을 기른다고 생각하는 성이다.

이 며칠 전이다. 싸움은 못하지만, 그놈의 털이 곱다고 아버지까지 가끔 들여다보시곤 하던 놈이 모이를 주우러 나갔다가 온 머리에 피투성이가 되어 지붕을 타고 쫓겨오는 것을 보고 울화가 잔뜩 치민 성이를 마침 다니러 오셨던 외삼촌이 건드렸다가 울음보를 터놓고 말았다. 성이 속을 빤히 들여다보시는 외삼촌이라 싸움 잘하는 닭이 있으니 성이를 주겠다고 달래 데리고 가서 안겨 보낸 것이 그 붉은 놈이다. 성이도 이놈만은 털이 적고 벼슬도 작은 데다가 몸이 시뻘겋게 사나워 보인 것이, 꼭 이길 것만 같았다.

"영식아 자식," 사립 밖에서 자신있게 영식이를 불렀다. "또 울음거리 장만하러 오는구나?" 마루에서 영식이와 아침상을 받고 계시던 영식이 아버지가 웃으시면서 말씀하셨다. 성이 생각에 영식이 아버지는 언제나 영식이를 저렇게 편드는데 자기 식구들은 통 모른 척하고 오히려 지는 걸 놀리기만 하는 것이 정말 못마땅했다. "자식, 얼른 가지고 나와." 성이의 재촉에도 영식이는 차근히 아침을 먹고 나서야 천천히 닭을 끌고 나왔다. "자 덤벼라." 밉게만 보이는 영식이네 놈은 "흥! 또 웬 풋내기야, 요것?" 하는 표정으로 기웃이 들여다보더니 버릇대로 몇 개 안 되는 털을 바싹 세웠다. 성이 닭도 역시 "요것 봐라! 함부로?" 하는 표정으로 털을 꼿꼿이 세웠다. 믿음직스러웠다. 영식이네 놈이 고개를 한번 수그렸다가 펄쩍 뛰더니 대번에 붉은 놈 위로 덮쳐왔다. 푸덕

푸덕 두 놈이 채오르고 이쪽으로 갔다 저쪽으로 갔다 했다. 이놈 저놈이 뒤바뀌어질 때마다 성이는 손에 땀을 쥐었다. 붉은 털이 빠져 흩어질 때는 더욱 그랬다. 아슬아슬하게 마음을 조이며 성이의 눈은 붉은색을 쫓아다녔다. 등에 책보를 메고 학교에 가던 동네 조무래기들이 어느새 삥 둘러섰다. 처음에는 붉은 놈이 밑으로만 들어가더니 한참 뒤에는 형세가 바뀌어서 검정 놈이 헐레벌떡거리며 자꾸만 밑으로 들어간다. 한 7, 8분쯤 지났을까, 아직도 붉은 놈은 기운이 팔팔한데 검정 놈은 자꾸만 헛발을 디디고 구석으로 물리고 듣기 싫게 '깨옥' 소리를 내자 영식이는 달려들어 붉은 놈을 잡아 낚았다.

그리고는 밑에 든 검정 놈을 끌어안고 집으로 들어가버렸다. 벼슬에는 검붉은 피가 방울져 있었다. 성이도 닭을 잡아 안았다. "자식! 남의 닭을 왜 때려? 지면 깨끗이 지지! 인마! 다른 것 사와, 그런 게 닭이야?" 오랜만에 성이는 뱃심을 부렸다.

그리고는 애들 틈을 빠져나와서 집으로 달려왔다. "야— 이겼다!" 사립문을 들어서자마자 성이는 고함을 쳤다. 그러나 집에는 벌써 다 들로 나가고 잠잠했다. 눈물이 핑 돌았다. 성이는 닭을 마루에 내려놓고 광에서 찹쌀을 한 움큼 쥐어다 부어주었다.

"자식." 턱을 고이고 마루에 쭉 뻗고 누워서 성이는 닭이 모이를 움썩움썩 퍼먹는 양을 흐뭇이 바라보고 있었다.

오늘도 앞집 굴뚝대에서 저녁연기가 피어오를 때까지 집을 보아야 할 모양이었다. '조금만 더 기다렸음 될 건데…… 난 그 대신 집 안 보고 쌀 다 갖다 닭 주어버릴걸!' 하지만 꼬박 집을 지키고 앉아 있는 성이었다.

*

성이네 사립 밖 싸릿대 울을 타고 올라가서 자란 호박에 큼지막한 대막대가 박힌 것은 그로부터 이틀이 지나서야 성이 어머니가 발견했고, 성이가 영식이와 박이 터지게 싸운 것도 같은 날이었다.

그 때문에 그날 밤 성이는 재 너머 이모네 집에서 잤고 이튿날 아침 집으로 돌아오는 길에 장꾼들 가운데서 영식이 아버지가 그 검정 닭을 팔러 나가는 것을 보았다.

붉은 터럭을 한 성이의 닭도 성이가 돌아왔을 때까지는 아버지의 손에 남아나지 못했었다.

당장에 동무가 아쉬워진 성이가 다시 영식이와 앞산에 도토리를 주우러 가자고 한 것은 그날 오후였다.

(『학원』 1958년 5월)

진달래꽃

　손가락 하나가 남았길래 일가라 세줄 만한 청년이 하나 우리 동네에 살고 있었다. 그가 사변 직후에 입대를 했다가 4년 만에 처음으로 휴가를 얻어와서 들려준 이야기다.

　일년 삼백육십날이 다 가도록 가족 하나 생각할 이 없는 그로서는 고향이란 게 그리 탐탁잖은 곳이 되어서 향수라는 말조차 잊어버릴 지경이다가도 이른 봄 온 산이 진달래로 물들어갈 무렵이 되면 무엇인가 가슴에 아련히 떠오르는 생각이 있더라는 것이다. 하다못해 산비탈 밭 귀퉁이에 외롭게 자리 잡은 어머니 묘라도 그리운 생각이 가끔 떠오르더라고. 아마 그가 휴가를 온 것도 이때쯤 되는 봄이었으니까 그를 진정으로 반겨주는 고향이란 진달래 천지가 된 뒷 잿골 산길이었으리라 생각된다.

　내가 이 이야기를 듣고 나서부터 진달래꽃이 좋아진 것은 아니다. 그보다 먼저부터도 꽃이라곤 진달래꽃 외에 꽃이랄 만한 걸 몰랐던 나였으니까 말이다. 그래 지금도 나는 그 진달래 속에 파묻혀 흥겨워했던 때가 생생히 떠오르거니와 이는 영영 내 마음의 향수이기도 할 것이다. 수년 전 내가 고향에서 소학교를 다니고 있었을 때에는 이때쯤 해서 온 산에 진달래꽃의 분홍빛으로 아스라이 뒤덮여 있어서 한때 길목을 버리고 온 산을 뒤헤매며 입맛이 쏩쏠하도록 꽃을 따 먹었던 것이 내가 이 도회로 학교를 나온 뒤로는 줄곧 그 꽃 한 송이조차도 구경 못 하고 훌쩍 봄을 지나쳐버리기가 일쑤다. 오늘 아침도 나는 정원 꽃밭에 무연히 앉아 있다가 바로 코앞에 개나리가 한 방울 피어 있음을 보고야, 정말 봄이 온 줄을 알았다. 노오란 음향이 뎅그랑 울리며 끝없는 파형을 퍼뜨릴 듯만 싶은 그 꽃망울을 보는 동안 나는 문득, 봄과 함께 진달래를 생각했다. 그러고 보니 나는 요 몇 년 동안 해마다 그 개나리에서 진달래의 소식을 궁금해하던 생각이 난다. 그렇건만 우리 집 정원엔 진달래라고는 한 그루도 옮겨 심어 있지 않다. 나는 왜 하필이면 하 많은 꽃 중에 이리 푸대접을 받고 있는 진달래를 사랑하는가. 그러나 일종의 애처로움마저 느낄 수 있는 그곳에 나의 사랑은 더 한 치도 모른다. 어렸을 때는 그렇게 흔하고 마음껏 따 먹을 수 있었고 또 그것을 따 먹을 때의 그 이상한 향기와 텁텁한 맛 때문에 그것을 좋아했던 것 같다. 그러고 뻐꾸기란 놈이 몇백 번을 울어울다가 피를 한번 토하고는 진달래 꽃잎을 하나 따 먹고 뻐꾹뻐꾹 다시 운다는— 그리고 그 때문에 진달래꽃 빛이 그렇게 붉다는 할머니의 이야기를 들은 때문에 더욱 그 꽃을 좋아했다. 중학을 다니면서부터는 그것을 제대로 볼 수 없기 때문에 봄이 되면 고향과 함께 막연한 그리움의 대상이 되어온 것이다.

괴로운 일이지만 곰곰이 생각해보면 내가 이 꽃을 좋아한 이유가 좀더 나은 것이 있을 것도 같다. 진달래, 나는 바위틈바귀에 갸우숙이 피어난 한 송이의 진달래라곤 거의 생각해본 일이 없다. 산골 개천가에 띄엄띄엄 숨어 핀 개나리처럼 수줍음도 없고 그렇다고 뉘 집 꽃밭에 야단스럽게 화려한 모란꽃에서처럼 새침한 교만성도 느껴지지 않는, 그러면서도 목구멍에 쪼들린 이 나라 백성들의 가슴에 봄이 왔다는 소식을 전하고 또 그들로 하여금 꽃이라는 관념이나마 망각하지 않게 하는 것은 이 진달래밖에 또 다른 꽃이 있는가, 진달래꽃은 정말 백의민족의 꽃이고 서민의 꽃이다.

......

영변의 약산 진달래꽃
아름 따다 가실 길에 뿌리우리다

물론 진달래꽃을 예찬하기 위한 노래가 아닐지 모르지만 그러나 얼마나 눈에 선연히 떠오르는 약산의 풍경인가. 참말 이 꽃을 노래한 곳도 별로 없고 더구나 그 흔한 옷감 무늬 하나에도 이 꽃이 취해진 것을 나는 보지 못했다. 그리고 어느 여학생의 메모리에도 들국화나 코스모스 같은 가을꽃은 좋아한다 했을망정 거룩한 생명의 상징인 이 진달래꽃만은 한 사람도 좋아한 이가 없었다. 하기는 여학생의 생리가 생의 유열보다는 오히려 비애에 기울어지기 쉬운 감상적인 면이 더 많은 때문일지도 모르지만 꽃으로 보더라도 가을꽃을 그렇게 고절(孤節)의 화신처럼 좋게 보는 대신 게을러서 늦게 피었다는 흉은 잡을 수 있을망정 진달래를 나무랄 곳을 생각하기는 거의 힘든 일이 아닌가? 또 중국에 진달래가 없는지는 모르지만 사우(四友) 사군자(四君子) 사애(四愛) 삼정(三精) 칠향등(七香等) 여러 가지 꽃군을 지어 즐겨 부르면서도 진달래는 한 곳에도 끼어 있지 않다. 요즈음 우리나라에는 진달래는 담배가 생기면서부터 사람들의 입에 "진달래"라는 말이 가끔 오르내리기는 하지만 물론 이건 진달래라는 꽃보다는 순전히 담배 그것의 대명사로만 쓰일 따름이다. 진달래를 사 오랄 때 약산을 생각하고 뻐꾸기의 그 애절한 전설을 생각하는 이가 몇이나 될 것인가.

(『일고문예』 1958년)

여선생

진이네 학교에 오랜만에 새 선생님이 부임해 오셨다. 그것도 우락부락한 남자 선생이 아닌 예쁜 여선생이었다. 뜻밖이었다. 여선생은 처음이었다. 진이들은 기쁨 속에서도 잘 믿어지지가 않았다. 그럴 수밖에 없었다. 시들시들 두 달 가까이나 선생님이 없이 지낸 진이들이었다. 먼젓번 선생님이 달아나버렸기 때문이었다. 학교 형편이 그만큼 말이 아니었다.

원래 이 마을에는 학교가 없었다. 8·15해방 전 마을 아이들은 면소가 있는 곳까지 20리씩이나 걸어서 학교를 다녔다. 그러나 그렇게 학교를 다닌 아이는 몇 되지 않았다. 대개는 그냥 집에서 지게질이나 배웠다. 그것을 보다 못해 한 마을 청년이 혼자 힘으로 공민학교 같은 것을 만들어 걸상도 없는 마을회관에다 아이들을 모아 가르쳤다. 그런 공민학교는 면소와 거리가 먼 마을들에는 어디나 한 곳씩 있었다. 해방이 되자 학구가 개편되었다. 면소에서 먼 일곱 마을의 공민학교를 통합하여 새로 공립국민학교를 설립했다. 그러나 새로 설립된 학교는 교실도 없고 선생님도 모자랐다. 우선 교실은 일곱 마을의 중심지에 위치한 회진포의 공민학교 건물을 본교로 삼고 마을회관들을 계속해서 분교 교실로 사용했다. 각 마을 공민학교 학생들은 다시 학년이 분류되어 자기 학년 분교 교실이 있는 마을로 찾아다녔다. 선생도 공민학교 선생님들이 당분간 각 학년을 분담하여 가르치다 정식 발령을 받은 선생님이 부임해 오면 자리를 물려주었다.

진이네 마을 학교도 그런 분교의 하나였다. 그곳 회관은 제2학년 교실로 사용되고 있었다. 진이는 2학년이었기 때문에 학교가 마침 자기 마을에 있는 셈이었다. 이 학교에 정식 선생님이 부임해 온 것은 지난 초여름이었다. 청년은 그 우락부락한 새 선생에게 자리를 내주었다. 그런데 그 선생은 불평스런 나날을 보내며 아이들에게 신경질만 부리더니 여름방학이 다가오자 채 방학 날이 되기도 전에 어디론가 가버리더니 방학이 끝나고 나서도 영다시 나타나질 않았다. 보다 못해 전번의 마을 청년이 다시 아이들을 맡아주었다. 그러나 이번에는 그 청년도 별로 신이 나 하지를 않았다. 오늘인가 내일인가 새 선생님이 부임해 오기만을 기다리는 눈치였다.

그러다 새 선생님이 오신 것이다. 남자 선생도 아닌 여자 선생이 말이다. 다른 마을 분교에는 물론 이 학교에는 본교에도 여선생이 없었다. 면소 학교 운동회 날이나 어쩌다 소풍이라도 가는 날은 그때는 모든 분교 학생들이 함께 모여 그 면소 학교로 구경을 가곤 했다. 면소 학교에는 여선생이 세 사람씩이나 있었다. 진이들은 면소 학교 학생들이 남자 선생과는 달리 언제나 '알겠어요' '손들어봐요' 하고 존댓말만 하는 멋있고 친절한 여자 선생과 공부도 하고 체조도 하는 것을 보고 넓은 운동장이나 잘 꾸며진 교실보다 그 여선생을 속으로 얼마나 부러워했는지 모른다.

그런데 바로 그런 여선생이 오신 것이다. 본교도 아닌 이 마을의 분교까지 쉽사리 맡겨질 리가 없었다. 무엇보다 새 여선생님의 얼굴이 너무 예쁘고 차림새가 멋있다는 점이 더욱 그렇게 생각되었다.

그러나 그것은 정말이었다. 공부를 하는 둥 마는 둥 하다 쉴 시간이 되어 좁은 회관 마당에 진이들이 모여 놀고 있는데 뽀얗게 희고 예쁜 얼굴을 한 여자 한 사람이 그 마당으로 들어서더니 선생님을 찾았다. 여자는 이 마을에서는 한번도 볼 수 없었을 만큼 멋있는 파마머리를 하고 있었고 눈이 부시도록 잘게 주름을 잡은 치마에 코가 반짝거리는 뾰족구두를 신고 있었다. 근방에서는 면소 학교의 여선생이 제일 멋쟁이라고 생각하고 있던 진이네들은 그러나 이번에는 이 여자가 그 여선생들보다 훨씬 예쁘고 멋있다고 생각했다. 그런 생각을 하면서 진이들은 이상하게 부끄럼이 솟아 선뜻 나서지를 못하고 있는데, 그때 안에서 그 공민학교 시절부터의 선생이던 청년이 뛰어나왔다. 여자는 청년에게 공손하게 인사를 하고 뭐라곤지 잘 들을 수 없는 소리로 자기 이름을 댔다. 청년도 자기 이름을 대며 인사를 했다. 인사가 끝나자 여자는 역시 잘 들리지 않는 소리로 몇 마디 청년에게 이야기를 했다.

그러자 청년은 여태까지 아무것도 모르고 있던 것을 갑자기 알게 된 듯 '아 그러십니까. 반갑습니다. 그러지 않아도 날마다 기다렸습니다. 잘 오셨습니다. 하지만 어떻게 이런 마을까지…… 어쩌고' 그런 말들을 쉴 새 없이 늘어놓으며 여자를 교실로 안내해 들어갔다. 교실에서도 청년은 어쩔 줄을 모르는 듯, 그리고 몹시 송구스런 듯한 태도로 오랫동안 이야기를 하고 있었다. 그러나 그 여자는 잔잔한 미소를 띤 채 청년의 말을 듣고만 있다가 그러세요, 그러세요, 간단 간단히 대꾸했다. 그리고는 신기한 듯이 교실 안을 둘러보기도 하고 유리창으로 밖을 내다보며 누구에겐지 미소를 머금기도 했다.

진이들은 벌써부터 이상한 예감에 가슴들이 뛰고 있었다. 이야기가 끝나기만을 기다리고 있었다.

청년과 그 여자는 쉴 시간이 지난 것도 모르고 그렇게 이야기만 하고 있더니 한 시간도 더 지난 다음에야 겨우 생각이 난 듯이 아이들을 모두 교실로 들어오라고 했다. 그리고는 청년이 아직 미소를 지은 채 한쪽에 서 있는 여자를 가리키며, 오늘부터 여러분을 가르쳐주실 새 선생님이라고 했다. 여자는 그 말을 듣고 고개를 사뿐히 숙였다. 청년은 이제 이처럼 훌륭한 선생님을 맞게 되었으니 여러분은 이 선생님의 말씀을 잘 듣고 더 열심히 공부해야 한다고 말하고는 교단을 내려왔다. 여자가 교실을 나가는 청년과 문에서 한두 마디 더 둘이서만 말을 주고받더니 또 고개를 사뿐히 숙이고 돌아와서 이번에는 자신이 교단 위로 올라갔다. 그리고는 칠판 위에다 백묵으로 커다랗게 '전정자'라고 썼다. "선생님 이름이에요. 전정자— 아까 선생님 말씀처럼 여러분은 이제 선생님과 더욱 열심히 공부를 해줘야 해요. 아시겠어요? 선생님은 여러분과 하루라도 먼저 만나 함께 공부를 하고 싶어서 교장선생님께서 바쁜 일이 있으니 내일 함께 오시자는 것을 오늘 이렇게 선생님 혼자 온 거예요. 그러니까 여러분도……"

새 선생님은 그러니까 진이네더러도 더 공부를 잘하고 친해지자고 했다. 그리고 자기가 와서 보니 학교가 여러 가지로 부족한 점이 많지만 공부는 꼭 좋은 학교 좋은 교실에서만 잘 할 수 있는 것은 아니라고, 오히려 이런 곤란 속에서 마음을 굳게 먹고 열심히 하면 좋은 교실에서 공부한 사람보다 더 훌륭한 사람이 될 수 있다고 그런 말을 새 선생님은 자신을 꼭 선생님이라고 부르면서 진이네들에게도 존댓말을 써가며 이야기했다. 그리고 때로는 알겠어요? 하고 웃음 띤 얼굴로 교실 안을 둘러보았다.

그런 이야기 저런 이야기를 하고 나서 선생님은 마지막으로 출석을 불렀다. 이름을 부르면 한 사람씩 일어나 다시 한 번 자기 이름을 대라고 했다. 모두들 자기 이름이 불리면 일어서서 목청이 째지게 큰 소리로 자기 이름을 댔다. 그러면 선생님은 그때마다 좋은 이름이라고 칭찬을 하고는 아버지가 계시냐 식구가 많으냐, 나중에 커서 뭐가 되고 싶으냐는 등 한두 가지씩을 꼭꼭 물어주었다. 그리고는 머리를 끄덕이며

"좋아요, 앉아요"

하고 나서 다음 이름을 불렀다.

진이들은 새 선생님이 묻는 것이면 무엇이든지 큰 소리로 대답

했다. 그러면서도 아직은 이 멋지고 예쁜 여자 선생님이 정말로 자기들과 공부를 해줄 것인지 전번 남자 선생님처럼 소식도 없이 슬그머니 달아나버리지나 않을 것인지 마음을 놓을 수가 없었다. 그런 진이들의 의심은 선생님이 출석을 다 부르고 나서

"그럼 교과서를 꺼내 봐요. 어디까지 배웠어요?"

하고 교탁을 내려와 앞자리에 앉은 아이들에게로 가서 한 권 한 권 책을 들춰 보고는,

"그럼 그 다음을 내일부터 공부하겠어요"

했을 때도 좀처럼 풀리지를 않았다.

진이들에게서 그 의심이 겨우 풀리기 시작한 것은 다음 날 본교로 가서 전교생과 함께 교장선생님으로부터 이 예쁘고 멋진 여자 선생님을 정식으로 소개받고 다시 분교로 돌아오는 길에서부터였다.

다음 날 아침 진이들은 10리 길을 걸어 회진포에 있는 본교로 등교를 했다. 전날 새 여자 선생님이 수업을 끝내면서 내일은 모두 본교로 등교를 하라고 이르고 갔던 것이다. 학교에 무슨 행사가 있거나 새 선생님이 부임해 올 때는 늘 그랬었다. 이날은 물론 새로 온 진이네 선생님의 인사말을 듣기 위해서였다. 새 여선생님은 이날도 어제처럼 여러분과 함께 열심히 공부도 하고 뛰어 놀 수도 있게 된 것을 기쁘게 생각한다고 말했다. 그러나 진이들은 두 번씩이나 같은 말을 들으면서도 아직 이 새 선생님에 대한 의심이 가시지를 않고 있었다. 교장선생님의 소개 말씀으로 좀더 믿기기는 했지만 그건 전번 선생님 때도 마찬가지였다. 그리고

전 선생님도 역시 자기는 이 학교에서 지내게 된 것이 무엇보다 즐겁다고 했었다. 그러고서도 짜증만 부리다가 한 달도 못 되어서 어디론가 슬그머니 달아나버렸었다.

진이들이 조금 마음을 놓기 시작한 것은, 그러니까 교장선생님의 소개말이나 두 번씩이나 뒤풀이해서 들은 새 선생님의 함께 공부하게 된 것이 기쁘다는 말 때문이 아니었다. 그것은 수업을 하기 위해 마을 분교로 다시 돌아오는 길에서 그렇게 된 것이었다.

돌아오는 길에 여자 선생은, 걸핏하면 줄을 세워가지고 호령호령하며 다니던 전번 선생님과는 달랐다. 달아나버린 남자 선생은, 아니 공민학교를 이끌어왔던 그 마을 청년까지도 아이들에게 열을 서게 하는 일을 무척 좋아했었다. 노래를 부를 때도 줄을 짓게 했고 자연 공부를 하러 들로 나가거나 심지어는 개울로 손발을 씻으러 가게 할 때도 열을 지어주었다. 그런데 새 여자 선생님은 본교가 자리 잡은 회진포 마을을 벗어나자 곧 열을 풀어 헤치고 모두 자기 가까이로 모여 함께 걸어가자고 했다. 그리고는 몇몇 아이들의 손을 잡고 걸으며 무척도 기분이 좋은 듯 노래를 부르자고 했다.

"무슨 노랠 배웠지?"

선생님은 혼자 입속으로 흥얼대던 소리를 그치고 같이 부를 노래를 물었다.

"교가요!"

운 좋게 선생님의 손을 잡고 따라가던 진이가 대답했다.

"교가? 교가가 있니?"

선생은 뭐가 신기한지 눈을 깜짝거리며 진이를 들여다보더니,

"하지만 그거 말고 다른 거…… 선생님은 아직 교가를 모르거든……"

하면서 다른 노래를 대보라고 했다.

"그럼 3·1절 노래요."

그러나 이번에도 선생님은 별로 마음에 들지 않은 눈치였다.

"3·1절 노래?"

하고는 진이를 바라볼 뿐 노래를 시작하려고 하지는 않았다. 진이는 또 다른 노래를 대고 싶었다. 그러나 적당한 것이 얼른 떠오르지를 않았다. 그가 학교에서 어쩌다 배운 노래는 다 그런 것뿐이었다. 전교생이 본교 운동장에 모여 한 대뿐인 오르간을 조회대 위에 높이 올려놓고 배운 노래는 교가 아니면 3·1절 노래라든가 8월 15일에 부르는 해방의 노래라든가 그런 것뿐이었다. 진이는 자신이 없었다. 그러자 새 여자 선생님은 할 수 없는지 그럼 교가를 부르자고 했다. 그리고는 교가

"시이작……"

하고 손짓을 했다. 모두 그 손짓에 따라 교가를 불렀다. 줄도 없이 길을 가면서 목청을 돋아 불렀다.

큰 산의 높은 봉에 푸른 저 솔은
자라나는 우리들의 굳센 힘이며
비단 물결 넘실거린 넓은 바다는
장할손 우리들의 마음이로세……

새 선생님은 배우지도 않은 노래를 어떻게 따라하는지 콧소리로 용케 곡조를 맞춰 부르고 있었다. 그러다가 2절이 끝나고 후렴을 부를 때는 아주 자신있게 가사까지 붙여 부르고 있었다.

깨끗하고 씩씩하게 크는 동무들
빛내자 우리 학교 영원 무궁히

노래가 끝나자 선생님은 한 번 더 교가를 부르자고 했다. 진이들은 또 교가를 불렀다. 이번에는 선생님이 처음부터 가사를 붙여 불렀다. 행진곡처럼 교가를 부르며 진이들은 이제 산길로 들어서고 있었다. 산길은 왼쪽 눈 아래로 바다를 내려다보며 비탈을 돌아갔다. 바다는 회진포 앞에서부터 이쪽 산비탈과 건너편 섬 사이를 지나 사뭇 멀리까지 빠져나가서 섬들 사이로 숨어들었다. 회진포 앞에서부터 바다가 숨어들어버리는 섬 사이에는 등대가 두 군데 서 있었다. 부산이나 여수 쪽에서 목포 쪽으로 가는 배나 그 반대로 다니는 배들은 저쪽 섬들 사이에서 나타나 등대들을 따라 뒤에 하얀 물줄기를 끌며 회진포로 들어간다. 그리고는 다시 등대 부근을 지나 바다로 나가서 섬 사이로 사라져가곤 했다. 길에서 내려다보는 그 바다는 시원스럽고 아름다웠다. 새로 온 여자 선생님도 그렇게 생각한 모양이었다. 선생님은 그 바다를 가장 멀리까지 바라볼 수 있는 산 고갯길에 이르자 길가 잔디 위로 펄썩 주저앉으며 좀 쉬어가자고 했다. 그리고는 '아 아름

다워, 정말로 꿈같은 풍경이야' 하면서 눈을 가늘게 뜨고 그 바다를 내려다보는 것이었다. 노래를 부르느라고 숨을 헐떡이며 따라오던 아이들이 그 선생님의 주변에 모여 앉았다. 그리고 선생님의 말로 그 바다의 아름다움을 처음 본 듯 늘상 보던 바다를 열심히들 내려다보고 있었다.

마침 여수 쪽 섬들 사이에서 여객선 한 척이 나타나 등대 곁을 지나 길게 고동을 울리며 회진포로 들어가고 있었다.

"누가 저 배를 타본 사람 있어요?"

선생님이 문득 아이들을 돌아보며 물었다. 그러나 아이들은 아무도 타보았노라 나서는 사람이 없었다.

"고깃배는 타보았어요."

제일 키가 크고 장난꾸러기로 유명한 쌈패 태식이가 나섰다.

"저렇게 큰 밴 안 타본 게로군."

선생님은 웃으면서 태식의 이름표를 만져주었다.

"그런 선생님은 타봤어요?"

태식이 녀석이 괜히 핀잔을 맞은 듯 시큰둥해져서 물었다.

"그럼 타보았잖구. 선생님은 저런 배를 타구 왔는걸."

그러더니 선생님은 배가 바로 눈 아래를 지나가자 또 노래를 부르자고 했다. 모두들 교가를 불렀다. 물론 선생님도 함께 불렀다. 바람기가 선생님의 긴 파마머리를 흩뜨리고 지나갔다. 합창 소리가 배까지 들려갈 것 같았다.

진이네가 —사실 그런 생각은 처음부터 진이 혼자뿐이었는지 모른다— 이 새 여자 선생님에게서 마음을 놓기 시작한 것은 이

때부터였다. 바다를 내려다보며 노래를 부르는 선생님의 즐거운 얼굴을 보면서 진이는 인사말을 할 때 이 학교에 온 게 기쁘다고 하던 선생님의 말이 정말일 거라고 생각하였다. 선생님은 정말로 즐거워하고 있는 것 같았다. 설마 달아나버릴 것 같지는 않았다. 전번 선생님들이 걸핏하면 더럽다고 까마귀 발이라고 욕질만 하던 손을 이 선생님은 아무렇지도 않은 듯 잡고 흔들며 함께 노래를 부르는 것도 그랬다.

진이는 다른 녀석에게 빼앗길세라 계속 선생님의 손을 꼭 붙잡은 채 마을까지 돌아왔다. 다른 녀석들도 선생님의 손을 잡고 싶었겠지만 차례가 가지 않았다. 선생님의 손을 빼앗긴 태식이 녀석은 심술을 부렸다. 다른 사람보다 훨씬 앞질러 길을 뛰어가버리거나 선생님을 골려주려는 속셈인 듯 몇 번씩 타일러도 들은 둥 만 둥 위험스런 바위를 기어오르는가 하면 높은 나무에서 뛰어내리거나 해서 선생님을 근심스럽게 하곤 했다.

그리고 나서부터 진이는 새 선생님을 누구보다 좋아했다. 그는 이 세상에서 가장 부드러운 것이라 믿고 있는 그 선생님의 손의 감촉을 언제나 손끝에 지니고 있었다. 그는 아직까지 그렇게 조그맣고 부드러운 손을 만져본 일이 없었다. 그러나 진이는 그보다 더 선생님을 가까이 하고 싶고 자주 눈에 띄어 들고 싶은 다른 이유를 한 가지 가지고 있었다. 그것은 선생님의 어디에선가 늘 은은하게 풍겨 나오고 있는 화장 냄새였다. 그것은 선생님의 어디에서 풍겨 나오는 것인지 정확히 분간해내기가 어려웠다. 머리칼에서 나는 것도 같았고 그 조그만 손끝에서 흐리고 있는 것도 같았고 어떤 때는 희고 가는 목덜미가 옷자락에서, 또는 그보다 더 깊은 몸 어느 부분에서 풍겨 나오고 있는 것 같기도 했다. 그러나 그것이 선생님의 몸 어디에서 나고 있는 냄새인 것만은 틀림이 없었다. 바다를 내려다보며 마을로 돌아오던 날 그는 본교에서 그 길가 잔디에 앉아 노래를 부르고 있다가 문득 그것을 깨달았던 것이다. 진이는 그런 냄새 역시 아직까지 맡아본 일이 없었다. 장터를 가거나 명절 같은 때 동네 처녀들이 바르고 나서는 코가 아프도록 독한 그런 화장 냄새와는 종류가 달랐다. 독하기는커녕 냄새가 나는지 안 나는지 어렴풋하게 코를 스치면서도 오래도록 코끝에 남아서 어떤 때는 집에 가서까지도 문득 그 냄새를 맡을 것 같곤 하는 그런 냄새였다. 진이는 무엇보다 그 냄새가 좋았다. 그리고 그런 냄새를 가지고 있는 선생님이 좋았다.

그러나 진이는 그런 말을 할 수는 없었다. 어찌 된 일인지 진이는 선생님에게서 그런 냄새를 맡기 좋아하고 있는 것이 못된 것만 같기도 했다. 선생님이 부끄럽고 미안하기까지 했다. 생각 같아서는 늘 선생님 곁에서 그 냄새를 맡으면서 지내고 싶었지만 그럴 수는 없었다. 선생님이 자기 곁으로 오는 그런 자연스런 기회를 기다리는 수밖에 없었다. 그러나 선생님은 진이의 그런 속마음을 알 턱이 없었다. 다른 아이에 비해 조금도 진이 곁으로 와 주는 때가 더 많지 않았다. 숙제를 조사하거나 앞뒤를 돌아다닐 뿐이었다. 진이는 그러는 선생님이 원망스러웠다. 좀더 자주 선생님이 자기 곁으로 와줄 기회를 만들 수밖에 없었다. 진이는 열심히 공부를 했다. 숙제를 빠짐없이 해오고 공책을 깨끗하게 썼다. 수업 중에 아는 사람 손을 들라고 할 때는 언제나 손을 높이 들었다. 그러나 그것은 별 효과가 없었다. 선생님은 숙제를 잘 해오고 공책을 깨끗이 쓰는 진이를 칭찬해주었다. 그러나 선생님은 진이보다 훨씬 엉터리로 숙제를 해오고 공책을 더럽게 쓰는 다른 아이들, 쌈패 태식이까지도 똑같이 칭찬을 해주었다. 어떤 때는 진이보다 산수 숙제를 온통 틀리게 해온 아이를 더 많이 칭찬해줄 때도 있었다. 수업 중에 손을 드는 것도 마찬가지였다. 다른 때는 아무리 손을 높이 쳐들고 기다려도 실컷 다른 아이들만 시키고 그 아이들이 모두 답을 틀려 이제는 내 차례겠지 하고 마음을 조이고 있으면, 선생님은 문제가 어려운가 보다고 진이는 시켜보지도 않고 답을 말해버리기가 일쑤였다. 그리고 어쩌다 진이를 시킬 때는 하필 자신이 없어 손을 올릴까 말까 하고 미처 마음을 정하지도 못하고 엉거주춤 손을 올리고 있을 때였다. 그런 때는 또 영락없이 진이를 시키는 것이었다. 그래서는 틀린 답을 말하게 하여 진이를 무안하게 했다. 할 수 없었다. 그러나 진이는 선생님이 가까이 해주게 할 생각을 포기하지는 않았다. 무엇보다도 그는 선생님의 그 은은한 화장 냄새를 맡지 않고는 배길 수가 없었다. 그리고 그것은 자기 혼자만 알고 있는 비밀이었다. 다른 녀석들은 화장 냄새 따위에 애를 먹는 것 같지는 않았다. 그는 이번에는 의젓하게 굴기 시작했다. 다른 녀석들이 수업 시간이나 쉴 시간 같은 때 아무리 개구쟁이 짓을 해도 진이는 언제나 의젓하고 얌전하게만 굴었다. 수업 시간에는 헛 눈을 팔지 않고 언제나 선생님께 주목을 하고 있었고 쉴 시간에는 멀찌감치서 선생님의 눈치만 몰래 살피고, 얌전히 앉아서 우연히 선생님이 자기 곁을 지나게 되거나 자기를 불러주게 되기를 기다렸다.

그런데 이번에도 마찬가지였다. 선생님은 진이의 얌전이 영 눈에 띄지 않는 모양이었다. 얌전한 진이보다도 오히려 개구쟁이 짓으로 옷에 개칠이나 하고 다니는 태식이 같은 녀석들과 더 친하게 지내고 있었다.

"이럼 못써요, 응? 선생님 말 듣잖음 나 정말 매 때릴 테예요, 태식이—"
하고 선생님은 가끔 화를 낸 체하시며 태식이들을 나무라곤 했지만 한 번도 정말로 매를 때린 일은 없었다. 매는커녕 오히려 더 귀여워만 하는 것 같았다.

그러던 어느 날이었다. 진이가 그렇게도 친하고 싶던 선생님을 혼자 독차지하게 될 날이 왔다. 그것도 진이가 그 여자 선생님 때문에 언제나 애를 먹던 형 덕분이었다.

진이의 형은 벌써 오래전에 일정(日政) 시의 소학교를 졸업하고 집에서 놀고 있는 스무 살짜리 청년이었다. 마을에는 그 비슷한 나이의 청년들이 많았는데 그 사람들은 농사일도 잘 하지 않고 언제나 골목을 몰려다니며 비실비실 놀고만 지냈다. 그러다가 마을에 무슨 일이라도 생기면 제일 신이 나서 소동을 피우곤 했다. 이번 마을 학교에 여자 선생이 왔을 때만 해도 제일 신이 나하던 사람들은 바로 진이네 형 또래의 그 청년들이었다.

"너희 학교에 여선생이 왔다며? 이름이 뭐야?" 새 선생님이 온 바로 그날 밤, 형은 저녁을 먹으면서 그렇게 퉁명스럽게 진이에게 물었다. 그러나 그 뒤에 청년들이 여자 선생에 대해서 퍼뜨린 소문은 이상하게도 좋은 것이 아닌 듯했다. 하루 동안 그 또래들과 새 여선생에 관해 이러쿵저러쿵 소란을 피우고 난 진이네 형은 다음 날 다짜고짜 이런 소리를 했다.

"아마 그 여잔 어디서 못된 짓을 하다 쫓겨왔을 거야. 연애질을 했든가!" 분명히 아무것도 모르고 그냥 하는 소리였다.

"형은 아무것도 모르면서 괜히 그래."

진이가 볼이 부은 소리를 한마디하니까 형은 더 신이 나는 듯했다.

"아무것도 몰라? 네가 뭘 안다구 까불어. 그래 다 큰 계집애가 그런 허물이 없으면 뭘 할 짓이 없어 이런 마을 구석까지 쫓겨와. 다 알조지."

형은 단정하고 나서 괜히 혼자 좋아했다.

"잘 헌다. 철없는 아이 데리고, 그래, 그 사람에게 곡절이 있으면 네가 어쩌겠다고 간섭이냐."

어머니의 핀잔을 맞고 나서야 형은 집을 나갔다.

그런데 형의 그런 생각은 다른 동네 청년들도 다 마찬가지인 모양이었다. 그 뒤로 형은 기회만 있으면 진이 앞에서 마구 선생님의 욕을 해댔다.

그런 못된 계집애에게 아이들의 교육을 맡길 수 없노라고 제법 어른스런 소리까지 했다. 그러면서 형은 그 증거로 어떤 사내가 그 여자를 찾아 회진포까지 왔다가 여선생을 만나고 간 일이 있다고 했다. 마을 청년들은 이미 그런 일을 다 알고 있으며 머지않아 무슨 일이 날 것이라고 뿜을 내고 있었다. 그러면서 여자의 고향은 여수 쪽이며, 여자는 그 남자를 보내고 나서도 또 회진포의 어떤 놈팽이와 밤으로 따로 만나는 일까지 있다고 했다.

그러나 그런 일들을 진이로서는 확실히 알 길이 없었다. 선생님의 집이 여수 어디라는 것을 들은 외에는 아무것도 알 수 없었다. 그런 말을 학교 동무들과 이야기할 수도 없었다. 형의 말을 다 알아들을 수가 없었지만 진이는 만약 형의 말이 정말이라면 그런 말을 하는 형의 태도로 보아 그것이 나쁜 짓인 것만은 틀림이 없는 것 같았다. 그러나 진이는 선생님이 절대로 나쁜 짓을 했을 사람이라고는 생각되지 않았다. 그래서 오히려 선생님을 나쁘게만 말하는 형과 동네 청년들이 이상하게 보였다. 어째서 그토록 예쁘고 멋진 선생님을 (그리고 이것은 진이 혼자만 알고 있는 일이었지만) 그토록 좋은 냄새를 가지고 있는 선생님을 다짜고짜 나쁘다고만 하는 것일까. 알 수가 없었다. 그러나 더욱 알 수 없는 것은 형의 태도였다. 형은 동네 청년들이 그 나쁜 여선생을 가만두지 않을 거라고 늘 별러댔다. 곧 무슨 일이 일어날 거라고 했다. 그러나 그 일어날 거라고 하던 일은 언제까지나 일어나지 않았다. 그러더니 하루는 느닷없이 형이 그 여선생에게 한번 저녁을 해드리는 게 도리가 아니겠느냐고 먼저 어머니에게 청을 하는 것이었다.

동생을 맡길 수 없다거니 나쁜 여자라거니 또는 그런 나쁜 여자 때문에 무슨 일이 날 거라던 여느 때의 말은 다 잊어버린 듯 형은 아주 어른스럽게 그런 말을 했던 것이다.

"도깨비도 애기 도깨비 어른 도깨비가 있다더니 어쩌다 그런 생각을 다하게 됐는구?"

어머니는 그런 말을 하는 형이 대견스러운 듯 그렇게 말하며 승낙을 했다. 어머니 역시 전에 형이 자주 하던 소리는 처음부터 곧이들은 일이 없었던 듯 다시 물으려고 하지도 않았다.

어쨌든 그런 일 덕분에 진이는 그날 저녁 선생님 곁에서 그 기분 좋은 화장 냄새를 실컷 맡을 수가 있었다. 그 일로 어머니가 마을회관으로 찾아왔을 때 선생님은 처음에는 몹시 난처해했다. 선생님은 아침에 마을로 왔다가 오후에 학교가 파하면 그쪽으로 가는 아이들과 본교가 있는 회진포로 가서 지냈다. 저녁을 먹게 되면 혼자 밤길을 갈 수가 없다고 했다. 그러자 어머니는 그런 일 때문이라면 걱정을 안 해도 좋다고 했다. 뭣하면 진이랑 집에서 하룻밤 주무셔도 좋고 꼭 가셔야 한다면 진이 형이 있으니 진이와 길을 바래다드리게 하마고 했다. 그러자 선생님은 겨우 승낙을 했다. 저녁이 되기를 기다렸다가 진이는 개선장군처럼 자랑스럽게 선생님을 모시고 집으로 갔다.

그런데 이상하게도 선생님을 맞는 것은 어머니뿐이었다. 선생님께 저녁 대접을 하자고 먼저 말했던 형은 집에 있지 않았다. 형은 겨우 저녁상이 들어올 무렵에야 어디서 슬그머니 나타났다. 그리고 어머니가 선생님께 인사를 드리게 했을 때도 형은 선생님보다도 더 부끄럼을 타면서

"고생하십니다. 저 멍청이 같은 새끼들 때문에……"

하고 퉁명스런 목소리로 겨우 한마디를 하고는 터무니없이 진이

만 흘겨보았다.

"뭘요. 진이는 원체 아이가 얌전해서 통 애를 먹이지 않아요. 오히려 너무 내성적이고 소심한 편이어서 걱정인걸요."

선생님 쪽이 부끄럼이 없었다. 형은 저녁상을 받자 후딱 그릇을 비워버린 다음 변변히 말 한마디도 해보지 못한 채 방을 나가버렸다. 선생님은 그래서 그런지 저녁을 조금밖에 먹지 않았다. 진이가 선생님의 화장 냄새를 즐길 수 있었던 시간도 그만큼 짧았다.

선생님은 저녁을 끝내고 나서 조금 이야기를 하다가 곧 자리를 일어섰다. 어머니가 아무리 말려도 듣지 않았다. 한사코 집으로 가겠다고 했다. 형을 불러다 길을 잡아드리겠다고 해도 막무가내였다. 할 수 없이 어머니와 진이가 따라나섰다. 그러나 그것도 멀리까지 내버려두지는 않았다. 마을 고개를 넘어서자 선생님은 한사코 혼자 가게 해달라고 했다. 어머니는 진이와 둘이니까 괜찮다고 했다. 진이도 선생님의 냄새를 맡으면서는 회진포까지 가도 좋을 것 같았다. 그러나 선생님은 끝내 혼자 밤길을 가버렸다. 진이의 코끝에 은은한 그 화장 냄새를 남긴 채.

그런데 그것이 진이가 선생님의 냄새를 기분 좋게 맡을 수 있었던 마지막 기회였다. 그 일 때문이었는지 아닌지는 몰라도 다음 날 마을회관 교실에는 이상한 일이 일어나 있었다.

그날 진이가 교실로 들어섰을 때 아이들은 이상하게 조용했다. 그냥 조용하기만 한 것이 아니라 어디선지 킥킥대는 소리가 들려왔다. 진이는 영문을 몰라 아이들을 둘러보았다. 모두들 웃음을 참고 있는 얼굴이었다. 진이는 무심결에 칠판 쪽으로 돌아섰다. 그러자 기다렸다는 듯이 와아 하고 온 교실 아이들이 한꺼번에 웃어댔다.

— 진이는 전정자 선생님을 즈네 색시 삼고 싶어 한다.

개발새발 서투른 글씨로 칠판 한쪽에 낙서가 되어 있었다. 진이는 얼굴이 화끈 달아오르고 순간 어찌할 바를 몰랐다. 눈물이 다 나올 것 같았다. 어떤 녀석이 전날 밤 진이가 선생님을 모시고 간 것을 시기해서 한 짓임에 틀림이 없었다. 그런 장난을 할 녀석은 태식이밖에 없었다. 그러나 당장 태식이 놈을 어떻게 할 수는 없었다.

나쁜 새끼—

진이는 쏟아지려는 눈물을 꾹 참으며 칠판으로 가서 낙서를 지웠다. 무엇보다 선생님이 아직 와 계시지 않은 것이 다행이었다. 그러나 낙서를 지우고 자리로 돌아와서도 좀처럼 분이 가라앉지를 않았다. 진이는 자신이 욕을 먹은 것보다 선생님에게 그런 끔찍한 소리를 해치우고 좋아하고 있는 녀석들이 더 미워 견딜 수가 없었다. 진이가 낙서를 지우고 너무도 조용히 자리로 돌아가 앉아만 있으니까 반 아이들도 웃음을 그치고 뭔가 다음에 벌어질 일을 궁금하게 기다리고 있는 듯 조용해졌다.

"어떤 새끼가 그런 낙서를 했어! 나쁜 새끼들 선생님 알면 느들은 다 죽어."

태식이 녀석이 진이를 위로하는 것인지 협박을 하는 것인지 꽥 소리를 치고 교실을 나가버렸다. 다른 아이들도 태식이를 따라 킥킥거리며 교실을 나갔다. 그날 진이는 하루 종일 제대로 공부를 할 수가 없었다. 선생님을 보기가 여간 면구스럽고 부끄러운 것이 아니었다. 그리고 나중에는 선생님이 두려워지기까지 했다. 전날 저녁 일까지도 뭐가 꼭 잘못된 것만 같았다. 기가 죽은 것은 낙서를 한 태식이들이 아니라 진이 쪽이었다. 태식이들은 선생님이 오시자 아까 장난을 까맣게 잊어먹은 듯 떠들고 뛰고 장난을 치는데도 진이는 근심스런 얼굴로 선생님의 눈치만 살피고 있었다. 선생님은 아무것도 모르고 태식이 녀석들과 어울려 이야기를 하고 장난도 하고 있었다. 저녁을 대접받기까지 한 진이 그리고 선생님을 걱정하고 있는 진이에게는 좀처럼 관심을 보이지 않았다. 진이는 그것이 안타까웠다. 태식이는 나쁜 새끼다. 선생님을 욕했다. 선생님은 왜 그것을 모르실까. 그런데 나중에 보니 선생님은 대강은 눈치를 채고 있는 것 같기도 했다. 오후에 수업이 끝나고 교실 청소를 하다가 진이는 슬그머니 선생님 곁으로 다가갔다. 선생님은 곁에서 어름거리고 있는 진이를 힐끗 쳐다볼 뿐 다시 하던 일을 계속하려고 했다. 그 일을 이미 알고 있어서 그런지 선생님의 표정은 조금 쓸쓸하고 언짢은 것이 있는 것 같았다.

"저— 선생님."

진이는 그만둘까 어쩔까 망설이다가 겨우 입을 열었다.

"왜 그러지, 진이?"

그제야 선생님은 다시 진이를 내려다보았다.

"아까 아침에 칠판에다 태식이가 선생님 낙서를 했어요. 선생님은……"

진이는 용기를 내어 이야기를 하려고 했다. 무엇보다 진이는 자기는 절대로 그런 생각을 한 일이 없다는 것을 밝히고 그런 소리를 지어 선생님을 골리려는 태식을 혼내줘야 한다고 일러주고 싶었다. 그러나 어찌 된 일인지 선생님은 말을 다 시키려고 하지 않았다.

"진이…… 그런 말하면 못써요. 응?"

진이의 말은 듣지도 않고 은근히 핀잔을 주는 것이었다.

그런 일이 있은 후로 진이는 영 기가 죽어버렸다. 선생님은 태식이들에게만 싹싹하게 굴어주고 진이에게는 언제나 쌀쌀하기만 한 것 같았다. 수업 시간에 진이가 손을 들어도 선생님은 눈이 마주치고 진이를 시킬 뻔하다가는 슬그머니 다른 아이를 가리켜버리곤 했다. 진이는 숫제 손을 들기조차 잘 하지 않게 되어버렸다. 선생님을 집에 오시게 한 것이 후회스러웠다. 그 후 선생님은 한 번도 그 일에 대해서 말을 꺼낸 일이 없었고 오히려 그때부터 진이는 선생님과 서먹서먹해져버린 것이 아니었던가. 선생님을 집에 오시게 한 일에 대해서는 집에서도 별로 탐탁해하지 않은 것 같았다.

"느이 선생이 뭐래?"

선생님이 집엘 왔다 간 다음 날 형은 딱 한번 그렇게 진이에게 묻더니, 진이가 아무 말도 없었다고 하니까 대뜸

"고 계집애 아주 돼먹질 못했어, 제가 자고 가라면 자고 갈 일이지 무슨 양갓집 딸이라고 건방지게 밤중에 고개를 넘어가구……"

그다음부터는 아주 전처럼 또 선생님의 험담을 자주 늘어놓았

다. 멀리 앉아 선생을 혼내줄 일이 있을 거라는 말을 다시 하기 시작했다. 그리고 이번에는 그것이 단지 엄포로만 그치지 않고 정말 그런 일이 일어나고 말았다.

하루는 수업을 하고 있는데 갑자기 교실 문이 벌컥 열리면서 마을 청년 세 사람이 신발을 신은 채 교실 안으로 불쑥 들어섰다. 그것을 본 진이는 이제 정말 일이 벌어지는구나 싶어 가슴이 덜컹 내려앉았다. 진이는 먼저 그 청년들 중에 형이 끼어 있지 않은가 살폈다. 다행히 형은 끼어 있지 않았다.

"우리는 마을 청년회에서 왔는데, 좀 따져볼 일이 있습니다."

청년 중의 한 사람이 앞으로 나서며 말했다. 그러나 청년의 말투는 교실을 들어설 때의 당당한 태도보다는 훨씬 부드럽고 고분고분했다. 영문을 몰라 어리둥절해 있던 선생님이 그제야 교단을 내려가 청년들에게로 다가갔다.

"무슨 일로 그러시나요."

선생님이 나서자 청년들은 더 기가 죽어 고분고분해졌다. 다른 두 청년은 비실비실 교실 안을 두리번거리고만 있다가 슬그머니 문을 나가버리고 아까 처음 말한 청년이 더듬더듬 겨우 말했다.

"아 저…… 다른 게 아니고요…… 아이들을 교육하는 신성한 학교 교실에 태극기가 걸려 있지 않다고 해서……"

그러면서 청년은 힐끗 교실 정면 벽을 쳐다보았다. 선생님도 무의식중에 늘 국기가 걸려 있던 벽을 쳐다보았다. 아 그런데 이상한 일이 일어나 있었다. 어제까지만 해도 분명히 거기 걸려 있던 태극기가 사라지고 없었다. 선생님은 갑자기 얼굴이 붉어졌다. 그러자 청년은 다소 용기를 얻은 듯.

"그래서 우리는 그걸 충고해드리려고 실례를 무릅쓰고 이렇게 대표를 뽑아온 것입니다. 선생님도 잘 아시겠지만 아무리 교실이 누추하더라도 국기만은……"

제법 점잖게 훈계조를 늘어놓고 있었다.

"뭐요, 뭐요. 신성한 교실에 국기도 없이……"

먼저 나간 청년들이 밖에서 퉁명스럽게 소리치고 있었다. 선생님은 잠시 어쩔 줄을 모르고 있었다. 그러더니 무슨 생각을 했는지 금세 다시 침착해지며,

"네, 알겠어요. 곧 다시 그려 걸도록 하겠어요."

사과를 하고는 살짝 웃어 보이기까지 했다. 그러니까 청년은 이제 할 일이 없어진 듯 싱겁게

"그럼 부탁합니다."

절을 꾸벅하면서 한마디하고는 교실 문을 나가버렸다. 청년들이 가버리고 나자 선생님은 쑥스러운 듯 싱긋 웃으며

"교실에 태극기가 없으면 안 되죠?"

단지 한마디를 하고는 다시 수업을 계속했다.

그런데 이 일로 해서도 진이는 여간 맘이 편하지 않은 것이었다. 청년들 중엔 다행히 형이 끼어 있지 않았다. 그러나 진이는 암만해도 그 일의 뒤에는 형이 끼어 있을 게 분명하다고 생각되었다. 선생님도 역시 그렇게 생각하고 있는 것 같았다. 그렇게 생각해서 그런지 선생님은 진이에게 전보다 더 무관심하고 말았다. 그 모든 것을 알고 선생님은 형 대신 진이를 한번 혼내주려고 기

다리고 있는 것 같기도 했다. 그러는 선생님이 원망스러웠다. 형이 미웠다. 선생님도 미웠다. 이제 선생님에게서 그 냄새를 마음놓고 맡아볼 수 있는 기회는 영영 다시 오지 않을 것 같았다.

그런데 오래지 않아 그것은 정말로 그렇게 되고 말았다. 모든 허물이 정말로 진이에게 있는 것처럼 되어버리고 그래서 다시는 그 여자 선생의 화장 냄새를 맡지 못하게 되어버린 일이 일어났던 것이다.

어느 날 마침 진이가 학교에 갔을 때 아이들은 모두 교실로 들어가지를 않고 밖에서만 웅성대고 있었다. 얼마 전 낙서 사건이 있을 때처럼 아이들은 킥킥거리고만 있었다. 진이는 또 무슨 일이 일어났구나 싶어 피가 거꾸로 솟는 것을 느끼며 얼른 칠판을 들여다보았다. 예상대로였다. 아니 이번에는 예상보다 더했다. 칠판에 갈겨져 있는 것은 낙서가 아니었다. 사람의 것인지 짐승의 것인지 모를 똥이 한복판에 칠해져 있었다. 그뿐이 아니었다. 칠판 앞 교탁 위에도 똥이 그득하게 싸 갈겨져 있었다. 칠판의 것도 교탁 위의 것도 사람의 것임이 틀림없었다. 어떤 녀석이 교탁을 타고 앉아 갈기고 나서 그것을 찍어다 칠판에다 발라놓은 모양이었다.

진이는 까닭 없이 얼굴이 붉어지고 가슴이 뛰었다. 대뜸 동네 청년들의 얼굴이 떠올랐다. 그리고 형의 얼굴이 떠올랐다. 그냥 재미있어하는 아이들의 킥킥거리는 웃음소리가 꼭 자기를 두고 그러는 것만 같았다. 아이들은 그것을 치울 생각은 하지 않고 모두 킥킥거리고만 있었다. 선생님이 오시기만 기다리는 모양이었다. 진이는 자기가 그것을 치워야겠다고 생각했다. 웃음커녕 온몸이 벌벌 떨리고 화끈거리기만 했다. 마음이 조급했다. 선생님이 곧 나타날 시간이었다. 그러나 마음만 조급할 뿐 진이는 막상 덤벼들어지지가 않았다. 그러나 기어코 선생님이 나타나시고 말았다. 선생님이 교실 문을 들어섰을 때 가장 기가 죽어 있는 것은 진이었다. 아니 기가 죽어 얼굴이 붉어 있는 것은 진이 혼자뿐이었다. 다른 아이들은 오히려 재밌어하면서 웃음을 감추고 있었다.

선생님은 교실을 들어서자 이상한 분위기를 느끼고 곧 교탁으로 걸어갔다. 걸어가다가 교탁을 보았다. 다시 칠판을 보았다. 그러더니 갑자기 얼굴이 창백해지며 아이들을 노려보았다. 선생님이 오신 뒤로 처음 보는 눈이었다. 무서운 얼굴이었다. 진이는 그 얼굴을 차마 마주 볼 수가 없었다. 모든 것이 자기 허물인 듯만 싶었다. 진이는 선생님의 눈길을 피해 고개를 숙여버렸다.

"애 애, 느들 빨리 나와 저거 치워라."

태식이가 자리를 일어서서 나가는 소리가 들렸다. 진이 겨우 얼굴을 들었을 때 선생님은 머리가 어지러운 듯 손으로 얼굴을 파묻고 있었다. 그러더니 갑자기 울음을 터뜨리며 교실을 뛰어나가버렸다.

선생님은 그길로 마을 고개를 넘어 본교가 있는 회진포로 가버렸다. 그리고 며칠 동안 2학년 교실이 있는 이 분교 교실에는 선생님이 없이 지냈다. 그리고 사흘쩬가 되던 날 모두 본교로 등교하라는 연락이 왔다. 여자 선생님은 그날 울면서 전별 인사를 했다. 처음에는 부임 때처럼 상냥한 목소리로 그동안 이곳에 와서 지낸 것이 모두 즐거웠고 많은 것을 배우기도 했다면서 웃는 낯으로 이야기를 하더니 마지막에 가서는 기어이 손수건을 꺼내어 눈으로 가져갔다. 그리고는 미처 다 말도 못하고 단을 내려가버렸다. 그리고 그날로 여선생은 트렁크를 하나 들고 여객선을 타버렸다. 배를 타기 전에 부둣가에서 여선생은 진이네 반 아이들에게 따로 작별인사를 했다. 공부도 잘하고 착한 사람이 되라고, 그러나 진이네 반 아이들에게만 그런 말을 오래 할 수는 없었다. 부두에 환송을 나온 교장선생님과 다른 선생님들과도 작별 인사를 해야 했으므로 선생님은 반 아이들에게 따로따로 알은체를 해주지는 못했다. 결국 여선생은 그렇게 배를 타고 떠나가버렸다. 진이에게는 무엇인지 한마디쯤 하고 싶은 이야기를 끝내 시켜주지 않은 채 그리고 진이에게 마지막으로 은은한 화장 냄새를 가까이서 맡게 해주지 않은 채 선생님은 선체를 희게 칠한 배를 타고 끝없이 손을 흔들며 떠나가버렸다.

그 후로 마을 분교는 별말도 없이 문을 닫아버리고 진이들은 회진포의 본교로 수업을 받으러 다녔다. 진이네는 4학년을 담임하고 있던 남자 선생님 한 분이 겹치기로 공부를 시켜주었다. 그러나 진이는 이제 공부도 선생님도 모두가 시들했다. 자신의 속마음을 이야기하고 싶었으면서도 끝끝내 망설이기만 하였다. 자기에 대한 선생님의 화를 풀어드리지 못한 일이 후회스럽기만 했다. 마지막 사건이 있었을 때 자기가 얼굴을 붉히고 고개를 숙이고 있었기 때문에 선생님은 아마 틀림없이 자기에게 허물을 치부

해버렸을 거라고 진이는 믿고 있었던 것이다. 그래서 그는 날마다 시들한 모습으로 그 생각에만 싸여 학교를 오갔다. 그리고 처음 그 선생님이 본교에서 인사를 하고 돌아오다가 교가를 부르며 바다를 내려다보던 고갯마루에 이르면 그는 하염없이 잔디 위에 앉아 그 바다와 오가는 배들을 내려다보며 그 배를 타고 왔다가 다시 그 배를 타고 가버린 여자 선생님의 생각에 잠기곤 했다. 멀리 섬 사이에서 배가 나타나 눈 아래를 지나 회진포로 들어갔다가 다시 바다를 나와 흰 물줄기를 끌며 멀리 섬 사이로 숨어 들어가는 것을 보고 있노라면 진이는 그 선생님이 못 견디게 그리웠다. 그리고 그 선생님의 화장 냄새가 방금 그의 코끝을 지나가는 것만 같은 착각에 사로잡히곤 했다. 지나가는 바람결에 가볍게 흐트러지는 선생님의 그 긴 머리칼을 곁에 보는 것 같기도 했다. 그 고갯마루의 조그만 잔디밭은 진이에게 선생님을 생각하는 장소가 되어버렸다. 시들한 진이에게 그곳에는 언제까지 선생님의 냄새가 남아 있어서 그를 위로해주고 있었다.

그로부터 진이는 초등학교를 졸업할 때까지 혼자만의 그 비밀의 장소를 셀 수도 없이 지나다니면서 선생님의 추억에 젖곤 했던 것이다. 그곳에 앉기만 하면 그는 언제나 그 선생님이 끝끝내 자기에게 오해를 풀지 못했던 것만 같아서 안타까워졌다. 그리고 그만큼 선생님과 선생님의 냄새가 그리워졌다.

시골에서 초등학교를 다녀본 일이 있는 사람은 그가 학교를 떠난 후 가지가지 세상일에 부대끼면서 10년이고 20년이고 그 길을 걸어보지 못한 사람이라도 한두 가지는 잊히지 않는 옛 통학 길의 추억거리를 그 추억이 어린 장소를 마음속에 간직하고 있기 마련이다.

아니 그 추억은, 학교를 졸업한 후에도 계속 그 길을 걸어 다니며 살아가고, 그 길의 모습이 천천히 변모해가는 것을 바라보면서 자기도 함께 변모하여 새로운 길의 모습에 익숙해져버린 사람들에게서보다는 20년이고 30년이고 다시 그 길을 걸어보지 못하고 언제까지나 옛날의 모습만 마음속에 지닌 채 나이를 먹어버린 사람들에게 더 생생할 것이다. 그리고 그런 사람들은 바쁘고 고된 생활 속에서 틈틈이 머리를 쉴 때 문득 그 시절의 일을 생각할 때가 있을 것이다. 진달래로 붉게 물든 봄의 산길, 더운 매미 울음소리를 들으며 땀을 식히던 여름철 소나무 그늘, 마을 동무들과 함께 숙제를 해치우던 하학 길의 편편하고 둥근 바윗돌, 학교도 다 가지 않고 점심을 풀어 먹던 놀이터의 잔디밭, 눈발을 피하며 모닥불을 지피던 언덕, 그 모든 곳을 지나다니던 네 철의 바람결, 비눈, 안개……

그러나 그런 추억이 생생하면 생생할수록 사람들은 자기가 그 사이에 먹어버린 나이에 놀라며 세월이 빠르다는 것을 새삼 느끼게 될 것이다. 그리고 한번쯤 다시 그 길을 가보고 싶어 할 것이다.

그러나 지금 나는 그런 생각이 옳은 것인지 어쩐지는 말할 수가 없다.

나에게서의 그런 추억의 장소는 앞 이야기에 나오는 그 바다가 내려다보이는 고갯마루의 조그만 잔디뿐이었다. 그러니까 이 이야기는 나의 어린 시절의 일이고 진이라는 소년은 바로 나 자신인 것이다. 이야기하기가 쑥스러워 삼인칭 서술을 한 것이다. 이야기 중에 종종 일인칭 서술처럼 보이는 부분이 나타나는 것은 그 때문이리라. 하여튼 나는 그렇게 초등학교를 다니다 졸업을 하자마자 가족과 함께 시로 이사를 해버렸었다. 그 후 20년 가까이나 그 추억의 장소를 가볼 길이 없었다.

그러다 얼마 전, 우연한 일로 나는 실로 오랜만에 고향을 찾게 된 일이 있었다. 그 길을 다시 가볼 수 있었다. 물론 내 딴의 감상과 그 여선생의 추억 그리고 오랫동안 나의 감각 어디에 지워지지 않고 남아 있던 여선생의 화장 냄새를 간직한 채.

그러나 그 결과는 쓸쓸한 웃음뿐이었다. 바다는 간척사업으로 메워지고, 그 바다를 내려다보며 앉아서 여선생을 생각하던 고갯마루의 추억의 장소는 바로 그 바다를 막는 둑을 쌓느라고 벌겋게 깎이고 있었던 것이다. 뿐만이 아니었다. 그것을 보고 있노라니 나의 머릿속에서는 그 젊고 예쁜 여선생이 갑자기 한꺼번에 20년이나 나이를 먹으면서 중년의 여인으로 변해갔던 것이다. 이제라도 그 여선생 아니 이제 중년 고비도 더 넘은 그 여인을 만나게 된다면 나는 실없이 웃으면서 그때 못하던 변명을 하고 싶어지거나 할는지……

(『지방행정』1967년 8월)

바람의 잠자리

　내가 은일(銀一)의 결혼식에 참석하지 못한 것은 그 시각에 무
슨 특별한 일이 있어서가 아니었다. 무관심해서 시각을 잊어버렸
거나 축하할 생각이 없어서 그랬던 것은 더욱 아니다.
　─ 가끔 소식 듣고 있었어요. 어떻게 한 번도 놀러 오지 않았어
요? 식장에서 만나면 기쁘겠어요.
　불쑥 날아온 은일의 청첩장 속에 그런 조그만 쪽지가 끼어 있
었다. 두 가지 생각을 할 수 있었다. 하나는 청첩장을 많이 띄우
지 않았을 경우다.
　한 사람 한 사람 꼭 축하받고 싶은 사람만 골랐을 경우. 또 하
나는 무더기로 청첩장을 띄우면서도 유독 내게 보내는 것만은 그
녀가 손수 쪽지를 적어 넣고 봉했으리라는. 어느 경우나 고마운
일이었다.
　바쁜 일이 있어서라거나 무관심해서라는 것은 당치도 않다. 어

떤 일이 있었더라도 맨 먼저 가서 은일의 혼인을 축복했어야 마땅한 것이다. 그러나 참석하지 못했다. 장소 때문이었다. 청첩장에 씌어진 혼인식 장소가 하필 S예식장이었다. S예식장은 화신백화점 앞에서 안국동 쪽으로 조금 올라가다가 오른쪽으로 굽어든 골목 안에 있다. 내가 그런 실수를 저지르고 만 이유는 은일의 혼인식 장소가 바로 그 S예식장이었기 때문이었다.

장소가 허물이었다.

그렇다고 청첩장을 받았을 때나 또는 그 전부터 내가 S예식장을 어떻게 못마땅하게 생각하고 그것을 핑계로 처음부터 은일의 결혼식에는 참석하지 않으려고 했던 것은 물론 아니다. S예식장이나 개인과 무슨 못마땅한 관계에 있을 리도 없고 혹시 무슨 선입견이 있었다고 하더라도 그것이 은일의 혼인과 무슨 상관이 있을 것인가. 청첩장을 받았을 때는 아무렇지도 않았던 일이다.

나는 물론 S예식장으로 갈 작정이었다. 장소가 S예식장이라든가, 뭐 그런 것 말고라도 그때 내가 은일의 혼인식에 가지 않을 구실 같은 걸 생각해내야 할 필요는 추호도 없었으니까.

청첩장을 받고 나서 약간 의외라는 생각이 들기는 했었다. 은일이 혼인을 한다는 그 일이 전혀 있을 수 없는 일만 같았고, 그러나 그 일이 정말 일어나고 있다는 생각 때문에 나는 잠시 어리둥절해졌던 것이다. 그러나 그런 나의 느낌은 내가 은일의 혼인에 실망을 한다거나 그것을 질투하게 될 무슨 특별한 관계에서 생겨난 것은 물론 아니었다. 오해가 생길까 봐 미리 말해두지만, 은일과 나는 그런 사이가 아니다. 핏줄을 나누지는 못했지만 그녀와 나는 오누이처럼 가깝고 허물이 없었다.

어쩌면 오누이 이상으로 서로 아껴주면서 지냈다. 그것은 인자하고 사려 깊은 그녀의 어머니(나 역시 어머니라고 불렀지만)로 하여 더욱 그렇게 되었다. 청첩장에 끼워 넣은 쪽지에서 그녀는 제법 경어를 쓰고 있었지만, 평소 우리 둘은 나이가 비슷한 오누이들이 그러듯 어정쩡한 반말을 썼다. 그런 사이였다.

이상하게 생각된 것은 전혀 그녀 자신과만 상관해서다. 은일에게서는 얼른 상상하기 힘든 데가 좀 있었다.

가령 그녀가 어떤 회사에 취직을 해서 아침마다 출근을 하고 한 달에 한 번씩 월급을 받는 일 같은 것이다. 꼭 집어 이유를 댈 수는 없지만 그런 은일은 잘 상상할 수가 없다. 전혀 어울리지가 않는다. 또 그녀가 낮에 영화 구경을 하고 나서 대중식당 같은 데서 불고기로 점심을 먹고 있는 모습도 쉽사리 상상할 수가 없다. 어울리지가 않는다. 혼인 역시 마찬가지다. 그녀의 혼인 소식을 듣고 의외로 생각한 것도 그녀에게는 혼인이라는 것이 그만큼 상상하기 힘들고 어울리지 않는 것처럼 생각되었기 때문이었다.

학교를 졸업하고 난 은일은 그 높은 담장과 감나무로 둘러싸인 큰 집 안에서 별로 대문조차 나와보는 일이 없이 낮에는 넓은 뜰을 거닐다가 문득, 한복 치맛자락을 끌며 방으로 들어가 그림(동양화)에 매달리고, 밤이면 어머니와 함께 뜰로 나와 풀숲에서 울어대는 벌레 소리에 귀를 기울였다. 그리고 달이 뜨는 밤이면 뒤꼍 우물물을 퍼내어 찬물 목욕을 하면서 여름과 가을을 지냈다.

청첩장을 받고 나서 나는 터무니없이 그런 생각부터 먼저 했

46

다. 그런 그녀에게 결혼은 어울리는 일이 아니었다. 청첩장을 받고 나서 비로소 그런 생각이 든 것은 아니었다. 은일네 집에서 지낸 몇 년 동안, 그리고 그곳을 나와 지낸 이 수년 동안 나는 무의식중에 은일을 그렇게만 생각해왔던 것이다.

그러나 청첩장을 받은 이상 그것은 나의 착각에 불과한 것이었다. 마땅히 은일의 혼인식에 갔어야 했다. 가서 축복을 해주고 그녀와 그녀의 어머니를 기쁘게 해드렸어야 했다. 나 역시 그럴 생각이었다. 그리고 그곳으로 갔다.

그러나 나는 결국 S예식장까지는 가지 못하고 말았다. 장소가 하필 S예식장이었기 때문이었다. 화신에서 안국동으로 올라가다 S예식장으로 굽어드는 골목길 어구에 또 하나 다른 예식장이 있었기 때문이었다. 우선 S예식장이 그 J예식장을 지나가게 되어 있었기 때문이었다.

S와 J 두 예식장은 장소가 인접해 있는 데다가 규모나 시설이 그만그만하고 지명도 비슷비슷해서 어느 쪽이 S고 어느 쪽이 J인지, 또 그것을 기억하고 있는 사람이라도 청첩장에는 어느 쪽이라고 씌어져 있었던지 막상 식장을 찾아가다가는 어름거릴 때가 있다. 나 역시 청첩장을 받았을 때의 어릿한 기억만 가지고 나섰다가 그런 경우를 당할 때가 많다. 어떤 때는 아주 착각을 하고 거꾸로 찾아갈 때가 있다. 그러나 그런 때 나는 별로 걱정을 하지는 않는다. 어느 쪽이라도 두 곳은 별로 먼 거리에 있지 않으니까. 아무 곳이나 가까운 쪽부터 둘러보면 아니까. 그래서 청첩장을 받았을 때도 대게 그 근처라는 것 정도밖에 정확히 기억을 해

두지 않은 것인지 모른다.

그러니까 그날 내가 잠시 착각으로 S로 갈 것을 무심코 J로 들어가버린 것으로 은일의 혼인식에 가지 못한 허물을 삼고 S예식장의 장소만 탓할 수는 없을 듯도 하다. 그러나 그렇지 않다.

뭐라고 해도 맨 처음 허물은 혼인식 장소를 S예식장으로 정한 데 있었다. 그리고 S예식장으로 굽어드는 골목 어귀에 J예식장이 있었기 때문이었고 내가 그곳으로 잘못 발을 들여놓은 때문이었고, 거기서 너무 많은 사람들이 욱실거리고 너무 많은 자동차들이 즐비하게 늘어서 있는 것을 보았기 때문이었다.

그녀의 어머니 이야기를 하면 내 말을 금방 알 수 있다. 어머니의 이야기. 그렇다. 그 이야기를 조금 해야겠다. 은일에 관해서 말하자면 그녀의 어머니를 빼놓을 수가 없다. 그리고 실상 그녀의 청첩장을 받은 순간부터 나는 은일보다는 오히려 그 어머니 쪽의 일이 더 많이 생각났다. 그것도 이야기를 들어보면 곧 알 수 있다.

이야기를 해야겠다. 그러자면 먼저 내가 은일 모녀를 알게 된 때부터 이야기를 시작해야 한다.

내가 은일네를 처음 알게 된 것은 대학 2학년 때였다. 대학을 문과로 진학했기 때문에 나는 그 무렵 제법 책을 읽은 편이었는데, 사실은 읽고 싶은 책을 다 사볼 만큼 용돈이 푼푼하지가 못했다. 그래서 나는 아무 집에나 가서 책장을 뒤지다 맘에 드는 책이 있으면 그것을 빌려다 읽곤 했다.

그렇게 내가 책을 빌려 나르는 단골 중에 육촌 형이 하나 있었다. 형은 이미 대학을 졸업하고 어떤 은행 외국부에 취직을 하고 있었는데, 그런 직업을 가진 사람치고는 신기할 만큼 볼만한 책을 자주 구해다 놓았다. 그득하게 쌓아놓은 것이 아니라 어디선지 자주 이것저것 다른 책들을 구해 왔다.

그 책들은 근래에 간행된 것보다도 묵은 것들이 더 많았다. 몇 십 년 전에 출판된 것도 있었다. 그것이 나는 더 맘에 들었다. 육촌 형도 그 책들을 사들이는 것이 아니라 또 다른 곳에서 늘 빌려 나르는 모양이었다. 그의 책꽂이에는 늘 같은 책이 꽂혀 있는 것이 아니었다.

전에 있던 책이 한두 권 사라지면 또 다른 것이 그 자리에 채워져 있곤 했다. 어디서 빌려 나르는 게 분명했다. 그러나 그건 내가 상관할 바가 아니었다. 나는 그 육촌 형이 빌려다 놓은 책을 다시 빌려 날랐다. 그러는 나를 육촌 형은 썩 대견해하면서 또 책을 잘 빌려주었다. 그런데 그렇게 한 몇 달 지나던 어느 날이었다. 읽은 책을 돌려주고 새 책을 빌리러 간 나에게 육촌 형이 함께 어떤 집엘 가지 않겠느냐고 했다. 그 집이 바로 자기가 늘 책을 빌려오는 곳인데 이제 자기를 심부름시킬 것 없이 내가 그 집과 친해져서 직접 책을 빌려다 읽는 게 좋겠다는 것이었다.

"요즘 난 통 책을 읽지 않았어. 이젠 읽기가 싫어…… 네가 읽고 오면 곧 돌려주러 가곤 했지."

"그럼 왜 책을 빌려오긴 했어요?" 의아해하는 나의 말에 형은

"글쎄…… 나한테 책을 빌려주는 분은 아직도 내가 열심히 책을 읽는 줄 알고 계시거든. 내가 책을 빌리러 가지 않으면 책을

읽지 않는 게 드러나버릴 테니까. 내가 책을 읽지 않는 걸 아시면 그분은 실망을 하실 게 틀림없거든."

알 듯 모를 듯한 소리를 하고는 또 무슨 변명처럼

"그리고 네게 읽게 하려구도 그랬구"

하는 것이었다.

"내게 읽히고 싶으면서 왜 형은 읽지 않아요?"

"글쎄, 어떻게 그렇게 되어버리던걸. 네겐 미안한 얘기지만 부질없는 일만 같구……"

육촌 형은 뭔가 감춘 듯한 얼굴로 애매하게 웃었다.

그러나 그런 형의 태도는 별로 문제될 게 없었다. 나는 형을 따라나섰다. 차중에서 나는 육촌 형으로부터 한 부인과 은일이라는 이름을 가진 그 부인의 딸에 관한 이야기를 들었다. 그날 가서 만난 것이 그 은일 모녀였다.

은일네 집은 천호동을 지나 광주로 나가는 도로변에서 띄엄띄엄한 전나무 가로수로 인도되는 길을 한참이나 들어간 숲속에 있었다. 담장이 높고 해묵은 솟을대문이 굳게 잠겨 있는 집이었다.

사잇문을 밀고 안으로 들어서니 내부 역시 굉장한 집이었다. 3천 평쯤 되어 보이는 넓은 뜰이 동산과 연못들로 이루어져 있고, 높고 무성한 감나무들이 담장을 따라 죽 둘러서 있었다. 너무 넓어서 군데군데 가꾸어지지 않은 부분은 풀이 무성했다. 그 뜰 안쪽 깊은 곳에 담장이나 대문 규모에 못지않은 구식 와가(瓦家)가 한 채 덩그러니 서 있었다.

한말 조정에 조용한 관직을 가지고 계시던 은일의 할아버지가 여생을 보내기 위해 이 집을 짓고 나서 곧 세상을 떠나셨는데, 은일의 아버지 역시 재산을 거두어 일제와 8·15해방 전후를 통해 사회복지사업에 바치느라 집을 잘 가꾸지 못해 많이 황폐해진 거라고 육촌 형이 자갈 깔린 길을 걸어 들어가면서 설명해주었다. 그리고 은일의 아버지는 6·25사변 때 평생 죄지은 일 없노라고 피난을 마다하고 그 집에 남아 있다가 집이 너무 큰 게 허물이었던지 그 기간에 세상을 빼앗기고 말아 지금은 쉰몇인가 되신 은일 어머니 혼자서 그 딸과 늙은 식모 하나를 데리고 큰 집을 지키고 계시다는 것이었다. 대문간 양쪽에 붙은 두 방에 문지기로 한 가족이 들어 있는 모양이기는 했지만 그것도 본채와 너무 떨어져 있어서 별 도움이 될 것 같지가 않았다.

안채에서는 우리가 바로 높은 마루 앞까지 가도록 사람이 살지 않는 것처럼 무슨 기척이 없었다. 여름이라 방문들이 열려 있는데도 사람의 그림자가 얼씬거리지 않았다. 육촌 형은 으레 그러는 것처럼 거기에는 전혀 괘념을 않고 방문 앞으로 불쑥 다가섰다.

그리고는 이번에도 역시 늘 그러는 것처럼 서슴지 않고 큰 소리로 불렀다.

"어머니, 어머니 계세요?"

안에서는 아무 대꾸도 없었다. 육촌 형이 두번째로 목소리를 좀더 높여 불러대자 겨우 무슨 기척이 있는 것 같았다. 그러고도 한참 그런 다음에야 이윽고 한쪽 마루방에서 하얀 모시 치마 부인 한 사람이 눈을 부비며 나타났다.

"저 왔습니다. 또 낮잠을 주무시고 계셨군요."

형의 말에 육촌 형이 어머니라고 불렀던 그 부인은 이내 조용한 웃음을 담으시고는

"그래 해가 설핏해지면 깜박 잠이 들곤 한단다. 부르는 소릴 듣고서 깼구나."

전혀 졸림기가 없는 음성으로 말씀하시고는 마루로 내려 앉으셨다.

"제 동생입니다."

육촌 형은 나를 그 부인께 소개하면서 나에게 인사를 드리라고 했다. 나는 부인의 부드럽고 이상하게 여유가 있어 보이는 태도에 압도되어 깊이 머리를 숙였다.

"응, 너냐? 책을 그처럼 좋아한다는 아이가?"

부인은 대뜸 말을 낮잡으면서 기특하다는 듯 나를 찬찬히 들여다보시면서 웃었다. 그러나 나는 부인의 그런 태도가 조금도 불쾌하지 않았다.

"그렇다면 이제부터 나하구 좀 친해지자꾸나. 같이 책두 읽구. 우리 집엔 책이 좀 있으니까."

육촌 형이 나설 것도 없이 먼저 부인이 약속을 해버리셨다.

그러니까 결국 내가 은일을 안 것은 책 때문이었고, 육촌 형 때문이었고, 육촌 형에게 책을 빌려준 어머니 때문이었다. 그러나 그날 은일을 만난 것은 아니었다. 나와 같이 대학 2학년에 재학 중인 은일은 그날 학교에서 좀 늦고 있는 것 같았다.

그러나 그때 나에게는 보지도 못한 여학생 따위의 일에 관심이 있을 리 없었다. 그보다도 나는 그 어머니라는 분과 귀중한 약속

을 하게 된 것만이 기뻤다. 일주일에 한 번씩 책을 빌리러 가기로 한 것이었다. 책은 얼마든지 있었다. 말하자면 보물창고를 발견한 셈이었다. 그 창고에서 일주일마다 가장 마음에 든 것으로 한두 가지씩 골라 올 수 있었다. 다만 그것을 한 주일 동안에 읽고 다음 것을 가지러 갔을 때 읽은 것에 관해 부인과 이야기를 하면 그만이었다. 그것이 책을 빌려주시겠다면서 부인이 내게 다짐을 준 조건이었다. 그것도 싫지가 않았다. 이 집에 책을 사들일 사람이 따로 없고 보면, 그리고 별로 할 일도 없어 보이는 걸 보면 오래전 것부터 그토록 책을 모아들인 것은 부인 자신이기가 쉬웠다. 자신은 그 책들을 읽지 못해서 이야기를 듣고 싶다고 했다.

그건 아마 그 책을 모조리 읽지 못했다는 뜻이리라. 상당한 독서량이 짐작되었다. 그런 점잖은 부인과 읽은 책에 관해서 일주일에 한 번씩 이야기를 하는 것은 오히려 유쾌한 일로 여겨졌다.

다음 주일부터 나는 그 천호동 밖 은일네 집으로 한 주일에 한 번씩 책을 바꿔 빌리러 갔다.

은일을 처음 본 것은 내가 다시 책을 바꾸러 그 집으로 간 두번째 날이었다. 그날은 은일도 학교에서 일찍 돌아와 있었다. 어머니처럼 살결이 곱고 키가 조금 크고, 그리고 한복 치마저고리가 썩 잘 어울리는 여자였다. 그런 옷차림을 하고 있어서 그런지 대학 2학년이라는 연배보다는 훨씬 나이가 들어 보였다. 그날 부인은

"얘, 느이들도 친해지거라. 은일인 학교에서 그림을 배우니까 책 같은 건 멍텅구리인 줄 알구"

하셨다. 은일은 어리광스럽게 어머니를 건너다보면서

"왜 제가 책은 멍텅구리예요? 어머니"

하고 싫지 않은 대답을 했다. 어리광스런 태도와는 다르게 그만한 딸들이 으레 그러듯이 그녀는 '엄마'라고 부르지를 않았다. 이건 나중에 새삼스럽게 느낀 일이지만 그녀는 절대로 어머니를 엄마라고 부르는 일이 없었다. 언제나 어머니였다. 그리고 어리광 중에도 깍듯한 경어를 잊지 않았다. 그러나 그것들이 모두 조금도 어색하지가 않았다. 하긴 어머니 쪽에서도 가끔 그녀에게 경어를 쓰는 버릇이 있었다. 그것 역시 교양미를 풍기고 싶어 하는 젊은 엄마들이 꼬마둥이 자식들에게 쓰는 경어와는 다르게 조금도 어색하지가 않았다.

어떻든 그런 첫 주일이 지나고 다음 주일이 왔을 때 나는 좀더 은일네와 친해지고 있었다.

"너도 나 어머니라고 부르렴. 네 형도 그랬으니까 당연하지 않아……"

무슨 말 끝에 은일 어머니라는 불쑥 그렇게 말씀하시고는

"가만있자, 그럼 둘 다 날 어미라 부르니 느이들도 오누이가 되어야지?"

웃음을 지으시며 곁에 앉아 있는 은일과 나를 번갈아 쳐다보시는 것이었다.

"누가 손위가 될래? 나이들을 말해 봐."

그래서 이때부터 나는 부인을 어머니라 불렀고, 은일과는 경어가 정이 없다는 어머니의 권유에 따라 어물어물 말끝을 흐리는 오누이가 되었다. 학교가 늦은 내가 한두 살 위로 오라비가 되었

으나 그쯤 손해를 보기로 하고서.

그렇게 한 달쯤이 지나고 나서 이젠 처음처럼 그렇게 쑥스럽거나 괜히 무엇에 압도되는 듯하던 기분이 사라지고 어머니나 은일이나 상당히 허물이 없어져가던 때였다. 하루는 어머니께서 또 느닷없는 말씀을 하셨다.

"어떠냐. 난 네가 아주 우리 집으로 와서 함께 지내줬으면 좋겠다. 나하구 책 읽은 이야기나 맘껏 하면서 지내게. 시내도 멀고 불편한 게 많겠지만 방은 여럿 있으니 너만 괜찮다면 우린 환영이다. 든든하기도 하겠구."

이사를 해 오라는 것이었다.

나로서는 싫어할 아무 이유가 없었다. 내가 좋아서 가는 길이기는 했지만 일주일에 한 번씩 그 먼 거리를 빼지 않고 다니기란 여간 힘이 들지가 않았다. 게다가 그 무렵에는 여름방학이 곧 시작될 참이라 어떻게 할까 망설이고 있던 참이었다. 특별한 방학 계획도 없이 책을 읽기 위해서 서울 하숙집에 남아 있을 수는 없었다. 책이나 한꺼번에 몽땅 빌려다 짊어지고 고향으로 내려가는 수밖에 없다고 생각하고 있었다. 그 여름을 집으로 와 있으라니 싫어할 이유가 없었다. 아니 싫어할 이유기보다 나는 전부터 벌써 아주 그곳으로 가서 지내고 싶었었다. 그러나 그것은 어림없는 욕심일 게 분명했다. 어머니는 대화 중에서나 지내시는 형편에서 무척 사람을 싫어하고 계시다는 것을 알 수 있었다. 오죽하면 외떨어진 그 큰 집을 모녀 두 사람이서 지켜내고 있으랴 싶었다. 함께 지내고 싶다는 욕심 따위는 아예 내색조차 하지 못했다.

그런데 그 어머니께서 나의 불편을 눈치채고는 먼저 함께 지내라시는 것이었다.

나는 다음 날로 곧 은일네로 이사를 해 들어갔다. 그래서 나는 그 여름을, 아니 그 여름뿐만이 아니라 대학을 졸업하기 조금 전까지 2년 가까운 기간을 그곳에서 지내게 되었다.

그곳에서 나의 대학 시절의 대부분은 은일이네와 함께 조용하게 흘러간 셈이었다. 물론 나는 열심히 책을 읽고 그 읽은 책의 이야기를 어머니와 나누는 것이 그 집에서의 나의 가장 중요한 구실이었고 또 즐거움이었다. 어머니 역시 굉장한 분량의 책을 깊은 이해 속에 이미 간직하고 계셨다. 그리고 아직도 도수가 별로 높지 않은 안경을 끼시고 계속해서 책을 읽으셨다.

그리고는 내가 읽은 책에 관해 이야기를 들으시거나 자신이 이야기를 하셨다. 그러나 그것은 뭐 토론처럼 그렇게 엄격한 형식의 것은 아니었다. 반드시 내가 읽은 책에 한정되지도 않았다. 어머니께서 옛날에 읽은 것에 관한 이야기를 하실 때도 있었다. 그러다가 이야기가 책 바깥으로 번져나가기도 했다.

이야기가 어떤 것이든, 그리고 형식이 어찌 되었든 우리는 이상스럴 정도로 격조의 이야기에 열중했다. 어머니는 내가 마치 세상 보는 눈이 비슷한 당신 연배의 친구나 되는 듯, 그리고 그 친구를 오래도록 만나지 못했다가 모처럼 찾아내고 난 것처럼 열심히 그리고 많은 이야기를 하셨다.

그사이 육촌 형은 나를 소개하고 난 뒤로는 무슨 부채라도 벗어버린 기분인 듯 다시 책을 빌리러 나타나지 않았다. 다만 내가

아주 집을 그곳으로 옮기고 나서 형을 찾아가 그 사실을 알렸을 때 형은

"그래? 거참 잘 되었구나. 하지만 너 조심해야 해."

그렇게 알 수 없는 주의를 주었다.

"무얼 말이에요?"

하니까 그는

"은일에 대해서 말인데, 그분들의 친절을 착각하지 말라는 거다. 그러진 않으리라 생각하지만 혹시 그런 착각에 빠지는 일이 생기면 너만 아플 테니까. 착각이란 결국은 깨어나야 하고 깨어날 때는 상당히 아프게 마련이거든."

요령있게 핵심을 흐리면서, 그러나 약간 꺼림칙한 것이 남는 어조로 말했다. 나는 형이 말하는 착각의 내용을 정확히 이해할 수는 없었으나 하여튼 어느 경우도 그분들의 친절을 착각할 일이란 없으리라고 생각했으므로 형의 그런 경고는 문제가 되지 않았다. 문제가 된 것은 형이 그 후로도 다시는 책을 빌리러 나타나지 않은 것이었다. 그러나 그것도 형의 예상과는 달리 어머니는 형이 이제 책에서 취미가 떨어졌나 보다고 가끔 말씀을 하시면서도 그 일 때문에 실망을 하시는 것 같지는 않았다. 어머니는 그즈음 나의 독서와 이야기에 대해서 그만큼 만족하고 계신 것 같았다.

그러나 내가 지금 여기서 이야기하고자 하는 것은 물론 책에 대해서만은 아니다. 그것보다는 오히려 내가 그 집으로 들어가 함께 2년간을 지내면서 머릿속에 깊이 인상지어진 어머니와 은일의 다른 모습에 관한 것들이다. J예식장으로 잘못 들어갔다가

문득 떠오른 생각들도 바로 그것들이었다.

그것은 어머니와 은일의 몇 가지 습관을 이야기하면 보다 잘 설명이 되어질 것이다.

가장 먼저 이야기할 것은 어머니의 신비스런 잠에 대해서다. 처음 내가 육촌 형과 함께 그 집으로 갔던 날, 어머니가 낮잠을 주무시다 우리를 맞으신 것은 그때 형의 말투에서 보인 것처럼 우연한 일이 아니었다. 그것은 어머니의 이상한 습관 중의 하나였다. 어머니는 낮잠을 퍽 좋아하셨다. 책을 읽으시거나 무슨 생각에 잠겨 계시다가 슬그머니 잠이 들어버리실 때가 많았다. 특히 한낮이 기운 다음 햇볕이 엷어질 때쯤 해서는 무엇을 하고 계시다가도 꼭 잠이 들어버리시곤 했다. 어머니의 그런 낮잠 습관은 어떤 불가사의 같았다. 그분이 잠이 드시는 것은 방이라든가 마루라든가 그런 곳만은 아니었다.

뜰을 거니시다가 동산 바윗돌 위나 풀숲에서도 곧잘 잠이 드셨다. 한번은 초가을 어느 날 오후였는데 어머니는 햇볕이 따가워 좋다고 연못가 풀밭에 비스듬히 누워서 여학교 때 이야기 같은 것을 하고 계셨다. 그러다가 어머니는 얼굴에 볕이 너무 따갑게 닿은 것을 피해 근처에 피어 있는 코스모스 그늘로 머리를 들이미시더니 이내 말소리가 흐려지셨다. 돌아보니 어느새 잠이 들어 계셨다. 가늘게 코까지 골면서 어머니는 그 맑은 얼굴에 코스모스꽃 그림자를 지으신 채 어린애처럼 자고 계셨다. 그러나 어머니는 그런 습관을 고치려고 하시는 눈치는 조금도 보이지 않았다. 잠이 깨어나시면 으레

"응? 너 아직 거기 있었니? 나 한참 잤지?"

곁에서 기다리고 있는 은일이나 나에게 말씀하시고는 언제 잠을 잤느냐 싶게 가벼이 자리를 일어서시는 것이었다. 그것을 알 수 없고 신비로운 어머니의 습관이었다. 그사이 나는 어머니로부터 옛날 여학교 때의 추억이며 처녀 시절의 꿈 그리고 결혼 후의 일에 관해 몇 번 이야기를 들어 그분을 어느 정도 알고 있는 터이기는 했지만 이 낮잠 습관에 대해서만은 전혀 들을 수도, 설명할 수도 없었다.

어머니에게는 낮잠 말고도 또 하나 이상한 습관이 있었다. 이 것은 어머니뿐만이 아니라 은일에게도 해당되는 것인데 그것은 달빛이 휘황한 밤이면 반드시 뒤뜰 우물가에서 찬물 목욕을 하시는 것이었다. 여름날 밤 달빛이 밝으면 우리는 바람을 쏘이러 꼭 뜰로 나갔다. 거기서 셋이 달을 쳐다보며 이야기를 하다가 어머니는 꼭 뒤뜰 우물가로 가서서 우물물로 밤 목욕을 하셨다.

우물은 아주 집 뒤에 가려진 곳이 아니라 우리가 달을 쳐다보며 바람을 쏘이고 앉아 있는 데서도 보이는 곳에 있었다. 그러나 어머니는 자리를 피하게 하지 않고 멀리 뽀얀 달빛 속으로 모습이 아른아른 보이는 곳에서 그냥 목욕을 하셨다. 확실치는 않지만 찰싹찰싹 물 끼얹는 소리만 몰려들고 있는 듯한 뽀얀 달빛의 아지랑이 속으로 어머니의 모습도 희미하게 볼 수 있었다.

아주 집 그늘에 숨어서라면 목욕이 무슨 재미겠느냐는 것이었다. 부끄러울 만큼 몸이 드러나는 것도 아니고 또 부끄러울 사람도 없으니 그냥 비켜날 것 없다는 것이었다. 그래서 어떤 때는 거기서 목욕을 하시면서 목소리를 낮게 돋아 하던 이야기를 띄엄띄엄 계속하고 계실 때도 있었다. 그리고 당신의 목욕이 끝나면 이번에는 은일이더러도 한차례 물을 끼얹고 오라시는 것이었다. 은일 역시 스스럼없이 그곳에서 그냥 찬물 목욕을 하고 오곤 했다. 몇 번씩 권을 받고도 거기서 한 번도 목욕을 하지 못한 것은 나 한 사람뿐이었다.

여름날 밤 달빛 속에서 시원한 찬물 목욕쯤 하는 것이 뭐 그리 이상한 습관이냐고 할지 모른다. 나 역시 처음엔 그렇게 생각했다. 그러나 그런 일이 여름만이 아니라 가을까지 계속되는 데는 이상한 생각이 놓지 않을 수 없었다. 어머니와 은일은 더운 여름 밤바람을 쏘이러 나갔다가 포근한 달빛 속에서 찬물 목욕을 즐기고 만 것이 아니라 저녁 날씨가 서늘해진 가을까지도 달이 밝으면 그 차가운 달빛 속에서 목욕을 하곤 했다. 이때도 물론 식구가 모두 달구경을 하러 뜰로 나갔다가 그렇게 되곤 했으나 그쯤 되고 보니 나는 뜰로 나가는 것이 바람을 쏘이거나 달구경을 위해서가 아니라 목욕을 하기 위해서인 것같이 생각이 될 지경이었다. 이런 달빛 속의 목욕 습관은 늦가을이 되어 담장을 따라 늘어선 감나무 잎들이 빨갛게 물들어 낙엽이 다지고 난 다음에야 중지되었다.

이것 역시 나로서는 쉽사리 해득할 수 없는 일이었다. 그리고 신비로운 모습으로 오래 머릿속에 남아 있는 일이었다.

수수께끼 같은 습관이라든가 그런 것에 대해서 한 가지만 더 이야기하자.

가을이 되면 담장을 따라 둘러선 감나무의 감들이 익기 시작했다. 그런데 그 감나무들에는 이따금 조무래기 감 도둑들이 넘어들었다. 부근 마을 아이들이었다.

그러나 어머니는 녀석들이 담장을 넘어 들어오는 것을 보고도 처음에는 짐짓 모른 체를 하고 계셨다. 그러다가 녀석들이 감나무를 기어 올라가고 나면 그제야 긴 장대를 들고 멀리서부터 소릴 치시며 쫓아갔다. 그러면 나무로 올라갔던 녀석들은 기겁을 하고 나무에서 내려와 도망을 치려고 했다. 그러나 마음이 급해진 녀석들은 들어올 때와는 다르게 담장을 쉽사리 넘어가지 못하고 쩔쩔매기만 했다. 그러다가는 급한 김에 풀숲으로 뛰어들어가 숨었다. 감나무 부근은 대개 풀이 허리께까지 자라 있었다. 그러면 어머니는 요 녀석들 장대 맛을 봐라, 하시며 그 긴 장대로 풀숲을 툭툭 내려치시는 것이었다. 그러나 뭐 그것은 얻어맞아서 상처를 입을 만큼 심하게 내려치시는 것은 아니었다. 어머니는 오히려 그 장대에 녀석들이 얻어맞을까 싶어 일부러 풀이 적고 녀석들이 숨어 있지 않을 만한 곳을 골라 소리만 크게 내어 두드리시는 것 같았다. 그러나 아이들은 그 소리에 놀라 마침내는 풀숲에서 일어나 몸을 드러내놓고 도망질을 시작한다. 그러나 대문이 닫혀 있으니 쫓고 쫓기는 사람은 천생 담장 안에서 술래잡기가 되어버린다. 그러면 어머니는 정말 술래잡기 놀이라도 하시는 듯 녀석들을 이리 쫓고 저리 쫓고 하시며 풀밭을 뛰어다니셨다. 그 뛰어다니시는 모습도 꼭 쫓기는 녀석이 잡혀주기라도 하면 어쩌나 겁을 내고 계시는 것처럼, 달아날 여유를 주려고 애를 쓰시는 것 같은 형국이었다. 그러나 쫓기는 쪽은 그렇게 장난스런 기분일 리가 없다. 잔뜩 마음이 조급해지거나 풀포기에 걸려 넘어지거나 하면 녀석들은 그만 더 달아날 엄두를 못 내고 그 자리에 주저앉아 와 울음을 터뜨려버리기가 일쑤였다. 그런데 그다음이 괴상했다. 쫓기던 녀석이 그렇게 울음이 터뜨리며 주저앉아버리면 어머니는 번번이 어쩔 줄을 모르고 당황해하시는 것이었다.

"요 녀석 좀 봐. 요 못난 녀석. 울긴 왜 울어?"

하시면서 조무래기를 잡아 일으켜 다친 데가 없나 살피시거나, 아니면 픽 여유가 있어 보이실 때까지도 아이가 도망치지 않으니 이제 재미가 없어져버린 듯 곁에 서서 땀을 닦으시다가는

"감 다 버렸니?"

기껏 그런 걱정을 하시고는 오히려 감을 더 두들겨 안겨가지고 대문으로 내보내주곤 하셨다.

이 밖에도 어머니의 버릇이나 수수께끼는 끝이 없지만, 이 정도로 해두자. 내가 이야기하고자 한 것은 이미 분명해졌을 테니까.

물론 이야기들이 모두 애매하고 그래서 어머니의 마음속의 비밀을 잘 설명해주지는 못한다. 그러나 이것만은 확실하다. 어머니는 언제나 대문을 걸고 담장 안에서만 지내셨다. 그리고 너무나 한적하고 조용하게만 지내셨다. 그래서 그 견딜 수 없는 외로움을 아주 자연스럽고 아름답게 견디고 계셨다. 그것만은 확언해도 좋다.

그 점은 은일도 마찬가지였다. 학교가 끝나면 그녀는 언제나 어머니가 계시는 높은 담장 속으로 일찍 돌아왔다. 그리고 그녀

만은 어머니의 수수께끼를 알고 있는 듯한 표정으로 그 잠을 나와 함께 지켜드렸고, 어머니와 함께 달빛 속의 찬물 목욕을 즐겼고, 그리고 조무래기들과 술래잡기를 하듯 풀밭을 뛰어다니시는 어머니를 말리지도 않고 눈물을 다 찔끔거리며 재미있어하는 것이었다. 그리고 그녀에 대해서라면 무엇보다 그림에 대한 이야기를 빼놓을 수가 없다. 그녀는 동양화를 그렸다.

학교에서 돌아와 한복 치마저고리로 갈아입고 어머니와 시간을 같이하는 때 외에는 언제나 대청마루에서 그림을 그렸다. 그림 한 폭을 열흘이나 보름씩 만에 완성해냈다. 어떤 것은 한 달이 걸리는 것도 있었다.

대게 산수화였다. 화폭이 컸다. 어떤 이름 있는 동양화가의 화실을 고등학교 때부터 한 3년 다녔다고 했다. 지금도 가끔 그분에게 들러서 지도를 받는다고 했다. 그 화가라는 사람은 어쩌다간 집에까지 와서 은일의 그림을 보아주는 때도 있었는데 굉장한 칭찬을 하곤 했다. 그런데 이 일에 역시 어머니와 은일은 한 가지일 수 없는 고집을 가지고 있었다. 그 화가는 은일의 그림을 꼭 국전에 출품하자고 했다. 그만 나이와 그만한 그림이면 이를 것이 없다고 했다. 그런데 어머니나 은일은 반대였다. 아무리 권유를 해도 어디 그런 데 내라고 배운 그림이냐고 한사코 반대였다. 은일의 그림은 그녀가 대학을 졸업할 때까지, 아니 그 뒤로도 끝내 출품된 일이 없었다. 다만 그림을 그릴 뿐이었다. 그 담장 높은 집 속에서.

은일 역시 어머니만큼 외로움을 잘 견디며 그 외로움을 아름답게 살아내고 있었던 것이다. 그래서 담장 바깥 사람에겐 모든 것이 소꿉장난 같고 그 장난이 심해지면 위태로워 보이는 그런 식이었다.

은일이 선을 보기 시작한 것은 내가 그녀의 집으로 들어간 해 늦가을께부터였다. 조용하고 한적하고 그리고 외롭게 살고 있기는 했지만, 그러나 그녀의 청첩장을 받고 내가 의외로 생각한 것이 그 때문만은 아니었다. 그녀가 혼인 같은 건 생각조차 한 일 없이 지내고 있었기 때문도 아니었다. 그녀는 선을 보았다. 어디선가 매파가 오고 이야기가 몇 번 오가고 나면 점잖은 아낙들과 함께 신랑감이 이 담장 높은 은일네 집으로 그녀를 보러 왔다. 그녀와 어머니가 담장을 나가 시내 어디 음식점 같은 데서 그 사람들을 만나는 일은 없었다. 언제나 집에서뿐이었다. 그 일은 은일네 집에서 일어난 일들 가운데서 가장 엄숙했다. 그러나 이 일에서 역시 나는 무엇인가 자꾸만 소꿉장난 같은 그런 기분을 느끼고 있었다. 은일이 정말로 신랑감을 골라 결혼까지 하게 될 그 일이 바로 선을 보는 일에서 시작되고 있다고 생각하면, 그 소꿉장난이 심해질 때처럼 나는 위태위태하고 불안해졌다. 무엇인지 그녀에게는 결혼이라는 것이 어울리는 것 같지가 않았다. 졸업이 가까워올 무렵, 그녀는 어떤 여학교에서 미술 선생으로 와달라고 교섭을 받은 일이 있었다. 그런 교섭을 받은 날 은일은 자기가 정말 여러 학생들 앞에 서서 출석을 부르고 칠판에 글씨를 쓰며 그 학생들을 가르칠 수 있을 것 같으냐고, 그러는 자기를 상상할 수조차 없다고 했다. 그러면서 그녀는 괜히 눈물을 글썽거리기까지 했다. 그 말에 어머니는 무엇인가 납득이 가는 듯한 표정을 지으셨다. 이상한 일이지만 그때 은일의 말에 대해서는 나 역시 마음속으로 동의를 하고 있었다. 선생질이란, 아니 어떤 일이 되더라도 도대체 그녀에겐 취직이란 어울리지 않는 일만 같았다. 그녀가 결혼을 한다는 것은 잘 설명할 수는 없지만 그 취직을 하는 일만큼이나 어울리지 않는 것이었다.

그런데 그런 느낌은 어머니나 은일에게도 마찬가지였던 것일까. 가끔가끔 선을 보기는 했지만 어머니나 은일은 좀처럼 신랑감을 골라내지 못하고 있었다. 돈이 많은 부호의 아들을 보고 나서도, 외국 유학을 하고 돌아온 예의 바른 청년을 보고 나서도, 대학 4학년 때 벌써 고등고시를 합격했다는 천재 형의 관직 청년을 보고 나서도 어머니와 은일은 무엇이 미심한지 늘 시들한 표정으로 뒤를 흐릿해버리고 말았다. 그리고는 또 선을 보았다. 좀처럼 정혼이 되지 않았다. 은일이 졸업반이 되었다. 그러나 그때까지도 정혼이 이루어지지 않았다. 어머니는 초조해지기 시작하셨다. 가끔가끔 은일의 일로 언짢은 얼굴이 되시곤 했다. 그리고 은일이 없는 곳에서는 안타까워하시길 잘 했다. 이상한 일이었다. 도대체 어머니와 은일은 어떤 신랑감을 고르고 있었던 것일까. 위태위태한 생각이 들기는 했지만 나 역시 은일의 혼인 일에는 마음이 상당히 초조했다.

내가 은일네 집을 나온 것은 그해 가을, 그러니까 어머니의 얼굴이, 그 안타까움이 눈에 띄게 드러나기 시작할 무렵이었다. 은일의 정혼이 쉽사리 이루어지지 못했기 때문이었다. 은일이 자꾸만 선을 보게 되자 나는 이상하게 책 읽는 재미가 줄어들기 시작했다. 은일이 열심히 선을 보면 볼수록 책을 읽는 일 따위는 싱거운 짓처럼 여겨졌다. 어머니께선 그런 나의 눈치를 채시고 가끔 충고를 주셨지만 재미가 덜해가는 것은 어쩔 수가 없었다. 오히려 나에게 책만 읽으라시는 어머니가 싱겁기까지 했다. 빨리 은일의 혼인이 정해져버리기나 했으면 싶었다. 그러면 다시 책으로 돌아올 수 있을 것 같았다. 그러나 그렇게 되지는 않았다. 은일도 선을 보기만 할 뿐 결말을 내지 못했다. 그리고 그림을 그리거나 집안일을 배우노라고 식모 대신 부엌으로 들어가 소꿉장난처럼 저녁상을 차리거나 하면서 지냈다. 그러자 그해 가을 무렵, 나는 완전히 책에서 정이 떨어져버리고 말았다. 어느 날 나는 나를 은일네에게 소개한 육촌 형을 찾아갔다.

"너도 결국 책에서 마음이 떠나고 말았구나. 은일이 때문이겠지."

육촌 형은 나의 정곡을 뚫은 말을 했다 싶은 듯 점잖지 않은 미소를 지으면서, 그러나 어딘지 조금 쓸쓸한 목소리로 말했다.

"은일이 빨리 혼인을 정해버렸으면 좋겠어요. 지금같이 선을 자주 보고 있기만 하니까……"

차마 다음 말을 잇지 못하고 있는데

"그래서 착각에 빠지는 일이 없도록 하라고 내가 처음에 당부를 했었지."

형이 재빨리 말해버렸다.

"착각은 아니에요. 다만 책을 읽을 수가 없다뿐이에요."

나는 내키지 않는 소리로 형의 말을 부인했다.

"어쨌든 할 수 없지. 네가 이제 그 댁을 나오는 수밖에. 내 생각으로는 앞으로도 은일의 일은 쉽게 매듭이 나질 않을 테니까."

모든 것을 알고 있는 어조였다. 그러나 그때 바로 내가 그 집을 나올 결심을 한 것은 아니었다. 내가 어머니께 그런 뜻을 말씀드린 것은 육촌 형을 만난 후, 어수선한 마음으로 한동안 거취를 망설이고 있을 때, 어머니로부터 다시 한 번 책을 읽으라는 간곡한 충고를 듣고 난 다음이었다.

"왜 요즘 책에 게을러졌니? 내가 책에 소홀해져서? 그래 난 은일의 일로 요즘 좀 초조해진 모양이지만, 일이 가닥 나고 나면 은일이 저년 내몰아버리고 둘이서만 재미있게 책을 읽자꾸나. 그럴 동안은 너만이라도 게을러지지 말아야지, 응?"

하시고는 이윽고 가는 한숨과 함께

"하지만 사람 찾기가 여간 쉬운 일이 아니구나"

하시는 것이었다. 그러나 그런 간절한 어머니 말씀에 나는 곧 결심을 하고 말았다. 그리고 이제 나는 집을 나가겠노라고 했다. 그때 나는 어렴풋하게나마 어머니께서 찾고 있는 그 사람이 어떤 사람인지 짐작이 되었던 것이다. 그것은 물론 돈이 많은 부호의 자제는 아니었다. 외국 유학을 하고 돌아온 머리 좋고 예의 바른 청년도 아니었다. 젊은 실업가도 아니고 인격이 높은 사람도 아니었다. 책을 많이 읽고 인간을 이야기하는 조심성 있는 청년은 더욱 아니었다. 아니 그 모든 사람이기도 했다. 그러나 그 모든 것 위에 또 하나 다른 것이 있었다. 그것이 무엇인지 나로서는 확실치 않았다. 어머니도 그것은 확실치 않은 것 같았다. 그것을 모르고 계셨다. 그러나 그것은 있었다. 분명히 어머니의 가슴속에 그것이 몰래 숨어 있었다. 어머니는 그것을 찾고 계셨다. 가지고 있지도 않고 말할 수도 없지만 나 역시 어머니를 통해서 그것을 느낄 수는 있었다. 그래서 나는 그 집을 나왔다. 어머니와 은일이 그런 사람을 찾아내기를 빌면서. 마침내는 그런 사람이 나서리라는 확신을 가지면서. 그러나 그런 나의 기원과 확신은 헛되어가는 것처럼 보였다. 내가 그 집을 나오고 나서도 은일은 좀처럼 혼인을 정하지 못하고 있었다. 웬만하면 정혼을 하고 말겠다고 하시면서도 어머니는 은일에게 나이를 서른 가까이나 먹게 하셨다.

그러면서도, 아니 그렇게 되니까 더욱 초조하고 안타까워하셨다. 계속해서 선을 보기는 한다는 소식이었다. 그러나 어느 때부터인지 나에게서는 내가 은일의 집을 나올 때의 기원, 마침내는 그런 사람을 찾아내고 말리라는 나의 확신이 무너져나가기 시작하고 있었다. 너무도 오랫동안 그것을 찾아내지 못하고 있는 것을 보고 나는 어느 틈에 아예 그런 사람은 이제 이 세상엔 존재하고 있지 않는 것처럼 생각하기 시작했던 것이다. 그리고 어머니와 은일의 노력은 다만 헛된 포즈— 끝내 그것으로만 끝나고 말 포즈로만 생각하고 있었던 것이다. 나에게서 은일의 진짜 혼인이란 정말로 새삼스럽고 어울리지 않은 일로 되어 있었다.

청첩장을 받고 잠시 의외라고 생각한 진짜 이유는 그 때문이었으리라. 그 사람이 발견된 것인가. 그런 사람이 정말로 있었단 말인가.

그러자 나는 갑자기 두려워지기 시작했다. 그러나 그 두려움을 무릅쓰고 며칠 뒤에 나는 S예식장으로 은일의 혼인식에 참례하러 나섰던 것이다.

그러니까 뭐라고 해도 내가 결국 은일의 혼인식장까지 가지 못하고 중간에서 슬그머니 발길을 돌려버리게 된 것은 장소가 하필 S예식장으로 정해져 있었던 때문이었다. S예식장으로 굽어드는 골목 어귀에 그 위치뿐만 아니라 규모와 설비가 비슷한 예식장이 있었기 때문이고, 거기로 발을 잘못 들여놓게 된 내가 너무 많은 사람과 즐비한 자동차들을 보게 된 때문이었고, 그리고 무엇보다 그때 마침 1층과 2층과 3층과 그리고 4층과 특실에서 거의 한꺼번에 식을 마치고 나오는 비슷비슷한 여러 쌍의 신혼부부와 만나버렸기 때문이었다.

그것은 모두가 하필 S예식장이 거기 있었기 때문이고 은일의 혼례식 장소를 그 S예식장으로 정해놓았기 때문이었다.

(『여원』 1969년 10월)

거인의 마을

1

우르릉…… 우르르르릉……

산비탈 저쪽에선 또 바다가 울려오기 시작한다. 공사판 흙차들이 어느새 다시 비탈을 굴러내려오고 있는 모양이다.

하얗게 반짝이는 햇빛을 은가루처럼 잘게잘게 부숴대고 있는 바다. 그 바다를 향해 멀찌감치서부터 흘러 내려온 검은 산줄기 끝에서는 역시 거무스름한 방뚝이 바다 가운데로 제법 멀찌감치까지 뻗어나가 있다. 바다가 울리고 있는 것은 바로 그 방뚝이 이어져 나오고 있는 산줄기 쪽이다.

달이 소년은 문득 게 구멍에서 손을 뽑고 일어섰다. 우릉우릉 소리가 들려오자 이제 달이 소년은 그토록 신이 나던 풀게잡이 장난도 재미가 떨어져버린 모양이었다. 뿌연 뻘물에서 대강 손발을 씻고 나와 소금기가 아직 촉촉한 바윗돌 위로 맥없이 몸을 주저앉혀버린다. 그리고는 하염없는 눈길로 그 산발치 쪽 바다를 응시하기 시작한다.

우르릉…… 우르르르릉……

소리는 점점 더 가까이로 그리고 난폭스럽게 다가오고 있다.

지금까지 바다 위로 가지런히 부셔져 내리고 있던 햇빛마저 그 소리에는 잠시 자리를 잃고 흔들리는 듯했다.

이윽고 그 산줄기 끝에서는 바다로 뻗어나간 검은 방뚝을 따라 개미처럼 줄줄이 꼬리를 문 흙차들이 재빠른 모습을 드러내기 시작했다. 한 대, 두 대, 석 대, 넉 대……

와르릉와르릉, 바다는 이제 더욱 세차게 울리고 있었다.

그러나 한 대 두 대, 산비탈을 빠져나오는 흙차를 세고 있던 달이 소년의 눈길엔 이제 슬그머니 어떤 근심기 같은 것이 어리기 시작한다. 아니 소년은 숫제 그 흙차의 수를 세어보는 것조차도 이미 단념을 해버리고 있는 표정이다.

어느덧 소년의 조그만 입술 사이로는 자기도 모르게 깊은 한숨까지 흘러나오고 있었다. 도대체 사람들은 어째서 저런 무서운 일을 시작하고 있는 것일까.

사람들이 바다를 메우는 일이 시작되면서부터 소년에겐 정말 깊은 근심거리가 한 가지 생기기 시작했다. 그것은 물론 사람들이 바닷물을 끊어 막기 시작한 바로 그 일 때문인 것이었다. 하지만 소년의 근심은 따지고 보면 사람들이 바닷물을 막기 시작한 훨씬 전부터도 이미 그의 마음속에 어두운 그림자를 짓고 있었는지도 모른다. 그것은 달이 소년이 구제 방뚝 한복판에 검은 가지를 늘어뜨리고 있는 커다란 소나무를 무엇보다도 무서워해왔으니 말이다.

달이네 바닷가 오두막 앞에서는 지금 새로 흙을 부어나가는 방뚝 말고 또 하나의 길고 구불구불한 방뚝이 건너편 산기슭과 바닷물을 막고 이어져 있다. 그러니까 마을에서 외따로 멀어져 나온 달이네 오두막은 바로 그 길고 구불구불한 옛날 방뚝의 한쪽 끝을 혼자 쓸쓸히 지키고 서 있는 셈이다. 그리고 그 구불구불한 옛날 방뚝의 중간쯤에는 유난히 검고 무성한 가지를 늘어뜨린 채 밤이나 낮이나 바닷바람을 받으며 우우 기분 나쁜 소리를 내고 있는 소나무가 한 그루 서 있다.

한데 달이 소년은 무엇보다도 그 소나무와 우우 소나무 가지를 지나가는 바닷바람 소리가 싫었다. 해가 저문 어스름이나 밤길에 그 소나무 아래를 지나게 되는 일이라도 있으면 소년은 그 소나무가 더욱 싫고 무서웠다.

그 소나무에는 그만큼 무시무시하고 끔찍한 이야기가 얽혀 있었기 때문이었다.

소나무에 얽힌 이야기는 대략 이런 것이었다.

달이 소년의 할아버지의 할아버지 때만큼이나 먼 옛날 일이었다고 한다. 그때 이 산기슭에는 방뚝도 없고 논밭도 없고 다만 파도가 출렁이는 넓은 바다가 있었을 뿐이었다고 한다. 그래서 사람들은 바다로 나가 물고기와 미역 같은 것을 건져다 간신히 배를 채우며 살아가고 있었다고. 그러다 마을 사람들은 식구가 불어나서 물고기나 미역만 건져다 먹고는 정 살 수가 없게 되어, 드디어는 농사를 지을 논밭을 얻기 위해 산을 헐어다 바닷물을 막고, 둑을 쌓기 시작했던 것이라고.

그러나 몇 년 후 마을 사람들이 갖은 고생 끝에 둑을 다 쌓고 나니 마지막 절강(絶江) 때에 가서 또 하나 어려운 문제가 생기고 말았다. 절강이란 양쪽 방뚝을 다 쌓고 나서 마지막까지 바닷물이 드나들던 곳을 아주 끊어 막는 것을 말함인데, 그때는 반드시 거룩한 잔치를 베풀어 바다를 잃게 되는 용왕님을 달래야 하고, 그 잔치를 가장 거룩하게 치르려면 살아 있는 사람을 그 절강 터에다 던져 넣어야 한다는 것이었다. 그래야 용왕님이 화를 가라앉히고 둑을 다시 무너뜨리지 않게 되는 것이라고.

하지만 마을 사람 중에서는 어느 누구도 방뚝이 다시 터지지 않게 하기 위해, 그 깊은 절강 터 물속으로 용왕님의 제수가 되어 가줄 사람이 없었다. 아무리 많은 돈을 모아준다고 해도 마을 안에선 나서는 사람이 없었다. 그래서 이번엔 마을 바깥까지 멀리 소문을 내어 사람을 구하려 했다. 그래도 결과는 역시 마찬가지였다.

할 수 없었다. 기다리다 못한 마을 사람들은 이제 다른 방법으로라도 제사를 지내고 절강을 해버리는 수밖에 없었다. 그래서 어느 날 날짜를 정하고 정말 절강을 서둘렀다. 많은 음식거리를 장만하고, 용왕님의 제수로는 사람 대신 살아 있는 돼지를 마련해 왔다. 그래 놓고 마을 사람들은 이제 그 절강 날만 기다리고 있었다.

한데 바로 그러던 어느 날이었다. 뜻밖에도 이 마을엔 형편없이 굶주린 거지 두 사람이 찾아 들어왔다. 한 사람은 나이가 쉰도 더 넘은 데다가 병까지 들어 있는 아비 거지였고, 한 사람은 아직 제 아버지의 지팡이만큼도 키가 자라지 못한 아들 거지였다. 거지들은 그것이 어떤 잔치인 줄은 짐작조차 해보지 못한 채, 그저 우연히 근처 동네를 지나다가 이 마을에 무슨 큰 잔치가 있다는 소문을 듣고 허기라도 며칠 때울 수 있을까 싶어 무심히 길을 잡아든 사람들이었다.

그러나 그 부자 거지가 어떻게 해서 마을을 찾아들게 되었든 사람들은 그런 걸 상관하려 하진 않았다. 이 뜻밖의 길손을 맞아들이기에 온 마을은 누구의 전갈이나 사전 의논이 없는데도 재빨리 한통속이 되어버렸다. 그리고는 이날 밤 마을 어른들과 그 아비 거지 사이에는 은밀한 이야기들이 몇 번씩이나 분주하게 오가고 있었다.

그러자 그다음 날부터 두 길손에 대한 마을 사람들의 대접은 더욱 융숭해져갔다. 두 사람에게 목욕물을 데워 바치고, 좋은 옷을 주고, 그리고 두 사람이 원하는 것이면 무엇이든지 제꺽제꺽 갖다 바쳤다. 두 거지는 좋은 옷에 좋은 음식에 넋이 빠져나간 사람처럼 먹고 마시고 뒹굴면서 호강을 했다. 특히 아비 거지 쪽은 허기가 웬만큼 꺼지고 난 다음부터는 계속해서 술을 퍼마셔댔기 때문에 정말 정신이 다 나가버린 꼴이었다.

그러나 두 사람이 그렇게 호강을 누린 것도 불과 며칠뿐, 마을 사람들은 이 뜻밖의 길손들이 마을을 찾아든 후로 미뤄놓았던 절강 날을 벌써부터 다시 잡아놓고 있었던 것이다. 그리고 드디어 그 두번째의 절강 날이 되었을 때, 술에 만취해 있던 아비 거지는 마을 사람들이 잔치를 시작하기도 전에 새벽같이 마을을 빠져나가 혼자 절강 터로 가서 몸을 던져버렸던 것이다. 그 아비 거지의 행동은 어찌나 은밀했던지 마을 사람들뿐 아니라 함께 잠자리를 지키고 있던 그 아들 거지조차도 까맣게 모를 정도였다는 것이다.

그러나 어쨌든 절강 잔치는 그렇게 해서 무사히 끝이 났고, 마을 사람들에게 조그만 새 논밭을 만들어준 방뚝은 그렇게 해서 생긴 것이라 했다. 아침 늦게야 잠을 깨고 난 아들 거지는 아버지가 어떻게 되어간 줄도 모른 채, 그 후 마을 사람들이 마련해준 영문 모를 돈자루를 허리에 두르고는 마을을 떠나가버렸고……

한데 그렇게 해서 생긴 옛날 방뚝의 한가운데쯤, 바로 그 아버지가 물속으로 뛰어들어가 죽었다는 절강 터에서는 언제부터인지 한 그루의 소나무가 자라기 시작했고, 마을 사람들은 아무도 종자를 내지 않은 그 소나무가 하필 거기서 가지를 뻗치기 시작한 것은 그것이 필시 절강의 제수가 되어간 아비 거지의 넋이 오래오래 이 방뚝을 지키기 위해서일 것이라고들 했다는 것이다.

그것은 달이 소년이 아버지와 마을 사람들과 그리고 돌아가신 어머니, 그 모든 사람들로부터 여러 번 들은 이야기였다.

그러니까 알고 보면 그 소나무는 낡고 부석부석한, 이제는 규모도 잘 알아볼 수 없는 옛 방뚝을 바닷물로부터 지켜주는 고마운 나무라고 할 수도 있는 것이기는 했다. 그러나 달이 소년은 역시 소나무가 그렇게 고마운 것으로만 여겨지지는 않았다. 절강 터에다 산 사람을 제사 지냈다는 것이, 그리고 바로 그 소나무에 가엾은 어른 거지의 넋이 숨어 있다는 것이 아무래도 기분 나쁘고 무시무시하기만 했다. 한데 그 소나무 한 그루만 해도 기분이 나쁜 터에 사람들은 바다 바깥에다 또다시 새로운 방뚝을 쌓기 시작하고 있는 것이다. 그러면 사람들은 그 새 방뚝의 절강 터에 다 또다시 산 사람을 제사 지내려 할 것이고 그렇게 되면 그 기분 나쁜 소나무가 다시 한 그루 솟아나서 검고 칙칙한 가지를 뻗치고 서서 밤마다 무시무시한 소리를 울어대기 시작할 것이다.

무엇보다도 소년은 또다시 누군가 산 사람을 절강 터에다 제사 지내야 한다는 것이 끔찍스럽기만 했다. 근심이 되지 않을 수 없었다.

— 이번에도 사람들은 정말 그런 제사를 지내려고 할까. 어쩌면 이번엔 그냥 절강 잔치를 해버리고 말는지도 몰라. 언제나 거지가 찾아오진 않을 것이거든.

근심이 되다 못해 소년은 그런 식으로 은근히 마음을 달래보려고도 했다. 그러나 그러고 나서도 소년은 아주 안심이 되어버릴 수는 물론 없었다. 아버지마저도 그런 소년에겐 위로가 되어주지 못했다. 아니 소년의 아버지는 달이의 근심을 덜어주기는커녕 오히려 더 무시무시한 소리로 소년을 윽박 질러버리는 것이다.

"달이 녀석! 너 절대로 공사판 같은 덴 놀러 오면 못써! 구제방 소나무 밑에 산 사람을 파묻어버린 이야기 알지? 이번에도 절강

을 하게 되면 산 사람을 물속에 집어넣어야 하는데 공사판 근처
엘 얼씬거렸단 봐라. 누가 눈독을 들여놨다가 널 잡아넣자고 할
지 모른단 말야. 그렇게 됨 나도 할 수 없는 일이거든, 알았어?"

아침마다 공사판 일을 나가기 전에 으레 한차례씩 아버지가 되
씹어 뱉곤 하는 말이다. 영락없이 이번에도 수장이 작정되고 있
는 모양이었다. 아버지의 말은 물어볼 것도 없이 으레 그러리라
는 투가 아닌가.

게다가 아버지는 잘못 하다간 달이까지도 그 수장감이 될지 모
른다는 것이다. 실상 소년은 그래서 아직 한 번도 그 공사판 가까
이에는 가볼 엄두조차 못 내고 집 근처에서 게잡이나 하고 놀면
서 하루 종일 아버지를 기다리곤 하는 것이다.

─도대체 왜 그런 무서운 짓을…… 왜 그런 무서운 짓을 사람
들은 저지르고 싶어 하는 것일까……

달이 소년은 따가운 햇빛 속에 혼자 애가 닳고 있었다.

바닷 가운데로 멀리 나가 둑 끝에서 짐을 부려버린 흙차들은
어느새 다시 개미 떼처럼 꼬리를 물고 올라와 산기슭 뒤로 자취
를 감춰버리고 없었다.

그러나 소년의 근심은 여전히 계속되고 있었다.

무엇보다도 소년을 더욱 근심스럽게 만든 것은 사람들이 그처
럼 무서운 일을 시작하고 있으면서도 아무도 그것을 두렵게 생각
하고 있는 사람은 없다는 것이었다. 아무도 새로운 방뚝을 쌓고
있는 일을 두려워하는 사람이 없었다. 아무도 사람은 그 방뚝을
쌓고 나서 마지막 바다를 끊어내는 절강 잔칫날이 다가오고 있

는 것을 겁내고 있는 눈치가 없었다. 아니 사람들은 아무도 그날 살아 있는 사람을 퍼런 물속에다 던져 넣을 일을, 그래서 그 절강 터에 또 한 그루의 무시무시한 소나무가 생겨나고 그 검고 칙칙 한 가지 끝에서 밤마다 기분 나쁜 울음소리를 듣게 될 일을 근심 하는 빛이 없었다.

그것은 소년의 아버지도 마찬가지였다. 아버지는 도대체 겁이 없는 사람이었다. 그런 건 처음부터 무서워할 줄을 모르는 사람 이었다.

따지고 보면 소년의 아버지에게도 겁이 날 만한 일이 전혀 없 는 것은 물론 아니었다. 소년은 그것을 잘 알고 있다. 그러나 그 것은 절강 날과 그날의 무시무시한 잔치에 대해서가 아니었다. 소년의 아버지가 늘 겁을 먹고 두려워하는 것은 그보다도 다른 것이 한 가지 있었다.

2

무시무시한 절강 날과 그 절강 날의 잔치보다 소년의 아버지가 정말 겁을 먹고 두려워하고 있는 것은 바다의 울음소리였다.

바다의 울음소리— 그것은 정말 달이 소년 자신도 아버지 못지 않게 겁이 나는 것이었다. 바로 그 울음소리만 아니라면 바다는 실상 달이 소년에게 무엇보다 오래고 깊이 친해질 수가 있는 것 이었다. 눈만 뜨면 바다는 언제나 그를 둘러싸고 가물가물 먼 수평선으로부터 끝도 없이 파도를 몰고 왔다. 그리고 여름이나 겨울이나 반짝반짝 햇빛을 부수며 돛단배를 밀고 다녔고, 하늘을 손짓해선 수평선 쪽으로 천천히 솜구름을 실어 나르기도 했다. 눈을 감고 있어도 바다는 역시 마찬가지였다. 여름이나 겨울이나 소년은 밤만 되면 늘 호롱불 하나 없는 어둠 속에서 아무렇게나 새우잠을 자곤 했다. 그러면 바다는 방구석 어느 쪽에다 한잠 자리를 마련했던 달이 소년에게서 가늘고 편한 숨소리가 뿜어져 나올 때까지 그리고 소년이 밤마다 수평선을 넘어가는 꿈을 꾸다가 다음 날 아침 게으른 늦잠에서 눈을 부비고 일어날 때까지 찢어진 창문을 두드려대며 밤새도록 소년을 기다리곤 하는 것이었다.

바다는 늘 그렇게 소년의 곁에 있어주었다. 여름이나 겨울이나 낮이나 밤이나, 그리고 소년이 눈을 뜨고 있을 때나 잠 속에서 꿈을 꾸고 있을 때나…… 그래서 소년은 결국 그 바다를 친해버리고 만 것이었다.

그런데 그 바다가 가끔 엄청나게 심통이 사나워지고 험상궂게 성을 내어버리는 때가 있는 것이다. 바로 그 바다에서 웅웅 울음 소리가 일어날 때가 그런 때였다. 그것은 특히 여름철 동안에 자주 있는 일이지만 소년의 바다는 가끔 이상하게 무시무시한 소리로 사람들을 놀라게 하는 일이 있었다.

웅― 웅― 웅― 웅―

그 바다의 소리는 누군가가 멀리서 징을 두들기고 있는 것 같기도 하고, 무지무지하게 몸집이 큰 거인이 몹쓸 병에 시달리며 콧구멍으로 굵은 신음 소리를 내고 있는 것 같기도 한 그런 소리

였다. 혹은 그 소리는 어떻게 들으면 수평선 저쪽에서부터 멀리
바다를 넘어온 것 같기도 하고 또 어떻게 들으면 바로 눈앞의 물
속 어디에서 땅바닥이 깊고 넓게 울리고 있는 것 같기도 한 그런
소리였다.

한데 사람들은 바로 그 소리를 바다가 우는 소리라고 했다. 그
리고 그것은 바다가 또 무슨 일론가 몹시 성을 내고 말 징조라면
서 근심스럽게 얼굴을 찌푸리곤 하던 것이다.

"또 바다가 우는 걸 보니 한바탕 심상찮은 변이 생길 모양이군.
요새 와선 어쩐 일로 용왕님이 저리 자주 화를 내신다지."

바다가 울기 시작하면 마을 사람들은 으레 그렇게 근심스런 목
소리로 용왕님을 원망하는 것이었다. 그리고는 제각기 이 새로
운 변에 대해 대비할 준비를 서두르면서 행여나행여나 하는 표정
으로 그 웅웅 소리에 조심스럽게 귀를 기울이는 것이었다. 그러
나 그 바다의 소리는 그런 마을 사람들의 가엾은 소망을 좀처럼
들어주려고 하질 않았다. 어쩌다는 그 소리는 한나절쯤 계속되다
가 뜻밖에도 화를 풀어버리고 만 듯 슬그머니 그냥 사라져 가버
리는 수도 있기는 했다. 그러나 그 소리는 한번 시작이 되고 나면
대개는 그렇게 멀어졌다 가까워졌다 하면서 넓은 바다와 하늘을,
그 바다와 잇달아 있는 육지와 세상 전체를 온통 그 소리 하나로
가득 채워버리고 나서, 끝내는 한바탕 무시무시한 소동을 벌여놓
기가 일쑤였다. 바다가 울기 시작하면 여느 때는 늘 바다 저쪽에
만 멀찌감치 나 앉아 있던 수평선과 섬들이 손에라도 잡힐 듯이
문득 눈앞으로 다가들고 허구한 날 수평선 너머로만 실어 날랐던

구름장도 이젠 거꾸로 육지를 향해 시커멓게 쏟아져 올라오기 시작하는 것이다.

그리고 바다는 순식간에 검은 잿빛으로 변해버리며 사납게 파도를 밀어올리기 시작한다. 그러면 바다 위로는 이내 세찬 빗줄기가 쏟아지고 바람에 찢긴 파도가 그 빗방울과 한데 얼려 뿌옇게 해면을 날아다니는 것이다.

거기서부터 바다는 진짜 심통을 부리기 시작한다. 마을에선 함부로 나무를 꺾어버리고 지붕들도 공연히 마람장을 홀렁홀렁 벗겨가버린다. 산중턱까지 짠물을 끼얹어 밭곡식을 꺼멓게 태워버리는가 하면 모래톱에 끌어올려놓은 고깃배를 마구 부숴놓기도 했다. 심지어는 수평선을 넘어간 마을 사람들까지도 이따금 배를 타고 다시 마을로 돌아오지 못하게 해버리는 수가 있었다. 바로 달이 소년의 어머니나 형 별이까지도 그런 바다의 심술 때문에 수평선을 넘어갔다가 다시 그곳을 넘어오지 못하게 되어버린 사람들 중의 하나였다.

그런 때는 달이 소년도 물론 바다를 좋아할 수가 없었다. 아니 소년뿐만 아니라 마을 사람들 중의 어느 누구도 그런 바다를 좋아할 수가 없었다. 모두가 그 웅웅거리는 바다의 울음소리에는 겁을 먹고 용왕님네나 원망하고 있을 뿐인 것이다. 그것은 물론 소년의 아버지에게도 마찬가지였으리라. 그러니까 소년의 아버지가 절강 날보다도 더 겁을 먹고 두려워하는 것은 바로 그 바다라고 할 수가 있었다.

한데 소년의 아버지는 실상 바다가 그처럼 웅웅거리기 시작하고, 드디어는 세상을 온통 휩쓸어 심통을 부리고 지나가도 달이 소년처럼 그 바다를 두려워하거나 저주할 줄을 몰랐다.

"어허, 또 바다가 우는군, 바다가 울어."

웅웅 소리가 시작되면 소년의 아버지는 이상스럽게도 그런 감탄 비슷한 소리나 한두 마디 중얼거리고 나선 금방 다시 태연해져버렸고 바다가 정말 성을 내어 수평선을 넘어간 마을 사람들을 몇 사람씩이나 한꺼번에 돌아오지 못하게 해버렸다는 말을 듣게 될 때도 그는,

"제기랄 다 팔자가 그런 걸 팔자가 그렇게 점지되어 있어서 그런 것인데 누굴 원망해!"

바다를 저주하기는커녕 공연히 혼자 화만 내고 있다가 이윽고는 수평선을 넘어가곤 했던 것이다. 말하자면 아버지는 그처럼이나 바다를 친하고 있었던 것이다. 바다가 잔잔한 파도를 밀어 올리며 아름답게 햇빛을 부숴대고 있을 때나 웅웅 무서운 소리로 울기 시작한 바다가 드디어는 험상궂게 화가 나서 미쳐 날뛸 때까지도, 그리고 달이 소년이 그 바다에 잔뜩 겁이 나서 말도 못하고 입속에서만 그 바다를 저주하고 있을 때까지도.

그러나 소년은 아버지가 아무리 그 바다를 좋아하고 친하고 있는 척 태연하려 해도 역시 아버지에게는 그 바다가 이 세상 무엇보다도 큰 두려움이 되고 있다는 것을 굳게 믿고 있었다. 그것은 형 별이의 말만 들어도 금세 알 수 있는 일이었다. 별이는 달이 소년보다 나이가 세 살밖에 더 되지 않은, 아직 풋내기 사내아이였건만 그래도 노질을 익히자마자 아버지의 뱃길을 따라 수평선

을 몇 번 넘어가본 일이 있는 애송이 배꾼이었다. 달이 소년은 그래서 그 별이를 누구보다도 부러워했고, 그 별이가 수평선을 한 번씩 넘어갔다 올 때마다 소년은 꿈속에서 밖에 가본 일이 없는 수평선 너머의 바다에 대해서 이것저것 궁금한 것들을 물어대곤 했었다. 그러면 별이 역시도 달이의 궁금증에 대해서는 정말 의젓한 배꾼이나 된 것처럼 그 수평선과 먼 바다의 이야기를 자랑스럽게 들려주곤 하는 것이었다.

"별아, 수평선이 어떻게 생겼더냐?"

"바보, 수평선이 하나뿐인 줄 아나? 어떻게 생겼게?"

"그럼 수평선이 여러 개씩이나 있단 말이야?"

"여러 개씩 있지 않구. 앞에도 있고 뒤에도 있고. 기다랗게 곧은 것도 있고 둥그렇게 굽은 것도 있고……"

"그래 그 수평선이 가까이서 보면 어떻게 생겼더냐 말이다."

"그건 나도 알 수 없어. 수평선은 가까이 다가가서 보려고 하면 자꾸만 더 멀리로 도망을 쳐버리곤 하거든. 앞엣놈을 잡으려고 노를 저어가다 보면 그놈은 끝도 없이 멀어지고, 어느새 뒤쪽에 또 다른 수평선이 생겨버리고 말이다."

"그러니까 수평선은 그렇게 무한정 멀기만 하다는 말이제?"

"무한정 멀기만 하고말고."

"하지만 여기선 분명 배가 수평선을 지나가고 있는 게 보이던걸."

"그것은 그냥 바다가 그렇게 보이는 거야. 난 한 번도 수평선을 지나가본 일이 없거든. 그것은 그냥 넓은 바다일 뿐이고 진짜 수평선은 언제나 더 먼 곳에 가 있었단 말이다."

"그건 네가 수평선이 숨어 있는 것을 똑똑히 찾아보지 않아서 그래. 아까도 넌 네가 지나가고 나니까 뒤에서 그 수평선이 다시 생겨났다고 하지 않았나? 하지만 넌 수평선 저쪽에도 여기처럼 온통 바다뿐이라 했제?"

"그야 바다뿐이지. 이쪽보다 수백 배 수천 배도 더 넓은 바다뿐이야."

한데 달이 소년이 바로 그 수평선 너머의 바다에 대해서 묻기 시작했을 때였다. 달이는 그렇게 넓은 바다가 우는 것을 들어본 일이 있느냐고 별이에게 물었다. 그런데 그때 별이의 대답이 정말 상상할 수도 없을 만큼 무시무시했던 것이다. 별이는 물론 그 바다가 우는 소리를 들은 일이 있다고 했다. 그 바다의 울음소리는 집에서 듣는 것보다 몇 배나 더 크고 무시무시한 것이며, 한번 그 울음소리가 시작되면 바다는 순식간에 하늘까지 뒤집혀버린다고 했다. 그리고 집채처럼 굵은 파도가 깜깜한 바다 위를 굴러다니며 마을 사람들의 배를 집어 삼키려고 끝없이 덤벼든다고 했다. 그럴 때면 아버지고 누구고 모두가 겁이 나서 부들부들 떨리는 입술로 용왕님네만 찾으며 용서를 빌고 있다는 것이었다.

달이 소년이 아버지가 그 바다와 바다의 울음소리를 두려워하고 있다는 확신을 갖게 된 것은 별이의 그런 이야기를 듣고 난 다음부터였다. 아버지 역시 그런 바다에는 겁이 나지 않을 리 없었다. 아버지가 그렇게 않은 척하는 것은 정말로 달이 소년 앞에서만 그런 척해보는 것뿐이었다.

한데 아버지가 정말은 그 바다를 무엇보다도 두려워하고 있으리라는 달이 소년의 추측에 대해서는 바로 아버지 자신도 어느날 솔직한 고백을 털어놓은 일이 있었다. 그것은 별이 소년이 또 아버지와 함께 수평선을 넘어갔다가 그 무서운 바다의 울음소리를 만나 다른 마을 사람들 몇 명과 함께 끝내 다시 수평선 넘어오지 못하게 되고 말았을 때였다. 그때 마을 사람들은 바다 울음소리에 수평선이 갈가리 찢겨나가 형체도 없이 사라졌다가 다시 말끔한 모습으로 되살아난 다음까지도 좀처럼 그 수평선을 넘어오려고 하는 기미가 보이질 않았다. 그러다 열흘쯤 지난 다음에야 그 사람들이 하나씩 마을로 돌아오기 시작한 것은 엉뚱하게도 그 수평선을 넘어서가 아니라 멀리 육지를 돌아오는 바닷가의 물길로 해서였다. 어느 날 까슬까슬 야윈 얼굴에서 곰팡이처럼 허연 바다 버짐이 잔뜩 피어오른 소년의 아버지가 별이도 없이 혼자 터벅터벅 집으로 돌아온 것도 그 물길로 해서였다.

　소년의 아버지는 별이를 잃고 혼자서만 그 물길을 말없이 돌아왔던 것이다. 그리고는 별이에 대해서나 수평선을 몰고 넘어간 나무배에 대해서는 도대체 한마디 말도 없이 며칠 밤을 무서운 얼굴만 하고 앉아 넋 없이 흘려보내고 있었다. 옷깃을 쥐어뜯는 어머니의 앙탈과 통곡 소리도 아버지는 도대체 귀에 들어오질 않는 듯한 모습이었다. 그러다가 어느 날 그 아버지가 드디어 정신이 조금 돌아온 듯 조용조용 입을 열었을 때, 그 몇 마디가 이런 것이었다.

　"산다는 것처럼 무서운 일이 또 없나 보오. 바다가 무섭고 죽음이 두려운 줄을 뻔히 알면서도 그래서 다들 그 무서운 바다로 아는 죽음 길을 나서곤 하는 게 아니오. 산다는 것에 쫓겨서 그 무서운 바다로 죽음길을 재촉해야 하는 처지고 보니 죽음보다도 더 무서운 것이 그게란 말이오."

아버지가 정말로 바다를 무서워하고 있다는 것을 실토한 것은 바로 그때의 그 말에서였다. 아버지는 그 몇 마디를 남기고 나서 다시 집을 나가 배를 만들기 시작했고, 그리고 한 달쯤 후에 간신히 새 배가 한 척 꾸며졌을 때는 그 배를 타고 마을 사람들과 함께 다시 수평선을 넘어가버렸던 것이다. 아아, 그때 그 아버지의 얼굴에 어려 있던 처참하리만큼 두려운 바다의 모습! 그리고 그 아버지의 두려움을 함께 서러워하던 어머니의 통곡 소리……

소년은 이제 그 아버지의 두려움을 더 이상 의심해볼 필요가 없었다. 물론 아버지의 말로는 그 바다보다도 더 무서운 것이 산다는 일이라고 했다. 산다는 일 때문에 아버지나 마을 사람들은 그것에 몰려 늘 무서운 바다로 죽음길을 나서곤 한다는 것이었다. 그러다 달이 소년은 아직 그 산다는 것이 무엇인지 어째서 그것이 죽음보다 더 무섭다는 것인지 그것까지는 잘 알 수가 없었다. 그가 확실히 짐작할 수 있을 것은 아버지가 정말로 그 바다를 무서워하고 있으며 무엇보다 그 바다에 겁을 내고 있다는 것뿐이었다. 한데다가 그로부터 몇 달이 지나고 난 다음부터는 아버지가 다시 어머니와 함께 수평선을 넘어 다니게 되었는데, 어느 날 아버지는 또 그 바다의 울음소리를 만나 이번에는 어머니마저 그 수평선 너머에다 혼자 남겨두고 아버지는 물길을 돌아오게 되고 말았던 것이다.

그러자 그때부터 정말로 바다가 두려워져버린 듯 다시는 배를 만들려고조차도 하지 않았던 것이다.

그러니까 아버지가 절강 날이나 그 절강 날의 잔치보다 더 겁을 먹고 두려워하고 있는 것은 바다가 확실해 보였다. 그 바다와 바다의 울음소리에 비해 절강 날의 잔치쯤 아버지에겐 아무것도 겁날 것이 없는 일임이 분명했다.

3

우르릉…… 우르르르릉……

다음 날도 그다음 날도 산비탈 저쪽에선 계속 바다가 울려오고 있었다. 그리고 그 산줄기 끝에서는 개미 떼처럼 꼬리를 문 흙차들이 쉴 새 없이 바다를 오르내리고 있었다. 거무스름한 방뚝이 하루하루 더 깊어져가고 있었다. 맞은편 산비탈에서도 바다뱀처럼 방향이 꼭 고른 방뚝이 쉴 새 없이 이쪽으로 머리를 뻗쳐 나오고 있었다.

그러나 달이 소년은 그럴수록 더욱 근심이 깊어져가고 있었다. 끔찍스런 절강 날의 행사가 그만큼 하루하루 가까워지고 있었기 때문이었다. 뭐니 뭐니 해도 소년은 역시 그 절강 날의 제사보다 더 끔찍스럽게 생각되는 일이 없었던 것이다. 그리고 그는 아버지가 어째서 그처럼 바다를 무서워하는지, 그리고 무엇을 가리켜 그 바다보다도 더욱 무서운 것이라고 하는지, 그것을 아직 확실히 실감하거나 이해할 수가 없었기 때문이었다.

한데 또 하나 그 절강 날의 잔치에 대해서 소년의 불안을 더욱 깊게 만들고 있는 것은 바로 공사판 사람들의 터무니없이 부락부락한 거동이었다. 공사판에는 물론 소년의 아버지나 윗마을 사람들 끼리서만 오손도손 흙일을 하고 있는 것이 아니었다. 그곳에는 얼굴이나 말씨가 아주 딴판인 외지 사람들이 어디선지 한패거리 몰려와서 마을 사람들과 함께 산도 깎고 흙차도 밀어 나르고 하고 있는 것이다. 한데 이 사람들의 거동이 달이 소년에겐 여간 험상궂고 두려운 게 아니었던 것이다.

여기서 다시 이야기를 방뚝 일이 시작되던 무렵으로 돌아가보면 그 낯선 사내들이 어떻게 해서 이 공사판을 찾아들게 되었는지, 그리고 어째서 소년이 사내들을 그처럼 두려워하게 되었는지, 좀더 자세한 경위를 알 수 있을 것이다.

그러니까 맨 처음 그 방뚝 일이 생각되기 시작된 것은 바로 달이 소년의 아버지가 마지막으로 바다의 울음소리를 만나, 이번에는 소년의 어머니까지 그 바다에다 잃어버린 채, 혼자 쓸쓸히 수평선을 넘어왔던 그 무렵부터의 일이었다. 이번에도 물론 소년의 아버지는 그렇게 혼자 수평선을 넘어오고 나서는 맨 처음 며칠을 물 한 모금 입에 대지 않은 채, 무섭게 천장만 노려보고 있었다. 그러던 아버지가 이번에는 무슨 생각이 들었는지 어느 날 별안간 기동을 서두르기 시작했던 것이다. 그러나 소년의 아버지는 물론 이번에도 또 바다로 나갈 배를 만들려고 하지는 않았다. 그는 자리에서 몸을 일으키자마자 그길로 다리를 비틀비틀 휘청거리며 마을 길을 기어 올라갔던 것이다. 한데 그날부터 소년의 아버지는 하루에도 몇 차례씩 밤이나 낮이나 그 마을 나들이만 끝없이 계속하고 있었다. 그리고 그 무렵부터 윗마을에선 밤이나 낮이나 사람들이 한데 모여 쉴 새 없이 마을 회의가 열리고 있다고 했다.

한데 마을에서 그런 회의가 한 반년쯤 계속되고 그리고 소년의 아버지도 그런 회의를 위해 반년쯤 마을 나들이를 계속하고 난 다음이었다. 드디어 어느 날 그 바닷가엔 어떤 낯선 양복쟁이들이 몇 사람 나타나 마을 사람들과 바다를 이리저리 손가락질해가며 무슨 이야기들을 열심히 주고받다 돌아갔다. 그러자 그 며칠 뒤에는 더 많은 양복쟁이들이 나타나서 역시 그 바다를 손가락질해 보이기도 하고 전번과 비슷한 얼굴 표정으로 이야기들을 주고받고 하다가 돌아갔다. 그리고 그 며칠 뒤에는 다시 또 같은 양복쟁이들이 나타나서 바다를 처음부터 다시 살펴가지고 돌아갔다. 그런데 이때부터 잊을 만하면 또 다른 양복쟁이들이 나타나서 바다를 처음부터 살펴가고 잊을 만하면 또 다른 사람들이 나타나서 같은 일을 되풀이하다 돌아가고 그런 일이 무한정 계속되는 것이었다. 이 바닷가에는 언제까지나 그 양복쟁이들이 왔다 갔다 해야 할 일이 무한정 숨어 있는 것처럼 말이다.

한데 그런 식으로 다시 한 1년쯤 세월이 흐른 다음이었다. 낯선 양복쟁이들은 (이젠 달이 소년도 그중의 몇 사람은 얼굴이 익어진 터였지만) 물론 아직도 그 바닷가를 잊지 않고 왕래를 계속하고 있었다. 한데 이 무렵부터는 웬일인지 그 양복쟁이들의 마을 출입이 점점 더 빈번해지고, 일행 중에는 점잖은 양복쟁이 외에 막일꾼처럼 생긴 당꼬바지 차림의 사내들까지도 몇 사람씩 함께 섞이곤 하는 것이었다. 그리고 그 당꼬바지들은 마을로 들어오기만 하면 그날부터 당장 바닷가에다 움집을 치고 그 속에서 밤을 새워 눌러앉아버리곤 하는 것이었다. 뿐만 아니라 이때부터 그 움집 근처에는 육지나 뱃길로 실려온 물건들이 하루가 무섭게 산처럼 쌓이는 것이었다. 흙차를 짤 재료들하며 방뚝 위를 깔아나갈 선로 따위가 그 많은 물건들의 대부분이었다.

그러자 그 당꼬바지들은 이번에야말로 진짜 일을 서두르기 시작하는 것이었다. 금세 산이 쩌렁쩌렁 울리며 남포 소리가 터지고 재빨리 바퀴를 단 흙차들은 그 산을 깎아낸 흙과 바윗돌들을 줄줄이 바다로 실어내기 시작했다. 물론 처음부터 모든 일은 마을 사람들과 몇몇 안 되는 그 당꼬바지들이 함께서였다. 마을 사람들은 방뚝 일이 시작되자마자 모두 그렇게 바다를 버리고 방뚝 일에만 열을 내기 시작했던 것이다. 달이 소년의 아버지도 물론 마찬가지였다. 한데 방뚝 일이란 원래 마을 사람들만 가지고는 어려운 것이었을까. 이윽고 바닷가 공사판에는 그 당꼬바지들과 거의 한패임이 분명한 낯선 사내들이 수도 없이 몰려들기 시작했던 것이다.

방뚝 일을 시작한 내력이나 낯선 외지 사람들이 바닷가로 몰려들어 오게 된 경위는 대략 그런 것이었다. 그러니까 달이 소년의 생각으로는 방뚝 일이 어디까지나 이 동네 사람들의 일이었고, 이 동네 사람들이 주인 노릇을 해야 하는 일로만 여겨졌던 것이다. 게다가 아무리 외지 사람들이 많이 몰려 들어왔다 해도 공사판에는 여전히 마을 사람들이 수가 더 많은 쪽이었다. 한데도 이 낯선 사람들은 자기들보다 수가 많고, 옛부터 그 바다의 주인이었기도 한 마을 사람들을 여간 업수이 여기지 않는다는 것이었다. 진짜 일이 시작되면서부터 달이 소년은 아버지의 주의 때문에 공사판 구경을 다닐 수가 없게 되어버렸지만, 그 사람들은 마을 사람들을 제쳐놓고 공사판에서 모든 일을 자기들 마음대로 해버렸으며, 걸핏하면 마을 사람들에게 마구 행패를 부리며 험상궂게만 굴어댄다는 것이었다. 공사판의 주인 노릇은 완전히 그 당꼬바지와 낯선 사내들이 도맡고 있다는 것이었다.

한데 그런 이야기들을 자주 들어서 그런지 이번에는 달이 소년마저도 어느새 그 당꼬바지와 공사판 사내들이 적지 않이 두려워지고 만 것이다. 그것은 달이 소년이 정말 그 사내들의 우락부락한 거동을 몇 번 경험하고 난 뒤부터가 더욱 그랬다. 사내들은 가끔 달이네 집 마당으로 해서 윗마을을 오르내리는 때가 있었다. 아마 그것은 술을 마시거나 한꺼번에 제법 많은 돈이 생겨서 마을로 노름판 같은 것을 벌이러 가는 때인 듯했다. 왜냐하면 그 사람들이 달이네 집 마당을 지나 마을로 올라갔다가 다시 그 마을에서 바닷가로 내려올 때는 반드시 얼굴이 벌겋게 상기되어 있거나, 다음 날 아침까지도 소리를 고래고래 질러대며 아무 데서나 마구 무서운 싸움질을 시작하곤 했으니 말이다. 달이는 바로 그런 사내들의 술주정을, 그리고 그 무서운 싸움질을 집 앞에서 몇 번 구경한 일이 있었던 것이다. 그리고 그 사내들이야말로 정말

거인의 마을 91

무서운 사람들이라고 질겁을 하며 집 안으로 도망질을 쳐들어오
곤 했던 것이다.

"요 녀석! 넌 뉘 집 애냐! 이놈, 애비가 누구냔 말야."

"조그만 녀석이 뭘 어른들 싸움 구경을 하고 있어! 저리 안 가?
다시 한 번 눈에만 띄었단 봐라. 냉큼 집어다 바닷물 속에다 제살
지내버리고 말 테다."

사내들은 술이 취해 있거나 싸움질을 하고 있는 중이거나 달
이 소년만 눈에 띄면 공연히 화를 내며 그런 험상궂은 소리로 소
년을 얼러메곤 하는 것이었다. 그리고는 정말 당장이라도 소년을
덮쳐갈 것처럼 몸을 날려 덤벼드는 시늉까지 해 보이는 것이었
다. 그뿐만도 아니었다. 그 사내들은 어쩌다 술이 취해 있지 않을
때까지도 달이 소년을 마음속에 깊이 점지해두려는 듯 눈알을 커
다랗게 부라리며 무서운 얼굴로 집 앞을 지나가곤 하는 것이 아
닌가.

소년은 겁이 나지 않을 수가 없었다. 그런 사람들이라면 정말
아무런 거리낌도 없이 산 사람을 물속에 제사 지내고 말 수도 있
을 거라 생각되었다. 게다가 그런 끔찍스런 일이 이젠 다만 어떤
가엾은 거지의 일로서만이 아니라 바로 달이 자신을 위해서도 깊
은 두려움거리가 되고 있는 것이다. 사내들의 우락부락한 거동과
험상궂은 말투가 절강 날의 잔치에 대한 달이 소년의 두려움을
그처럼 더욱 깊게 만들어버린 것이다.

그러나 소년의 근심이야 깊어지든 말든 그리고 소년이 그런 근
심 때문에 절강 날이 다가오는 것을 싫어하든 말든 방뚝은 쉴 새

없이 그리고 멀리멀리 그 바다를 갈라 나가고만 있었다.

그러자 어느새 계절은 봄에서 여름으로 바뀌고 있었다. 그리고 그 무더운 한여름이 지나고 서서히 다시 가을철로 접어들기 시작할 무렵이었다. 드디어 방뚝 일은 거의 다 끝이 나가고 있었다. 이쪽과 저쪽 산기슭에서 마주 뻗어 나온 방뚝이 이제 좁은 물길 하나만을 사이에 남겨놓은 채 바다 한가운데서 의좋게 서로 만난 것이다. 말하자면 방뚝 일은 그 마지막 물길을 끊는 절강 잔치를 남겨놓고는 거의 다 끝이 난 셈이었다. 이제 남은 일이라곤 그 절강 잔치를 치르고 마지막으로 물길을 끊어 막아버리는 것뿐이었다. 하지만 사람들은 금세 그 일까지도 마저 끝내버리려고 하지는 않았다. 방뚝은 몇 간도 되지 않는 물길을 남겨놓은 채 마지막 며칠을 양쪽에서 서로 머뭇거리고만 있었다. 절강 날짜가 당장은 적합지 못하기 때문이라 했다. 절강 날은 물이 깊이 차지 않는 그믐 때라야 한다고 했다. 한데 이 즈음은 하필 사릿고비를 겪고 있는 때였다. 그믐 때까지는 절강을 기다릴 수밖에 없다는 것이었다. 일판 사람들은 잠시 모든 일을 쉬고 그 절강 날만을 안타깝게 기다리고 있었다. 일을 거의 다 끝내놓고 막판에 와서 손을 쉬게 되니 어른들에겐 미상불 안타까운 일이 아닐 수 없었으리라.

하지만 달이 소년은 물론 그게 조금도 안타까울 리가 없었다. 오히려 그는 절강 날이 그렇게 하루라도 뒤로 미뤄지는 것이 무엇보다 다행스러웠다. 그 바로 절강 날의 잔치 때문에 달이 소년은 그동안도 하루 한나절을 마음 편히 지낼 수가 없었던 게 아니었던가. 소년의 근심은 방뚝을 따라 하루하루 더 깊어만 갔고, 절강 날에 대한 두려움도 그만큼 더 견딜 수가 없게만 되어가고 있었던 것이다. 한데 그런 두려운 날이 하루라도 뒤로 미뤄지는 것은 달이 소년으로서는 무엇보다 다행스런 일이 아닐 수 없었다. 하지만 절강 날이 그렇게 자꾸 뒤로 미뤄지고 있는 며칠 동안이 달이로서도 전혀 마음이 편해 있는 것은 물론 아니었다. 아니 어쩌면 그것은 방뚝이 조금씩조금씩 뻗어나가는 것을 직접 자기 눈으로 확인하면서 아직도 얼마간은 마음속에 여유를 가질 수 있었던 때보다도 더욱 초조하고 참기 어려운 날들이었다. 게다가 요즘 와선 어찌 된 셈인지 마을 사람들마저 낯선 사내들을 닮아 말씨나 행동거지가 형편없이 사나워지고 있는 판국이었다. 어느 때쯤부턴가 마을 사람들은 그들도 낯선 사내들에게 지지 않으려는 듯 걸핏하면 술을 마시고 싸움질을 벌였고, 달이에게도 그 사내들처럼 함부로 성을 내는가 하면 어떤 때는 마구 험상궂게 눈까지 부라리며 그를 윽박지르려 들곤 하는 것이었다. 그것은 심지어 달이 소년의 아버지까지도 마찬가지였다. 달이의 아버지도 가끔은 그렇게 술을 마시고 돌아왔다. 그리고 그는 술을 마셨거나 안 마셨거나 마을에선 누구보다도 늘 무섭고 무뚝뚝한 얼굴만 하고 있었고, 어쩌다 한 번씩 입을 열기라도 하면 그땐 영락없이 달이를 (그가 만약 말을 잘 듣지 않고 공사판 같은 데로 놀러 나다니면) 자기 손으로라도 정말 절강 터의 물속으로 던져버리겠다고 얼러 메는 소리뿐이었다. 잘못했다간 그 낯선 사내들보다도 마을 사람들이나 아버지에게서 먼저 화를 입고 말 형세였다. 말하자면 요즘 와서 달이는 아버지까지도 그처럼 두려워지고만 있는 것이다. 그렇게 모든 사람들이 엄청나게 두려워지고 보니, 이제 달이는 차라리 불쌍한 거지라도 한 사람 옛날처럼 마을로 찾아들어와주지 않나 하고 터무니없는 요행수마저 기다려지는 형편이었다. 그러나 어떤 가엾은 거지가 이번에도 또 마을을 찾아와줄 리는 만무였다. 그리고 다행히 그런 거지가 있다 해도 옛날처럼 또 그가 자진해서 절강 터 물속으로 뛰어들어가준다는 것은 더욱더 바랄 수가 없는 일이었다. 한데도 달이 소년은 그런 일까지를 은근히 기다리게 되어버린 것이다.

하지만 물론 그런 일은 일어나주지 않았다. 그리고 그런 일은 일어나주지도 않은 채 끝내는 그 절강 날이 먼저 달이네를 찾아와버리고 말았다.

4

달이 소년이 예상했던 대로, 그 절강 날은 정말 마을이 온통 뒤집힐 만큼 굉장한 하루였다. 마을 사람들은 이날 아침부터 잔뜩 흥분을 한 얼굴로 공사판으로 줄줄이 몰려갔고, 그 공사판에서는 또 어쩌다 명절날 같은 때나 들을 수 있던 꽹과리 장구 소리들이 때도 없이 마구 바다를 울려대고 있었다. 한동안 일을 쉬고 있던 흙차들까지도 다시 신이 난 듯 절강 터와 산비탈 사이를 부산스럽게 오르내리고 있었다. 마을이 온통 공사판으로 옮겨와 소동을 벌이고 있는 듯했다.

점심때가 지나면서부터는 그 소동이 더욱 굉장해졌다. 절강 터를 하얗게 뒤덮고 있던 사람들이 더욱 기승스럽게 날뛰며 꽹과리짝을 두드려대기 시작했고, 그러다가 나중에는 그 사람들이 모두한덩어리로 뭉쳐져서 온통 바다로 가득해지도록 함성들을 질러대고 있었던 것이다. 그런 소동이 해가 설핏해질 때까지 계속되었다. 해가 떨어지고 나서야 그 절강 터가 간신히 조용해졌다. 잔치가 겨우 끝났기 때문이었다. 그러나 법석이 멎은 것은 아직도그 절강 터뿐이었다. 사람들은 이제 그 절강 터에서 흩어져 나와점점 마을 쪽으로 소동을 옮겨가고 있었다. 모두들 얼굴이 뻘겋도록 술이 취해서 달이네 집 앞을 지나갔다. 어른들은 한 사람도술이 취하지 않은 사람이 없었다. 어떤 사람은 그 술이 너무 취해서 바짓가랑이도 내리지 않은 채 오줌을 마구 싸 갈겨버렸고 또어떤 사람은 비척비척 걸음을 엉기다가는 그만 길가에서 잠이 쿨쿨 들어버리기도 했다. 깨어진 꽹과리 짝을 힘껏 두드려대며 덩실덩실 춤을 추는 사람도 있었다. 그러나 누구보다도 술이 가장많이 취한 것은 역시 무서운 싸움질을 벌이는 사람들이었다. 사람들은 술만 취하면 이상스럽게 그 쌈판을 벌이고 싶어지는 모양이었다. 고래고래 악을 써대며, 쌈질을 벌이고 있는 사람이 유독많았다. 그리고 달이네 집 앞을 맨 나중까지 시끄럽게 한 것도 그쌈패들이었다.

어쨌든 이제 사람들은 모두가 그렇게 술이 취해서 절강 터에서

96

부터 달이네 바닷가로, 그리고 거기서 다시 마을 쪽으로 소동을 끌고 올라갔다. 아마 마을에서는 날이 샐 때까지 그 소동이 계속될 것 같았다.

절강 날은 그처럼 굉장한 하루였다. 그러나 달이 소년은 그처럼 굉장한 날도 물론 하루 종일 집에만 숨어 있어야 했다. 이날따라 아버지의 말이 더욱 무시무시했기 때문이었다.

"이놈의 새끼, 알지! 오늘은 정말로 꼼짝 말고 집에만 있어. 깡동깡동 공사판에만 나타났단 봐라!"

이날 아침 아버지는 유독 험상궂은 말투로 그렇게 달이를 얼러대고는, 다른 사람들과 함께 부리나케 공사판으로 얼러가버렸던 것이다. 한데 소년은 이날따라 그 아버지의 표정이 더욱 심상치가 않게 느껴졌던 것이다. 도대체 가슴이 두근거려 잔치 구경 같은 건 엄두도 내볼 수가 없었다. 집 밖으로는 한 발자국도 몸을 나서지 않은 채, 멀리서만 그 절강 터의 잔치를 구경했다. 그것마저도 뭔가 자꾸 가슴이 떨려와 견딜 수가 없을 지경이었다.

— 오늘은 기어코 바다가 막히는구나. 하지만 사람들은 정말로 그 바닷속에다 산 사람을 제사 지내려고 하는 것일까…… 아니 어쩌면 사람들은 벌써 그 퍼런 절강 터 속으로 누군가를 빠뜨려 넣은 것일지도 몰라. 모두들 저렇게 소리소리 지르며 날뛰고 있는 것 좀 보지.

달이 자신이 그런 끔찍스런 짓을 당하지 않게 된 것만은 천만다행스런 일이었다. 그러나 소년은 아직 그것만으로는 도저히 안심이 되질 않고 있었던 것이다. 어른들의 일이 너무도 무시무시했기 때문이었다. 너무 무시무시해서 그런 일이 잘 믿기지도 않았고, 또 기어코 그런 짓을 해야 하는 어른들을 이해할 수가 없었기 때문이었다.

— 한데 사람들이 정말 벌써 그런 제사를 지내버린 것이라면, 그럼 그 사람은 도대체 누구였을까. 그사이에 마을로 또 거지라도 찾아온 것일까…… 아니야. 그런 일은 없었어. 마을에 그런 사람이 왔다면 벌써부터 쫙 소문이 나고 말았을 테거든. 하지만 그런 소문은 없었어. 게다가 아버지도 아직 그런 사람은 정해져 있질 않은 기색이었고 말야. 그렇다면 누구였을까. 혹시 절강 터엔 아직 아무도 물속으로 던져지진 않고 있는 게 아닐까? 어쩌면 절강 잔칫날 그런 제사를 지내게 된다던 아버지의 말이 처음부터 모두 거짓말이었을지도 모르고 말야. 한데 그렇다면 사람들은 왜 저렇게 좋아서 날뛰고들 있는 거지? 아니야 역시 아버지의 말이 거짓말일 리 없어. 누군가가 벌써 물속으로 빠뜨려 넣어진 게 틀림없어. 하지만 사람들은 그런 끔찍한 짓을 저질러놓고 뭐가 좋아서 저 야단들이라지?

달이 소년은 결국 하루 종일 그렇게 집에만 숨어서도 근심과 두려움에 떨면서 그 절강 날을 지내야 했던 것이다. 게다가 이날 해가 떨어지고 나서, 절강 터의 사람들이 우락부락 싸움을 벌이며 마을로 올라오기 시작했을 때는 그 두려움이 특히 더했다. 달이 소년에겐 이제 그 사람들이 모두, 이상하게 기분 나쁜 귀신 춤으로 마을 사람들의 역병을 쫓아주곤 하던 떠돌이 당골네나, 호젓한 데서 만난 사람은 누구나 마구 붙잡아다 그 사람의 간을 꺼내 먹는다는 문둥이 거지만큼이나 무시무시하게 보이기 시작했던 것이다. 아버지도 물론 마찬가지였다. 소년의 아버지는 이날 밤 밤중이 훨씬 넘어서야 집으로 돌아왔다. 한데 그 소년의 아버지도 다른 사람과 똑같이 술에 취해 있었고, 다른 사람들과 똑같이 그 절강 잔치를 치른 사람이었다. 그리고 다른 사람들하고 다를 것이 아무것도 없었다. 다른 것이 있다면 그는 술이 취하면 언제나 그렇듯이 점점 더 말이 없어지고 표정이 무뚝뚝하게 굳어져버린 것뿐이었다. 그러나 소년으로서는 아버지의 그런 점이 오히려 더 무서운 것이다. 무서워서 그 앞에서는 말도 제대로 못할 지경이었다. 결국 아버지도 다른 마을 사람들도 소년에겐 모두가 마찬가지였다. 두렵고 무시무시하기만 했다. 그래서 그는 누구에게 자기의 그런 두려움이나 근심거리에 대해 함부로 이야기를 꺼낼 수조차 없었던 것이다. 정말로 누가 그 절강 터 물속으로 제사 지내졌는지, 그리고 정말 그런 일이 있었다면 그게 누구였는지, 그런 이야기는 듣지도 보지도 못한 채 혼자 가슴만 두근거리고 있었던 것이다.

하지만 어떻든 이제 절강 잔치는 그런 식으로 그럭저럭 지나가버리고 있었다. 그리고 그렇게 절강 잔치가 지난 다음 날부터는 바다도 모습이 훨씬 달라져버렸다. 이어진 방뚝 안으로는 이제 바닷물이 밀려들어오질 못했다. 바다는 방뚝 너머에서 머뭇머뭇 넘실거리고 있었다. 방뚝 안으로는 수문을 통해서만 삐쭈룸이 조금 번져 들어왔다가 그것도 썰물 때가 되면 금세 다시 그 수문을 빠져나가버리곤 했다. 그리고는 언제나 그 둥그스름한 방뚝 바깥에서 화가 난 듯 높다랗게 넘실대고 있었다. 그러나 아무리 그렇게 화를 내봐야 바다는 끝내 다시 그 방뚝을 넘어오진 못했다. 사람들은 기어코 그 바다로부터 둥그스름한 땅을 빼앗아버린 것이다. 그래서 달이 소년은 아마 그 절강 잔칫날 누군가가 그 방뚝을 위해 바닷물 속으로 던져진 게 틀림없다고 생각했다. 그러지 않았다면 아직 그 바다가 방뚝을 부수고 넘어들어오지 못하고 있을 리가 없었다.

그러나 달이 소년은 아직도 그 가엾은 사람이 누구였는지, 그리고 정말로 그런 끔찍스런 일이 있었는지에 대해서는 확실한 말을 듣지 못하고 있었다. 소년의 아버지는 절강 잔치 후에도 전혀 그 일에 대해서만은 입을 열지 않았기 때문이었다. 소년이 궁금스러워서 묻기라도 하면 아버지는 여전히 소년을 윽박지르려고 했던 것이다.

"네깐 놈이 그런 걸 알아서 뭘 해! 네놈이나 물귀신이 되지 않았음 그만이지."

한 번도 속 시원한 대답은 해주지 않고 소년을 윽박지르기만 하는 것이었다. 게다가 소년의 아버지는 그때마다 또 영락없이 화를 내면서,

"하지만 아직도 집 바깥을 함부로 쏘다녀서는 안 돼. 만약 방뚝 근처에라도 얼씬거리기만 했단 봐라."

언제라도 소년을 물속에 던져버릴 듯이 험상궂게 얼러댔다. 도

대체 알 수가 없는 일이었다. 그렇다고 소년은 마을에서 그런 소문을 들을 수도 없었다. 이야기하기가 끔찍스러워서 그런지 마을 사람들도 그날의 제사에 대한 일만은 절대로 입을 열지 않고 있었던 것이었다. 마을 사람들은 이상하게 근심스런 눈길로 그 바닷물이 넘실거리는 방뚝 근처를 바라보면서,

"글쎄 괜찮을까? 하기야 하늘도 우리 처지를 통 모른 체해버리시지는 않겠지."

"괜찮을 테지. 암, 괜찮아야 하구말구. 설마……"

알 듯 모를 듯 저희들끼리만 속을 주고받았다. 그것도 결코 지나간 일에 대한 이야기가 아니라 무슨 일이 앞으로 새로 닥쳐올지도 모른다는 데 대한 근심뿐이었다. 그날 일에 대해서는 전혀 확실한 눈치가 없었다.

그러나 어느 날, 드디어 달이 소년에겐 모든 것이 확실해진 날이 오고 말았다. 절강이 끝나고 한 보름쯤 지나고 났을 때였다. 그때까지도 물론 소년은, 그날의 잔치에 대해선 전혀 아무것도 확실한 것을 알고 있지 못한 채였다. 그리고 어떻게든 궁금증을 풀어보려고 날마다 그날 일에만 생각이 골똘해 있었을 때였다. 하루는 느닷없이 바다가 울어대기 시작했던 것이다.

웅 웅 웅 웅……

여름이 지나고 나면 좀처럼 듣기가 어려운 소리였다. 한데 올해는 그 여름이 다 지나가고 있는데도 별안간 바다가 울기 시작한 것이다. 그것도 그냥 멀리서만 웅웅거리는 것이 아니라 바다

를 마구 눈앞까지 흔들어대고 있는 소리였다. 바다가 울기 시작
하면서부터는 언제나처럼 수평선까지 불쑥 눈앞으로 다가왔다.
그리고 그 수평선에서는 금세 무시무시한 구름장들이 넘어와서
하늘을 깜깜 뒤덮어버렸다.

　방뚝 일을 하던 사람들이 모두 마을로 돌아가버리고 있었다.
사람들은 아직도 그 방뚝에 남은 일을 계속하고 있었던 것이다.
바다로부터 땅을 빼앗아놓고도 웬일인지 사람들은 금세 그 땅
을 어찌해보려고 하진 않았다. 바닷물만 들어오지 못하게 해놓은
채, 아직도 그 방뚝 일을 계속하고 있었다. 방뚝을 좀더 튼튼하게
그리고 좀 더 매끈하게 말이다. 소년의 아버지도 물론 마찬가지
였다. 그래서 소년은 아직도 그 방뚝 근처에는 감히 얼씬조차 해
볼 수가 없었던 것이다.

　한데 소년의 아버지까지 그 방뚝 일을 하던 사람들이 모두 마
을로 돌아가버리고 나서부터는 바다가 더욱 사나워지고 있었다.
높은 파도를 하늘까지 밀어 올리며 마구 요동질이었다. 밤이 되
고 나서는 무섭게 비를 뿌리며 천둥소리까지 일고 있었다.

　소년은 이날 밤, 한잠도 잠을 제대로 잘 수가 없었다. 하늘이
무너지는 듯한 천둥소리가 자꾸 잠을 깨버렸기 때문이었다. 그
리고 그 천둥소리 사이로 간간이 들려오는 아버지의 안타까운 한
숨 소리 때문이었다. 하지만 나중에 알고 보니 밤새도록 그렇게
소년의 잠을 설치게 했던 소리가 사실은 모두 천둥소리는 아니었
다. 아침에 일어나서 보니 멀리서 방뚝이 두 곳이나 갈라져나가
있었던 것이다. 바닷물이 다시 달이네 집 앞까지 밀려들어와 있

었다. 그리고 그 바다는 밤사이에 다시 옛날의 모습으로 되돌아가 있었던 것이다. 천둥소리 가운데는 그 방뚝이 갈라지는 소리가 끼어 있었던 게 분명했다. 아니 소년의 잠까지 깨우면서 특히 요란스럽게 터져오르던 천둥소리는 바로 그 방뚝이 갈라진 소리가 틀림없었다.

한데 달이 소년은 이날 아침 그 갈라진 방뚝과 집 앞까지 밀려들어와 있는 바다의 모습을 보자 비로소 모든 것이 확실해졌던 것이다.

5

방뚝이 끊어져나가고, 바다의 모습이 다시 옛날로 돌아가버린 것을 본 아버지의 표정은 정말 말이 아니었다.

아침이 되자 날씨는 실상 언제 무슨 일이 있었냐는 듯 맑게 개어 있었다. 구름 한 점 없는 하늘에 바다도 얌전스럽게 가라앉아 있었다. 웅웅거리던 울음소리조차 흔적이 없었다. 모처럼 방뚝 안까지 밀려들어온 바다 위로 아침 햇살이 눈부시게 쏟아져 내리고 있었다.

그런데 그런 바다를 내려다보고 있는 소년의 아버지는 함부로 숨소리를 내기도 두려울 만큼 무섭게 화가 나 있었다. 그는 도대체 그 바다를 보고 난 다음부터는 바윗돌처럼 무겁게 입이 굳어져버리고 있었다. 절반쯤 넋이 나간 모습을 하고 앉아서 끝없이 그 바다만 내려다보고 있었다. 가만히 한숨을 삼키고 있는 것 같기도 했고, 또는 이미 그 바다에 대해서는 아무것도 더 생각을 하고 있지 않은 것 같기도 했다. 하지만 그것은 소년의 아버지가 그만큼 무섭게 화가 나 있다는 증거였다. 아버지는 화가 나면 언제나 그랬던 것이다. 수평선 너머에다 별이를 잃고 돌아왔을 때도 그랬고, 그 수평선을 어머니와 함께 다시 넘어다니기 시작했을 때도 그랬고, 또 그 어머니마저 수평선 너머에다 혼자 남겨두고 오게 되었을 때도 그랬다. 화가 나는 일만 생기면 아버지는 언제나 그렇게 말이 없이, 그저 넋이 나가버린 듯한 눈동자로 허공을 쏘아보며 며칠씩 밥을 굶어대곤 했던 것이다.

그리고 그런 때 달이 소년은 그 아버지가 까딱하면 자기의 목이라도 금세 비틀어버릴 것처럼 무시무시하게만 여겨지곤 했던 것이다.

한데 아버지는 이번에도 역시 마찬가지였다. 도대체가 말이 없었다. 그리고 그렇게 말이 없이 아침도 먹을 생각을 않고 언제까지나 바다만 넋 없이 내려다보고 있는 것이다. 모든 것은 그 절강 잔칫날 바다에 제사를 잘못 지낸 때문이었다. 이제 달이 소년은 그렇게 생각할 수밖에 없었다.

어른들은 그날 절강 터에다 정말로 산 사람을 제사 지내진 못한 거야. 그래서 방뚝이 다시 터져나가버린 거야. 이날 밤의 소동으로 소년에게선 비로소 그 절강 잔치의 비밀이 분명하게 풀려버렸던 것이다.

절강 잔칫날 방뚝 속에다 산 사람을 밀어넣었다는 것은 이제 그렇게 하여 거짓말임이 거의 확실해진 셈이었다. 방뚝이 끊어져 나간 것은 그러니까 소년의 아버지를 그처럼이나 무섭게 화를 내게 했지만, 달이로서는 또 은근히 다행스러워지는 일이기도 했던 것이다. 그 절강 터 물속으로 산 사람이 묻혀 죽지 않았다는 것은 무엇보다도 그를 안심스럽게 만들었기 때문이었다.

그러나 달이 소년이 그렇게 안심을 하고 지낼 수 있었던 것도 실상은 바로 그 며칠뿐이었다. 그는 이내 다시 새로운 근심에 싸이기 시작했다. 오래지 않아 마을 사람들이 그 끊어진 방뚝 일을 다시 시작하고 있었기 때문이었다.

소년의 아버지는 며칠 동안이나 그렇게 밥도 굶은 채 넋 없이 바다만 내려다보고 있었다. 그러더니 어느 날 드디어 아버지는 그 끊어진 방뚝으로부터 시선을 거두고 휘청휘청 마을을 찾아올라갔던 것이다. 그리고 소년의 아버지가 며칠씩 그렇게 마을을 오르내리고, 나중에는 마을 사람들까지도 함께 바닷가를 오르내리는가 싶더니 드디어는 그 방뚝 일이 다시 시작되고 말았던 것이다. 쿵 쿵 산비탈 근처의 바다가 울려오고, 흙차들이 다시 구르기 시작했다.

한데 마을 사람들이 그렇게 방뚝 일을 시작함에 따라 달이 소년도 당연히 전날의 근심이 새로 시작되어야 했던 것이다. 보나마나 절강 잔치를 다시 지내려 할 것이기 때문이었다. 그리고 그 절강 잔치를 새로 지내자면 마을 사람들은 이번에야말로 다시는 그 방뚝이 터져나가지 않도록 진짜 사람을 빠뜨려 넣으려 할 게 분명했기 때문이었다. 한데다가 이번에는 일거리도 그리 오래 걸릴 것 같지가 않았다. 끊어져나간 방뚝 두 곳을 다시 이어버리면 그만이었다. 절강 잔치가 그만큼 빨리 다가오게 마련이었다.

그렇게 되고 보니 달이 소년은 이제 그 방뚝이 터져나간 것이 마을 어른들보다도 더 큰 걱정거리가 되어버린 것이다. 오히려 첫 번 잔치 때보다도 더 근심이 깊어지고 있었다.

— 도대체 어째서 사람들은 저렇게 자꾸 화가 나서 바다를 막아내려 하는 것일까.

하지만 어쨌든 사람들의 낌새로 보아 이제 그들이 기어코 바다를 막아내고 말겠다는 결심을 하고 있는 것만은 거의 틀림이 없어 보였다. 바다는 어차피 막히고 말 처지였다. 그렇다면 언제가 되든 그 절강 터 속으로는 사람이 하나 빠뜨려져야 하는 것도 거의 분명하게 정해져 있는 일이었다.

소년은 끔찍스럽기 한이 없었다. 그렇다고 이젠 처음부터 그런 일이 생기지 않기를 바랄 수도 없었다. 어차피 누군가가 그 절강 터 물속으로 빠뜨려져야 한다면, 이젠 차라리 어떤 거지라도 한 사람 옛날처럼 마을로 들어와주기를 바라는 수밖에 없었다. 그리고 달이 소년은 두렵다 못해 끝내는 그런 일이 생겨주기를 정말로 바라게 되기까지 했다.

그러나 소년은 물론 이번에도 그런 두려움이나 근심을 아버지에게 말할 수는 없었다. 아버지는 여전히 무서운 얼굴로 소년을 옥박질러놓고는 하루 종일 일터로만 나가 있었고, 그 일터 근처에는 소년을 얼씬도 하지 못하게 했기 때문이었다. 소년은 오직 혼자서 깊은 근심기를 참아가며, 하루하루를 집 안에서만 숨어 지내야 했다. 그리고 혹시 어떤 거지라도 한 사람 마을을 찾아 오지 않아, 불안스런 기대 속에서 절강 날을 기다리고 있는 수밖에 없었다. 그러나 이번에도 달이의 기대처럼 어떤 거지가 마을을 찾아와주는 일은 물론 일어나주지 않았다. 그런 일은 사실 기대도 할 수 없는 일이었다. 그리고 그런 일이 일어나주지 않은 채 마을엔 어느새 또 그 절강 잔칫날이 다가와버린 것이다.

모든 것이 달이 소년에겐 첫번째와 똑같은 순서로 첫번째와 똑같은 일이 지나가고 있는 셈이었다. 물론 그 절강 잔칫날의 일들도 마찬가지였다. 한바탕 마을이 온통 뒤집힐 만큼 소동이 일고, 꽹과리며 장구 소리가 바다를 진동시킨 일, 그리고 술주정꾼들이 밤늦도록 싸움판을 벌이며 집 앞을 지나다니는 일들, 모두가 처음과 똑 마찬가지였다. 뿐만 아니라 이날도 그 잔치 구경은커녕, 하루 종일 집 안에만 숨어 박혀 혼자 두려움에 떨고 있어야 했던 달이의 형편은 더욱이나 그랬다.

하지만 무엇보다도 이번 역시 모든 일이 전번과 똑같은 순서로 지나가고 있었다는 것은 달이 소년이 이날도 정말 그 절강 터에 누군가가 제살 지내자고 말했는지 어쨌는지를 그 당장은 확실히 알 수가 없었다는 점이었다. 그리고 그 절강 잔치가 그런 식으로 그럭저럭 지나고 나서 며칠 후엔 또 그 바다가 전번처럼 무섭게 울기 시작하고, 드디어는 하룻밤 사이에 방뚝이 다시 무너져나가고 말았다는 점이었다.

그러니까 사람들은 이번 절강 잔치 때도 정말 산 사람을 제사 지내지는 못하고 만 것이었다.

한데 놀라운 일이 있었다. 바다는 그러니까 사람들이 아무리 애를 써서 방뚝을 막아놓아도, 마치 그 방뚝을 몇 번이고 다시 끊어버리고 말겠다는 기세였다. 그런데 사람들은 그 바다가 아무리 자기들의 방뚝을 그렇게 심술궂게 끊어놓아도, 자기들은 또 자기들대로 그 바다가 하는 것처럼 언제까지나 방뚝을 다시 이어놓곤 하겠다는 기세였던 것이다. 사람들은 사고가 생기고 나서 며칠이 지나기도 전에 다시 그 방뚝 일을 시작한 것이다. 사람들의 고집과 끈기는 정말 놀라운 것이 아닐 수 없었다. 그리고 그것은 참으로 바다와 사람들 사이의 이상스런 싸움이기도 했다. 왜냐하면 방뚝을 사이에 두고 벌어진 바다와 사람들의 싸움은 그 한두 번으로 간단히 끝이 나지도 않았으니 말이다. 바다와 사람들 사이의 그런 싸움은 달이 바뀌고 해가 바뀌어도 여전히 끝이 나지 않은 것이다. 둑을 다시 쌓고 절강 잔치를 치르고 나면 바다는 영락없이 또 그 둑을 무너뜨려버렸고, 그러고 나면 사람들은 한동안 화가 나서 그 무너진 방뚝을 내버려두는 척하다가도 결국은 다시 일을 시작하곤 했던 것이었다. 어떤 때는 그 방뚝이 제법 튼튼해진 듯 반년 이상이나 바다가 얌전해져 있은 적도 있기는 했다. 그래서 사람들은 그해 봄, 자기들이 영영 바다를 이겨버린 줄만 알고 그 방뚝 안 땅을 논으로 일구어낸 일까지 있었다. 개울물을 끌어내리다 구제방 아래서부터 모를 심어나갔다. 한데 그해에도 결국 모포기가 이삭을 빼물 무렵쯤 해선 기어코 변동이 일어나고 말았던 것이다. 느닷없이 바다가 울고, 하룻밤 사이에 그 바닷물이 방뚝을 끊고 밀려들어와 버린 것이다. 이삭까지 빼문 벼포기들이 한여름 햇볕과 바닷물에 벌겋게 타버리고 있는 모습은 어느 때보다도 더 사람들의 가슴을 안타깝게 했다. 그리고 더욱 화가 돋아 그 바다를 미워하게 하는 것 같았다. 그러니까 싸움은 결국 언제까지나 그렇게 계속되게 마련이었다. 어느 쪽도 그 싸움에서 이겨버릴 수는 없었지만, 그렇다고 또 어느 쪽도 쉽사리 지고 물러서려고도 하지 않았기 때문이었다. 번번이 허사가 되곤 하는 절강 잔치만 수도 없이 치러지고 있었다. 절강 잔치가 그토록 번번이 허사가 되는 것은 아마 사람들이 아직도 그 절강 제사를 진짜로 지낼 수가 없었던 때문인 듯도 싶었다. 하지만 이제 사람들은 굳이 그런 끔찍스런 일을 생각하고 있는 것 같지도 않았다. 터지면 막고 터지면 막고, 사람들은 그렇게 묵묵히 바다와의 안타까운 싸움만을 무한정 계속하고 있었던 것이다.

절강 날의 제사에 대해서라면 이젠 오히려 달이 소년 쪽에서 그런 일이라도 한번 있어주기를 바라게 된 형편이었다. 물론 아직도 달이로서는 어째서 그런 끔찍스런 제사가 방뚝을 지켜줄 수 있다는 것인지, 그리고 어째서 사람들은 바다와 그런 이상스런 싸움을 끝없이 계속하고 있어야 하는지에 대해서는 확실한 이해를 가질 수가 없었다. 하지만 달이 역시도 이제 와선 그 바다와 사람들의 싸움에서 자기도 결국 언젠가는 사람들의 편이 되어야 한다는 것을 어슴푸레나마 깨닫고는 있었던 것이다. 그리고 그 싸움에서 사람들이 끝내 바다를 이겨내자면 어느 때고 이 마을로는 거지가 한 사람 찾아와줘야 하리라고, 스스로 그런 일을 기다리게쯤 되어 있었던 것이다.

하지만 달이 따위가 바란다고 물론 그런 일이 쉽사리 일어나 줄 리는 만무였다. 아무리 기다려도 마을을 찾아오는 거지는 없었다. 아무래도 싸움이 곧 끝날 수가 없을 것 같았다. 그리고 그 싸움은 정말로 그렇게 무한정 되풀이되고만 있었다.

6

세월은 쉴 새 없이 흘러갔다. 이제 바닷가 마을엔 그 방뚝 일을 처음 시작했던 때가 까마득할 만큼 오랜 세월이 흐르고 있었다. 아버지의 허락만 얻는다면 이젠 달이 소년도 일터로 나가 흙차를 밀 수 있을 만큼 훌쩍 나이를 먹고 있었다. 그만큼 긴 세월이 흐른 것이다. 그리고 그 세월은 이제 달이 소년에게 여간 많은 것들을 가르쳐주지 않고 있었다. 수평선 너머에는 이제 죽음이 도사리고 있는 이외에 다른 아무 신기스런 일도 있을 수 없다는 것을 가르쳐주었고, 그런 죽음이 기다리고 있는 곳을 사람들이 넘어다녀야 하는 것은 그 무서운 수평선보다 산다는 것이 더욱 무서운 일이기 때문이라는 것까지도 이미 다 배워주고 있었다. 그리고 사람들은 어째서 바닷물과 그런 끝없는 싸움을 벌이고 있어야 하는지, 어째서 그 싸움에서 끝끝내 사람들이 바다를 이겨내야 하는지에 대해서도 마찬가지였다. 그것은 한마디로 가난 때문이었다. 가난이 사람들을 그렇게 하도록 만들고 있었던 것이다. 그리고 그렇기 때문에 그 가난은 바다나 수평선보다도, 그 수평선 너머에 도사리고 있는 죽음보다도 더 무서운 것이었다. 그 죽음까지도 두려워하지 못하도록 그들의 세상살이를 채찍질하고 있는 것이 그 가난이었다.

— 산다는 것처럼 무서운 일이 또 없나 보오. 바다가 무섭고 죽음이 두려운 줄을 알면서도 그놈에 쫓겨 아는 죽음길을 나서야만 하느니…… 어디 산다는 것보다도 더욱 무서운 일이 있단 말요.

언젠가 소년의 아버지는 그렇게 한탄을 한 일이 있었다. 한데 그 산다는 것보다도 더욱 무서운 일이야말로 바로 그 모든 것의 주인 노릇을 하고 있는 가난이 아닐 수 없었던 것이다.

세월이 그렇게 모든 것을 배워준 것이다.

하지만 그렇게 세월이 흐르고 났어도 바닷가는 여전히 마찬가지였다. 사람들은 아직도 그 바다와 싸움을 계속하고 있었고, 달이 소년은 한결같이 그 절강 잔치만을 생각하고 있었다. 아버지는 달이가 아무리 나이를 먹어도 끝끝내 흙차를 밀게 하진 않았고, 마을엔 언제까지나 기다리는 거지가 나타나지 않았기 때문이었다. 아니 달이 소년도 이젠 그 절강 잔치 때 정말 산 사람이 제사 지내지지 않는다는 것쯤 분명하게 깨닫고 있기는 했다. 아버지나 마을 사람들은 언제부턴가 다시는 달이 앞에서 그런 말을 지껄이지 않게 되었고, 또 달이로서도 이젠 그런 일이 정말 바다로부터 방뚝을 지켜줄 수 있으리라고는 더 이상 믿고 있지 않기 때문이었다.

한데 달이는 아직 한결같이 그 절강 잔치만을 생각하고 있는 것이다. 그리고 언제까지나 그 절강 터에 제사 지내질 거지만을 열심히 기다리고 있는 것이다. 이상한 일이었다. 모든 것은 가난 때문이라고, 그리고 사람들은 그 가난 때문에 바다와 끝없는 싸움을 뒤풀이하고 있으며, 절강 제사 따위는 그 싸움을 위해 아무 것도 도움이 될 수 없다는 것을 알게 되었는데도, 이상하게 그는 아직 그 절강 잔치를 생각하고, 거지를 기다리고 있었던 것이다. 아니 그런 것이 분명해지면 분명해질수록 그는 거꾸로 더 그 절강 잔치만 생각하고, 언젠가는 정말 그런 제사가 지내져야 방뚝이 아주 안전해질 것처럼 누군가를 열심히 기다리고 있는 것이었다. 생각해보면 그것은 싸움이 너무 끈질기게 계속되고 있었기 때문인 듯싶기는 했다. 또는 가난이 너무 지독했기 때문에 그것을 몰아내기 위해 사람들은 그만한 일쯤 겪어내야 한다고 생각되는 때문인 듯싶기도 했다. 그러나 달이 자신도 물론 그것은 잘 납득할 수가 없는 일이었다. 뿐만 아니라 한 마을의 가난을 쫓으려는 싸움이 어째서 그런 끔찍스런 행사로 마무리 지어져야 하는지, 그리고 옛날 사람들이 만약 정말로 그런 일을 치렀던 것이라면 그 행사의 의미가 무엇인지에 이르러서는 더욱 알 수가 없는 일이었다.

하지만 달이가 아직도 그 방뚝 일에 대해 계속 끔찍스런 잔치를 생각하고, 또 그것을 위해 마을로 들어와줄 사람을 기다리고 있는 것은 어쨌든 사실이었다.

그리고 소년은 어째서 자기가 그런 일을 생각하고 있는지를 열심히 생각했다. 그러나 여전히 거지는 나타나지 않았고 의문도 풀릴 날이 없었다.

다시 한두 해 세월이 흘렀다. 싸움은 물론 아직도 끝이 나지 않고 있었다. 아니 싸움은 이제 어쩌면 끝이 나버린 것 같기도 했다. 마지막으로 또 한 번 방뚝이 끊어져나간 뒤로 사람들은 드디어 화를 낼 수도 없을 만큼 지쳐나고 말았던 것이다. 끝끝내 바다보다 먼저 지쳐버린 사람들은 이제 다시는 그 끊어져나간 방뚝을 거들떠보려고도 하지 않게 된 것이다. 기세 좋게 방뚝을 밀고 들어온 바닷물은 옛날처럼 달이네 집 앞까지 파도가 넘실거리고 있었고 마을 사람들은 옛날처럼 그 바다를 타고 다시 차례차례 수평선을 넘어 다니기 시작하고 있었다. 싸움은 그렇게 흐지부지 끝이 나버릴 것 같았다. 한데 싸움은 사실 그런 식으로 간단히 끝날 수가 없었던 것이다. 왜냐하면 이때 비로소 그 바닷가 마을에는 절강 터 물속으로 걸어가 스스로 제물이 되어준 한 사람의 사내가 나타났기 때문이었다. 그리고 그 일로 인해 비로소 달이 소년은 자신의 오랜 궁금증─ 그 제사의 의미를 확실하게 깨달을 수가 있었기 때문이었다.

달이는 물론 사람들이 그렇게 지쳐 싸움을 단념하고 난 다음에도 아직 그 절강 잔치를 생각하고 있었고, 언젠가는 사람들이 다시 힘을 얻어 바다와 새로 싸움을 시작하게 되리라고 끈질긴 기다림을 지니고 있었다. 한데 마침내는 그 달이의 기다림이 실현되고 만 것이다.

그러나 달이로서도 물론 처음에는 어떻게 해서 그것이 이루어진 것인지, 그리고 그것이 얼마나 슬픈 일인지는 얼핏 이해하질 못하고 있었다. 아니 그는 처음에는 한 남자의 죽음과 자기의 기다림 사이에 어떤 관계가 있는지조차도 얼핏 이해를 할 수가 없을 지경이었다. 왜냐하면 스스로 절강 터의 제물이 되어 죽은 남자는 달이가 생각했던 것처럼 마을 밖에서 찾아온 사람이 아니었기 때문이었다. 아니 그보다도 그 남자는 달이 소년에게 그처럼도 두렵고 그처럼도 알 수 없는 얼굴만 하던 바로 그 아버지였기 때문이었다.

마을 사람들이 이젠 정말 더 이상 방뚝을 돌보지 않고 바다로 나가기 시작했을 때, 소년의 아버지는 그러나 아직도 다른 사람들처럼 또다시 그 수평선을 넘어가려고 하지는 않았다. 그는 언젠가 별이와 별이 어머니를 잃고 혼자서 그 수평선을 넘어왔을 때처럼, 그리고 어느 늦여름날 밤 맨 첫 번 절강 잔치를 치르고 난 방뚝이 갈라져나가고 말았을 때처럼, 며칠이고 밥을 굶은 채 그 바다만 내려다보고 있었다. 그는 그러고 앉아서 옛날처럼 항상 궂은 표정을 짓고 싶은 모양이었으나 이제 그에게서는 두려움마저 느낄 수 없을 만큼 지치고 지친 표정이었다.

한데 그러던 아버지가 어느 날 아침 자리를 일어나 보니, 갑자기 자취를 감추고 없었던 것이다. 아침 일찍 자리를 일어나 그 절강 터로 가서 몸을 던져버린 것이었다. 새벽 어스름에 바다로 나가다가 그가 이상스러울 만큼 침착하고 느릿느릿한 걸음걸이로 그 절강 터를 향해 뚝길을 걸어가는 것을 보았다는 사람이 있었다. 그는 그렇게 천천히 뚝길을 걸어가고 있을 때부터 이미 이 세상 소리에는 귀가 멀어져버린 듯 이쪽 기척을 전혀 알아보지 못

하더라는 것이었다. 한데 바로 그 사람의 말대로 소년의 아버지
는 이날 낮 그 절강 터의 퍼런 물속에서 몸이 솟아 올라왔던 것이
다. 그리고 소년의 아버지는 실상 마지막 방뚝이 끊어져나갔을
때부터 벌써 이 바닷가의 오두막까지도 마을 사람에게 팔아넘겨
버린 다음이었고, 그 집값으로 마을을 떠날 돈도 조금은 마련을
해두고 있었던 것이다. 그런데 그 아버지가 바닷가를 떠나는 대
신 거꾸로 절강 터에다 몸을 던져버린 것이었다. 마치 달이 혼자
서만이라도 바닷가를 떠나라는 듯 그 집을 팔아 만든 돈을 달이
의 베개 밑에다 꼭꼭 깔아 묻어놓은 채 말이다. 하기야 이런저런
그의 행적들을 볼라치면, 그가 정말 이 바닷가를 떠날 생각을 가
지고 있었는지 아니면 처음부터 자기는 절강 터를 생각하면서 달
이를 위해 집까지 팔아넘겨버렸는지는 확실한 말을 할 수가 없는
일이었지만.

그러나 이제 어쨌든 소년의 아버지가 절강 터로 가서 그 물속으
로 스스로 몸을 던져 죽은 것만은 무엇보다 확실한 사실이었다.

그리고 달이 소년은 그 아버지의 죽음에서 끝내 모든 것을 깨
닫고 말았던 것이다. 그것은 아마 소년이 너무도 오랫동안 이 바
닷가의 일만 생각하며 지냈고, 또 아버지의 죽음이 그에게는 그
죽음 이상의 어떤 생생한 충격을 주어버렸기 때문이었으리라.

결국 아버지는 스스로 그 절강 터로 가서 스스로 제물이 된 것
이다. 달이 소년이 그토록 기다리던 가엾은 제수는 다름 아닌 바
로 그 아버지로 나타났고, 그리고 보다 튼튼하게 뚝을 지켜주기
를 바라는 제사도 그렇게 하여 마침내 실현을 보게 된 것이었다.

마을 사람들의 권유나 집까지 팔아버린 형편 때문에 그 옛날의 거지 아들처럼 정말 바닷가를 떠날 차비를 차리다 말고 소년은 드디어 그 모든 것을 깨닫게 되었던 것이다. 뿐만 아니라 소년에 겐 이제 그 제사의 의미까지도 거의 명백하게 이해된 것처럼 느껴지고 있는 것이었다. 절강 잔치란 다름이 아니라 바로 그 가난을 묻어 장사 지내는 행사였던 것이다. 사람들은 바다보다도 무섭고, 죽음보다도 무섭고, 그 죽음이 기다리는 바다로 그들을 내쫓고 있는 고달픈 세상살이보다도 더욱 무서운 가난— 그 가난을 쫓기 위하여 방뚝을 쌓고 바다와 끝없는 싸움을 계속하고 있었던 것이다. 그리고 그 방뚝이 모두 쌓이고 바다가 그곳에서 쫓겨났을 때 마지막으로 그 가난을 파묻는 행사가 절강 난리라는 것이었다. 그곳에다 사람을 빠뜨려 넣어야 한다는 것도 바로 그 가난의 상징으로서, 마지막으로 그 가난을 파묻는 절차를 끔찍스런 실감으로 증거하고 확인하기 위해서였던 것이다.

소년의 아버지나 옛날의 제수를 자청하고 나섰다는 아비 거지는 특히 그런 가난의 상징으로 족한 사람들이었다. 그래서 그들은 스스로 그 가난의 제수가 되어갔다.

달이 소년에겐 아버지의 죽음이, 그리고 그 절강 잔치 때의 제사의 의미가 그렇게 생각된 것이었다.

결국 싸움은 다시 시작되고 있었다. 하지만 싸움이 다시 시작된 것은 따지고 보면 사실 달이의 그런 생각과는 별로 큰 상관이 있는 일이 아니기는 했다. 물론 달이로서도 이젠 마을을 떠날 생

116

각 같은 건 하지도 않았고 그리고 언제나 아버지의 죽음만을 생각하면서, 그 아버지의 죽음과 함께 바닷가의 가난을 영영 절강 터 속으로 묻어버리고 싶어 했던 것은 사실이었다. 하지만 싸움이 시작된 것은 실상 그 달이 때문이 아니었던 것이다. 이상하게도 소년의 아버지의 죽음을 보자 마을 사람들은 마치 이제 정말 진짜 절강 제사를 지내게 되기라도 한 듯 갑자기 일을 다시 시작하고 나섰던 것이다. 달이의 생각 때문에서가 아니라 바로 그 아버지의 죽음 때문에 말이다. 그리고 어찌 보면 그 죽음 때문에 마을 사람들이 온통 화가 나서 바다에 복수라도 해서 덤벼들 듯이 대단스런 기세로 말이다.

그런데 이번엔 끝내 마을을 뜨지 않기로 한 달이까지도 그 싸움판에 끼어, 마을 사람들과 함께 돌도 깨고 흙차도 밀어 나르고 있었음은 두말할 나위도 없는 일이었다.

(『농민문화』1970년 10월~1971년 3월)

우정

    낚시를 내릴까, 그물을 던질까, 은일은 아까부터 궁리만 계속하고 있었다.

    S여자대학 앞, 남녀 대학생들의 전용 찻집으로 되어 있다 시피 한 〈동굴〉은 토요일 오후답게 자리가 빼곡빼곡 들어차 있었다.

    청년들은 이 지하실 찻집의 출입구를 약간 벗어난 위치에, 4인석 다탁의 한쪽 끝을 차지하고 앉아 있었다. 은일은 그 4인석 다탁을 중심으로 청년과는 대각선을 이루며 이쪽 끝자리를 차지하고 있었다.

    먹물을 찍어 바른 듯 시커먼 눈썹, 움푹 깊으면서도 부리부리한 눈알…… 앉은키가 의자 위로 우뚝 솟아오를 만큼 기골도 제법 믿음직스럽다. 게다가 청년은 지금 누굴 꼭 기다리고 있는 것 같지도 않다. 아까부터 출입구 쪽에는 눈길 한번 주어본 일이 없었다. 그렇다고 앞자리에 혼자 다가와 앉아 있는 은일을 안중에

118

두려고 하는 것 같지도 않았다. 연거푸 담뱃불만 붙여대며 그는 유리창도 없는 지하실 다방 벽면을 멀거니 들여다보다가는, 하품이라도 하듯 게으른 시선을 들어 멀리서부터 허공을 한차례씩 훑어 내리곤 할 뿐이었다.

혹은 청년이 지금 누굴 기다리고 있는 중이라 해도 사정은 어차피 마찬가지일 듯했다. 그는 분명 여자 친구를 기다리고 있지는 않았다. 칼라도 없는 베이지색 잠바가 그에겐 여간 잘 어울리고 있지 않았지만, 아무튼 그 차림새부터가 그랬다. 그의 표정 역시 그런 것이었다. 어물어물 정신없이 지내다가 불시에 외톨이가 되어버린 토요일 오후를 생각하고, 행여 술친구라도 하나 만나게 될지 모른다는 기대를 안고, 어정어정 이 지하실까지 발길을 이끌어 온ㅡ 청년의 표정은 영락없이 그런 것이었다. 하지만 이제 은일에겐 그야 어쨌든 상관이 없었다. 아까 은일이 이 〈동굴〉 다방의 훨씬 깊은 구석 자리에서 청년을 발견하고 호기심과 조바심에 쫓기면서 10여 분 이상을 혼자서 망설인 끝에, 그것도 일을 자연스럽게 꾸미느라 일단 다방을 나간 척했다가 다시 그곳을 되돌아 들어와 남자의 앞쪽으로 자리를 옮겨 앉았을 때부터, 은일은 이미 작정이 지어져 있었던 것이다.

ㅡ저만한 바지씨라면, 하긴 아직 시험을 해봐야 알겠지만, 그래도 이런 일엔 첫눈에 드는 것이 제일이지 뭐.

남은 것은 다만 방법뿐이었다. 그 방법이 문제였다.

ㅡ낚시를 내릴까 그물을 던질까.

낚시를 내리거나 그물을 던지거나 양쪽 다 자신이 없는 것이

다. 함부로 낚시를 내렸다간 공연히 이쪽 줄만 먼저 끊겨 먹힐 것
같았다. 그물을 던졌을 경우도 어떤 저돌적인 힘이 느껴져오는
그의 거대한 체구를 무사히 끌어올릴 자신이 없었다.

— 억울하게 그물만 찢고 달아나버리면.

하기야 낚시를 내리는 것과 그물을 던진다는 것이 구체적으로
무엇을 해야 한다는 것인지 은일은 미처 거기까지는 생각을 해본
일이 없었다. 그저 그렇게 막연히 망설이고만 있는 셈이었다.

은일은 다시 조금씩 초조해지기 시작했다. 마치 자신의 일이나
되는 것처럼 마음이 조급했다. 그러면 그럴수록 머릿속은 또 점
점 더 멍해져서 무슨 그럴듯한 방법이 떠올라와주질 않았다. 청
년은 이제 그 하품을 하는 듯한 시선을 계속 천장에다 비끄러매
두고 있다. 은일은 문득 자리를 일어서버릴까 생각했다. 하지만
역시 그럴 수는 없었다.

— 너 그랬담 봐, 정말 그렇게 성의를 보여주지 않음 나도 네년
원피스만 걸레를 만들어서 돌려줄 테니까 말야.

농담처럼 말하면서도 은근히 화를 내고 있던 선희 년의 얼굴이
불시에 머릿속에 떠올랐다.

이은일(利銀一)과 지선희(池善姬) — S여자대학 ×문과 학생들
사이에서 이들은 여러 가지로 자주 비교가 되곤 하는 인물들이었
다. 두 사람 다 저희끼리 앞서거니 뒤서거니 하면서 성적이 남달
리 두드러졌고, 인물 또한 어느 쪽을 과대표로 삼아도 좋을 만큼
보통을 넘고 있었다. 성격도 양쪽이 모두 상냥하기 그지없었고,

군것질 쏨쏨이하며 과외활동 구석구석에 이르기까지 무엇 하나
어느 한쪽이 뒤져 있다고는 말할 수가 없는 형편이다. 한데 이상
한 일이었다. 그러니까 오히려 과 안에서 그를 아는 학생들은 은
근히 두 사람을 비교하는 버릇들이 생겨나고 있었다. 하지만 두
사람은 그런 것마저도 별로 불편해하는 기색이 없었다. 아니 어
쩌면 오히려 그런 일을 자신들도 퍽 당연스럽게 여기고 있는 것
같기도 했다.

그렇게 보일 수밖에 없었다. 왜냐하면 두 사람은 그것이 지극
히 유쾌하고 선의적인 것이라고 생각하고 있긴 했지만 사실로 서
로 상대방을 의식하며, 무슨 일에서나 적어도 상대방보다 한 걸
음이라도 자신을 뒤세워서는 안 되겠다는 생각들을 품고 있었으
니까 말이다. 하지만 그것은 상대방에게 서로가 증명되어지고,
또 그런 만큼 경계스런 눈을 번득일 필요가 없는 것이었다.

한번은 이런 일이 있었다. 그것은 어느 학기든가 마침 중간고
사가 시작되던 때였는데 은일과 선희는 시험 준비를 위해 이날
하룻밤은 한방에서 날을 밝히기로 했었다. 은일과 선희는 두 사
람 다 기숙사 신세를 지고 있었으므로 이날 밤 은일은 약속대로
선희의 방을 찾아왔다. 그래서 둘이서 함께 초저녁 공부를 끝낸
은일과 선희는 밤 10시가 지나자 한 가지 새로운 일을 정했다. 아
무래도 두 사람이 함께 날을 밝힐 수는 없으니 교대교대로 눈을
붙이면 새벽 4시에 은일이 다시 선희를 깨워 일으켜서 그때부터
는 함께 아침까지 공부를 계속하기로 했다.

먼저 눈을 붙인 은일은 긴장을 한 탓이었던지 어느 때쯤 되었

을까 저절로 혼자 눈이 뜨이고 말았다. 그런데 눈이 뜨여서 보니 시간은 벌써 1시를 넘어 2시에 가까워지고 있었다. 2시가 가까워 지고 있는데도 선희 년은 자기를 깨우지 않고 혼자 공부를 계속 하고 있는 것이었다.

— 조 계집애가?

은일은 불시에 의심쩍은 생각이 들기 시작했다. 그녀의 등 뒤 에서 눈을 반쯤 감은 채 가만히 선희의 거동을 엿보고 있었다. 한 데 선희 년은 그러고도 한참을 더 시간을 잡아먹고 나더니 그제 야 겨우 자리로 들어올 채비를 차리는 눈치였다. 그러나 아니나 다를까, 선희 년은 행여나 은일이 잠을 깰까 두려운 듯 괭이 걸음 으로 조심조심 몸을 움직이더니 슬그머니 스위치를 내려버리고 는 그대로 조용히 자리로 들어버리는 것이 아닌가. 은일이 조심 조심 자리를 빠져나와 내려진 스위치를 올리고 다시 책상 앞에 앉은 것은 그로부터 10분은 넉넉히 지난 다음이었다. 선희 년의 숨결 소리가 고르게 가라앉은 것을 확인하고 나서야 그녀는 비로 소 자리를 빠져나온 것이다. 그리고 그렇게 밤공부를 시작한 은 일은 새벽 4시를 지나 6시가 가까워올 무렵에야, 그것도 선희 년 이 했던 대로 그녀가 좀 더 곤한 잠을 계속하도록 스위치를 내려 놓은 후에 가만히 다시 자리로 숨어 들어가 숨을 죽여버렸다. 아 침이 되자 선희는 잠깐만 눈을 붙였다 일어나려던 게 어느새 그 만 자리까지 굴러들게 되었노라 변명을 했고, 은일은 또 은일대 로 시치미를 딱 떼면서 스위치까지 내리고 잔 선희를 실컷 원망 했을 건 물론이었다.

하지만 일은 그냥 그런 식으로 끝장이 나게 되어 있었다. 자초지종을 다 털어놓지는 않았지만, 시험이 끝난 다음까지도 자꾸만 미안해하고 사과라도 하고 싶은 듯한 선희의 표정을 보다 못해, 은일이 먼저 자기 쪽의 심술을 털어놓아버렸기 때문이었다. 그러고 나자 선희 쪽에서도 솔직하게 사정을 털어놓았고, 게다가 양쪽이 다 시험엔 자신이 있노라는 식이 되자 두 아가씨는 서로 상대방을 위해 안도의 한숨을 내쉬면서 밝은 웃음들을 터뜨렸던 것이다.

그런 은일과 선희 사이였다. 그런데 한 가지, 꼭 이상스러운 것은 이 아가씨들에겐 여태까지 양쪽이 똑같이 남자 친구가 한 사람도 없다는 사실이었다. 하기야 그것도 따지고 보면 이상스러울 건 없었다. 이유는 그녀 자신들에게 있었다. 여기서도 어떤 은밀한 경쟁의식 같은 것이 작용을 하고 있었는지 모른다. 두 아가씨는 한사코 먼저 남자 친구를 가지려고 하질 않는 것이었다. 남자 친구를 갖지 않으려고 하는 것이 어째서 경쟁거리가 될 수 있는가. 하지만 두 아가씨는 사실로 그렇게 생각하고 있었다. 그리고 그녀들은 각기 그럴 수밖에 없는 자기 이유를 지니고 있었다. 아무튼 두 아가씨는 그런저런 사정으로 여태까지 남자 친구를 가질 수가 없는데, 사실을 말하자면 그런 사실이 그녀들에게 자랑스러울 수는 물론 없는 일이었다. 언제나 가슴 한구석이 허전해 있었고, 때로는 공연스레 기분이 울적해지며 알 수 없는 설움기 같은 것을 맛보게 될 때도 있었다. 한데 그런 기분은 은일보다도 선희 쪽이 더욱 견딜 수가 없었던 것일까.

"애, 우리 이렇게 하면 어떨까."

어느 날 은근스런 목소리로 선희 쪽에서 먼저 이런 제안을 해오기에 이르렀던 것이다. 선희의 제안인즉, 한마디로 서로 상대편의 남자 친구를 한 사람씩 구해 오자는 것이었다.

"아마 우리들이 여태까지 남자 친구를 갖지 못하고 있는 건 이유가 뻔한 것 같애. 바로 말해서 줌힘을 당하기가 싫어서인 거지. 그리고 더 솔직한 데까지 말하면 내 차례가 네 차례보다 모자라 보이고, 또 앞으로도 그럴 것만 같아서 겁들을 내고 있는 게 틀림없거든. 그룹 데이트나 미팅 같은 데서까지도 우리는 늘 자기 파트너보단 서로 상대방 파트너에 더 관심을 가져왔던 게 사실이니까 말야. 그렇지 않아? 하니까 말야……"

앞으로도 계속 그런 식이라면 두 사람은 언제까지나 남자 친구하나 없이 학교를 쫓겨날 판이라 했다. 그리고 그러니까, 어차피 '줌힘'을 당하기가 싫을 바엔, 그리고 제 손으로 제 몫을 찾아내기가 쑥스럽고 겁이 날 형편이면, '우정을 이고' 자기가 반할 만한 남자를 한 사람씩 붙들어다 상대편에게 짝을 맺어주자는 것이었다. 은일도 물론 반대할 이유가 없었다.

"그렇담 말야…… 그렇담 이렇게 하자구…… 우리 서로 옷을 바꿔 입고 이름도 둘이서 바꿔서 사용하는 거야. 그래야 나중에라도 옷 색깔하구 이름을 따로 바꿀 일이 없을 테거든. 잘 해보자구. 일단은 남의 애인을 구하는 걸로 되어 있으니까 고작 쑥스러워할 필요도 없는 거고 말야."

그리고 나서 선희는 당장 그날 오후부터 은일의 하늘색 원피스를 빼앗아 입고 방을 뛰쳐나갔던 것이다. 그것이 한 닷새쯤 전의 일이었다. 한데 그런 약속을 해놓고도 은일 쪽에선 막상 일이 쑥스럽기만 했다. 방을 나서지 못하고 어물어물 날짜만 흘려보내고 있었다. 선희 쪽에선 뭐가 좀 어떻게 되어가는 꼴인지 그날 이후로는 여간만 열심이지 않게 나들이를 계속하고 있었다. 하더니 어제는 방 안에서만 틀어박혀 있는 은일을 보자 대뜸 예의 핀잔까지 주고 나섰던 것이다.

— 너 그랬담 봐. 정말 그렇게까지 성의를 보여주지 않음……

— 어떻게 한다?

은일은 청년을 앞에 두고 아직도 망설이고 있는데, 그때 마침 레지 아가씨가 왔다.

"심심하시죠? 그렇게 앉아 계시지만 말고 이거나 들춰 보세요."

하면서 레지 아가씨는 두툼한 스케치북 같은 것을 앞에 내민다. 낙서집이었다. 〈동굴〉 찻집에는 한 가지 독특한 풍속이 있었다. 할 일이 없어서 따분해지거나, 시간이 빈 사람이면 누구나 들춰보고, 몇 마디 독백 같은 것을 남길 수 있는 낙서집이 돌아다니는 것이 그것이었다. 레지 아가씨가 은일에게 전해주고 간 것은 바로 그 낙서집이었다. 은일은 옳다구나 싶었다. 이 낙서집은 그림이라든가 낙서뿐만 아니라 옆에 어디 자기가 건드려보고 싶은 사람에게 이쪽 의사를 슬그머니 전해보는 데도 자주 이용이 되고 있음을 그녀는 알고 있었다.

레지 아가씨가 돌아가자 은일은 낙서집을 펼쳐들고 잠시 속을 훑어보는 척하다가 이내 만년필을 꺼내들었다,

─ 누굴 기다리는 것 같기도 하고 아닌 것 같기도 하고……

청년이 건너다볼 수 있도록 커다랗게 써갈겨서, 그냥 그대로 낙서집을 펼쳐놓고 기다렸다. 아니나 다를까, 청년의 얼굴에 금세 반응이 나타났다. 알겠노라는 듯 빙그레 미소를 머금더니 자기도 안주머니에서 만년필을 꺼내 들었다.

─ 아가씨도 마찬가지. 누굴 기다리는 것 같기도 하고 아닌 것 같기도 하고……

갈겨놓고 나서 청년은 다시 은일 쪽을 건너다본다. 은일이 다시 낙서집을 끌어당겼다.

─ 하지만 나는 이미 기다리는 사람을 만난 것 같기도 하고 아직 아닌 것 같기도 하고……

청년은 금세 대답을 적어왔다.

─ 나 역시 이미 기다리던 사람을 만난 것 같기도 하고 아닌 것 같기도 하고……

계속해서 미소를 짓고 있는 청년에게 은일은 재촉하듯 다시 한마디 적었다.

─ 우리 그냥 말로 해요.

"제법 당돌한 아가씨로군요."

기다렸다는 듯 청년이 첫마디를 건네왔다. 은일도 이젠 망설일 필요가 없었다.

"초면의 아가씨보고 함부로 당돌하다고 말씀하시는 쪽은?"

"전 학생이 아니니까요. 제법 어른이거든요."

"……"

"참 아까 아가씬 기다리던 사람을 이미 만나고 있는 거라고 하셨지요. 저는 백이라는 사람입니다. 백창현……"

"전 지선희예요."

은일도 서슴지 않고 자기소개 — 사실은 자신의 이름이 아닌 남의 이름으로, 자기소개를 치렀다. 그리고는 이야기의 실마리를 만들기 위해 다짐하듯 한마디 덧붙였다.

"점퍼스커트 — 늘 이 초콜릿 색깔의 점퍼스커트를 즐겨 입는 취미가 있어요."

과연 은일의 이 다짐은 그녀의 의도와 정확하게 적중한 듯했다. 청년은 금세 호기심을 돋우며 말꼬리를 물고 늘어졌다. 어째서 특히 점퍼스커트를 즐겨 입느냐, 그걸 즐겨 입었으면 입었지 무엇 때문에 처음부터 강조하고 나서느냐, 그리고 좀더 지나서는 아까는 정말 누굴 기다리고 있었던 게 아니냐, 여학생 신분으론 너무 남자를 조심하지 않는 듯한데 자신은 그걸 좀 당돌하다고 생각지 않느냐…… 또는 선희라는 이름이 어쩐지 생김새하고는 잘 어울려 보이지가 않는다는 따위의 간섭 비슷한 소리에 이르기까지, 마치 벌써부터 뭘 알고 오기라도 한 사람처럼 그런 대우만 꼭꼭 끈질기게 물어대는 것이었다.

자연히 이쪽 사정이 드러날 수밖에 없었다. 질문에 대한 해명의 형식을 통해서 은일은 모든 사정을 털어놓을 수가 있었던 것이다. 선희와의 약속에서부터 지금 자기가 남의 점퍼스커트를 입고 나오게 된 동기하며 방금 전에 준 이름이 사실은 자기의 것이 아닐 수밖에 없는 사연은 물론 오늘 이렇게 놀랄 만큼 당돌스런 용기가 발휘되게 된 경위들이 지극히 자연스럽게, 그리고 빠짐없이 모두 설명되었다. 그러고는 하루 이틀 좀더 시험을 거친 후에 청년은 어김없이 진짜 선희에게 인계될 것이라는 점도 분명하게 다짐을 놓아두었다.

다방을 나와 기숙사로 돌아가는 은일의 발걸음은 전에 비해 여간 가볍지가 않았다. 청년은 이를테면 무척도 은일에게 '협조적'이었다. 은일의 이야기를 들으면서 청년은 계속해서 빙긋빙긋 웃고 있었다. 기분이 여간 흐뭇하지 않은 표정이었다. 하긴 흐뭇하지 않을 리가 없는 사람이었다. 다만 그렇게 빙긋빙긋 웃으면서도 청년은 자주 '그럴 필요 없어요. 전 지금 거기 앉아 있는 댁을 만나고 있는 걸요. 그럴 필요 없어요' 하는 일이, 언젠가는 약속대로 청년을 선희 쪽에 인계를 하게 될 거라든가, 그때는 아무쪼록 양쪽이 다 기분 좋게 만나질 수 있었으면 좋겠다는 따위의 그런 말을 했을 때였다. 청년은 도대체 그런 것이 다 필요 없다는 것이었다. 게다가 청년은 은일이 다방을 나오면서 다음 약속을 청했을 때.

"이 다방이 좋아요. 우린 여기서 처음 만났으니까요. 그리고 참 내일도 절대 혼잡니다. 친구를 데리고 나오면 안 돼요."

그런 다짐까지 주는 것이었다. 걱정이라면 청년의 그런 태도가 걱정이었다.

하지만 그것도 뭐 걱정거리랄 건 없었다. 일이 너무 엉뚱해서 은일의 말을 곧이듣지 않고 있는 소이거나, 아니면 쑥스러운 김에 공연히 한번 그래 볼 수도 있었다. 은일은 그쯤 생각해버리고 유쾌한 기분으로 기숙사로 올라갔다. 기숙사로 올라가선 먼저 선희의 방문부터 두드렸다. 공로를 내세우기도 할 겸 오늘 일을 그녀에게 귀띔해주기 위해서였다. 그리고 이제 와선 은일도 선희쪽 일이 어떻게 되어가고 있는지 그것이 여간 궁금해지지가 않았기 때문이었다.

한데 이날 저녁 은일이 선희를 찾아간 것은 뜻밖에도 낭패가 되고 말았다. 어찌 된 일인지 선희는 이날 저녁 별로 기분이 좋아 있질 않았다. 은일을 보고도 그녀는 전에 없이 심드렁한 표정이었다. 은일이 그 이야기를 꺼내려 해도 그녀는 오만 일이 다 귀찮다는 듯 딴전만 부리려고 했다. 도대체가 이제 그런 일 따윈 관심도 없으니 네 일은 네가 알아서 하라는 투가 역력했다.

은일은 멋쩍은 기분으로 자기 방으로 돌아오고 말았다. 돌아와서 생각해도 도대체 선희의 심중은 헤아릴 길이 없었다. 무슨 일이 있느냐 해도 확실한 대꾸를 하지 않으니 그럴 수밖에 없었다. 은일은 슬그머니 화가 치밀었다. 그럴 테면 그래 보라지.

—이 다방이 좋아요. 우린 여기서 처음 만났으니까요. 그리고 참 내일도 절대 혼잡니다…… 느닷없이 청년의 마지막 다짐 소리가 귀청을 울리고 지나갔다.

—흥, 그럴 테면 그래 보라지. 누가 손핼 볼 건가.

그러자 은일은 한 가지 막연한 추측이 떠올랐다. 선희 년이 그처럼 자기를 꺼리는 것은 어쩌면 그쪽에서 먼저 약속을 깨뜨려버리고 싶어진 것이나 아닌지 모른다는 것이었다. 선희가 붙잡은 남자가 지나치게 멋지다고 생각되면 그럴 수도 있다고 생각되었다. '우정을 걸고'라는 약속이었지만, 애정을 위해서라면 그까짓 우정에 대한 배반 따위 얼마든지 들어온 그녀였다.

그런데 은일의 그런 추측은 전혀 엉터리없는 오해만 아닌 것 같기도 했다.

다음 날이 되어도 선희의 표정은 여전히 바뀔 기색이 없었던 것이다. 이날도 은일은 청년을 만나고 돌아와서 선희의 방으로 그녀를 찾았지만, 그녀보다 훨씬 늦게 외출에서 돌아온 선희는 한사코 그 〈약속〉에 관한 이야기만은 화제에 올리려고 하질 않는 것이었다. 이날은 뭐 별로 기분이 나쁘거나 화가 나 있는 표정이 아닌데도, 은일이 그쪽으로 화제를 끌고 가려 하면, 이상스럽게 시치밀 떼려 들고 오히려 어떤 때는 그런 이야기를 꺼내려는 은일을 경계하는 빛까지 띠곤 했던 것이다.

—내일 또…… 내일 또 이 다방에서. 그리고 꼭 은일 씨 혼자서만요. 전 은일 씨를 만나러 오는 거니까요.

그럴수록 은일은 또 이날 낮에도 되풀이 다짐하던 청년의 목소리가 더욱더욱 달콤하게 귓전을 울려오곤 하는 것이었다. 그리고 그녀는 이날 낮 청년에게 자기의 진짜 이름을 대어준 것이 선희에게 조금도 미안할 게 없다는 생각이 뻣뻣하게 돋아나고 있었다.

그런 식으로 며칠을 더 지내고 나자 어느 날 선희 쪽에서 다시 이렇게 제의를 고쳐오기에 이르렀던 것이다.

"얘, 은일아. 우리 이대로 아주 옷을 바꿔버리기로 할까?"

그녀들 사이에선 모든 일이 그래 왔듯이 서로의 감정을 상하게 할 비밀은 오래 지니고 있고 싶지가 않았던 모양이었다. 선희의 어조는 지극히 담담하고 솔직해 보였다. 은일 쪽에서도 그러는 선희를 힐난하거나 기분 나빠할 이유가 전혀 없었다. 비로소 모든 것이 분명해진 느낌이었다. 그리고 은일은 그쪽이 오히려 훨씬 더 떳떳하고 마음 가벼운 일인 듯싶기도 했다.

두 아가씨는 이번에야말로 홀가분한 기분으로, 그리고 자랑스럽게 자기 쪽의 남자를 상대방에게 소개해주기로 하는 데까지 의견을 같이했다. 옷만 아주 바꿔버리기로 한다면, 선희 쪽에서도 자기 쪽 남자에겐 벌써부터 진짜 자기 이름을 사용하고 있었으므로, 새삼스럽게 이름까지 다시 바꿔 가져야 할 번거로움은 이미 해결이 되어 있었다.

하지만 이 일로 말하면 아가씨들에겐 아직도 모든 것이 완전히 해결되어진 것은 아니었던 셈이었다. 사정이 분명해진 것은 그로부터 이틀 뒤 — 두 아가씨가 서로 의좋게 자기 쪽 남자를 상대편에게 소개하러 간 장소에서였다.

이날 저녁 선희는 은일보다 먼저 데이트를 시작했고, 그 시간이 웬만큼 지난 시각에 은일은 예의 〈동굴〉찻집에서 청년을 만나기로 되어 있었다. 선희의 데이트 장소는 마침 또 〈동굴〉찻집의 2층에 있는 〈약속〉다방이라 했다. 모든 게 안성맞춤이었다. 바로 그 시각에 그곳에서 만나기로 두 사람은 약속을 했다. 선희가 〈약속〉에서 데이트를 즐기고 있으면, 은일은 청년을 기다렸다가 그를 데리고 〈약속〉으로 올라가기로 했다.

한데 이날은 아무래도 처음부터 일이 이상했다. 〈동굴〉쪽에

나와 앉은 은일이 아무리 기다려도 이날따라 청년은 나타나질 않고 있는 것이었다. 전에는 그런 일이 한 번도 없었는데 이날은 약속 시각을 반 시간이나 지나서도 아직 소식이 감감이었다. 은일은 반 시간쯤 더 자리를 지키고 앉아 있다가 그만 몸을 일으키고 말았다. 화가 난 건 둘째치고, 우선 2층에서 기다리고 있을 선희에게 사정을 알려줘야겠기 때문이었다. 뿐만 아니라 은일에겐 막연하나마 어떤 불길한 예감까지 머리를 스치고 있었던 것이다. 동굴을 나온 은일은 그길로 곧장 〈약속〉으로 올라갔다.

한데 이게 웬일인가. 아니 이젠 웬일이 날 것도 없었다. 그녀의 예감이 뜻밖에 정확했던 것뿐이었다. 〈약속〉 다방 한쪽 구석에서 찾아낸 선희의 좌석 맞은편엔 지금까지 은일이 〈동굴〉에서 그처럼이나 기다리고 있었던 백창현 청년— 그가 거기에 속도 좋게 빙글빙글 웃고 앉아 있는 게 아닌가.

"내 처음부터 이렇게 될 줄은 알았어요."

어리둥절해서—라기보다는 갑자기 뒤통수를 얻어맞은 듯 망연스런 눈길로 두 사람을 내려다보고 서 있는 은일을 보고 청년은 여전히 빙글빙글 웃으면서, 그러나 언젠가처럼 그 하품을 하는 듯한 목소리로 싱겁게 말했다. 영문을 알 수 없어 눈알을 두리번거리고 있던 선희의 표정이 그제서야 비로소 꽁꽁 얼어붙기 시작했다. 그러나 청년은 이제 아무래도 상관이 없다는 듯 천천히 여유있게 지껄여대고 있는 것이었다.

"두 분 다 이젠 옷을 바꿔 입으실 필요가 없어졌군요. 이름도 물론이구요. 전 처음부터도 두 분의 진짜 이름을 알고 있었거든요, 어쨌거나 일이 이렇게 되고 보니 이건 제 욕심이 좀 지나쳤던 것 같기도 하군요. 하지만 어느 날이던가요, 그날 전 가짜 은일 씨 행세를 하는 선희 씨의 얘기를 듣고 나니까, 어쩔 수 없이 또 진짜 은일이라는 다른 쪽 아가씨도 마저 만나고 싶어지더군요. 그래서 그럴 만한 곳을 찾아다니며 은일 씨를 기다렸지요. 누굴 기다리는 것 같기도 하고 아닌 것 같기도 한 기분으로 말입니다. 그뿐이지요. 제 허물은……"

(『여성동아』 1972년 7월)

제3의 신(神)

나오는 사람들

(구엔 반) 호아   메콩 강 삼각주 지역 인디안 성 출신의 농사꾼. 초로
의 나이. 다리를 절뚝거림.

(트롱 탄) 춘   탈출선 선장. 푸콕 섬 어부. 화교 출신.

(트란 빈) 롱   여자. 사이공 시 다카오 지구의 클럽 여급.

(팜 록) 탄   구정부 군 상사.

(트란 후) 비엔   신부.

(레 민) 타오   사이공 대학생.

(카오 반) 가이   구베트남 정객. 무기 밀매업자.

때   1979년, 베트남 난민들의 해상 탈출극(보트 피플)이 한창이던
때의 여름 무렵.

곳   말레이시아 동쪽(인도네시아의 보루네오 북쪽) 근처의 한 작은
바위섬.

제1장 제1막

바닷가.

난민들이 타고 온, 소형 동력선 한 척이 물가에 매여 있고, 그 앞 자갈밭과 바윗돌이 뒤섞인 황량스런 해변가에 호아와 롱이 되는대로 몸을 기대어 쉬고 있다.

호아는 베트남 농사꾼의 검정색 옷차림을 하고, 롱은 검정색 선글라스에 한때는 제법 화려해 보였음 직한 고급 천의 옷차림새가 여기저기 남루하게 구겨지고 낡은 모습, 두 사람 다 다른 일행들을 기다리다 지쳐 있다.

한동안 파도 소리가 무대를 채우다 서서히 물러가면……

롱   (초조하고 지루한 듯 이윽고 팔목시계를 들여다보며, 혼잣말처럼) 이 양반들 섬을 둘러보러 간다더니 어디서 몽땅 물귀신들을 만났나? 쥐방울만 한 섬에서 벌써 한 시간이 다 되어가잖아.

호아   (한 손으로 얼굴의 햇빛을 가리고 있다가 한참 만에 손을 비키고 얼굴을 드러내며, 그러나 아직도 여자와는 시선을 따로 한 채 역시 혼잣말처럼, 피곤한 목소리로) 섬이 워낙 메마른 바위 산덩이라, 속속들이 뒤지자면 시간이 걸릴 테지. 이 섬에서 며칠이라도 목숨을 부지하며 기다려보자면 우선은 식수를 얻을 곳이라도 찾아둬야 할 거니까.

롱   (그제야 자기 곁에 다른 사람이 있음을 의식한 듯 몸을 천천히 일으

켜 앉으며) 그래, 이 섬에서 무슨 양식거리 같은 걸 찾아낼

　　　수가 있을까요?

호아　(투박하고 어눌하게 띄엄띄엄) 글쎄, 이런 돌산에 무슨 곡량거

　　　리가 될 만한 게 있겠소. 그런 걸 찾을 수 있었다면 이토록

　　　시간이 걸릴 턱도 없었을 게구.

롱　　어디 샘물 같은 거라도 솟아나는 곳이 없을까요?

호아　글쎄, 그것도 아직은 알 수가 없는 노릇이지요.

롱　　글쎄 글쎄. 아저씬 그저 글쎄가 아니면 할 말을 못 하시는

　　　군요.

호아　글쎄, 그게 내 버릇인진 모르지만, 이놈의 섬이 워낙 보잘

　　　것이 없어놔서……

롱　　또 그놈의 글쎄…… 제발 그 글쎄 소리 좀 빼고 말하실 수

　　　가 없어요?

호아　(롱의 채근을 무시하고 한숨을 토하듯 하늘을 우러르며 다시 혼잣

　　　말처럼) 허지만 하늘이 정 우리를 버리지 않을 심산이시라

　　　면…… (차마 말끝을 맺지 못한다)

롱　　(매어달리며 재촉하듯) 하늘이 우리를 버리지 않는다면요?

호아　(아랑곳없이 천천히. 그러나 그 역시 자신이 없어 한낱 부질없는 소

　　　망의 소리로 애매하게 대답을 대신하여) 글쎄, 목을 축일 샘물

　　　까진 마련해주질 못하더라도 하다못해 소나기라도 자주만

　　　내려주면 되련만은……

롱　　(눈치를 알아챈 듯 한동안 절망스런 침묵. 이윽고 그 절망을 털어버

　　　릴 구실을 구하듯) 이 섬에 희망이 없다면 우리는 다시 이 섬

을 떠나야겠지요?

호아 글쎄, 그것도 그리 간단한 일은 아닐 게오다. 우린 벌써 한 달 가까이나 망망대해를 헤매 다니지 않았소. 어쩌다 물을 찾아 배를 저어가면 그놈의 해안 경비정들의 총알 세례나 받고 쫓겨났구. 바다를 떠 다니다가 외국 배를 만난 것도 여남은 차례나 되었지만, 이젠 구조 무전에 응답조차 안 하고 지나가버리는 배들에게 희망을 걸 수는 없는 일이고…… 어쨌거나 난 이제 바다는 싫어요. 죽을 때 죽더라도 이젠 바닥이 출렁거리지 않는 뭍에서나 죽고 싶소. (참을 수가 없어진 듯 몸을 벌떡 일으켜 다리를 절뚝거리며 서성거리기 시작한다)

롱 (다시 절망하여 체념기가 되어) 그렇담 우린 결국 이 섬에 꼼짝없이 갇히고 만 꼴이 된 건가요? (원망조로 따지듯) 도대체 어쩌다가 이렇게 되었지요? 누가 우릴 이렇게 만든 거지요?

호아 (계속 불안하게 서성거리며) 글쎄, 난들 그걸 어떻게 알겠소. 우리가 언제 제 일을 제 뜻대로 정해본 일이 있다구. 그저 내 바람 같아선 네 편 내 편 상관하지 않고 농사나 지으면서 살아가고 싶었지만, 어쩌다 보니 나도 모르게 이 꼴이 돼버린 걸 말이오. 아가씨나 나나 무슨 허물이 있어 이리 된 일이오?

롱 아저씨 쪽 사정은 알 수 없지만, 저야 위험이 아주 없었던 것도 아니었어요.

호아 위험이라니? 그 사람들한테 무슨 허물을 졌길래?

롱 전 원래 사이공에서도 이름난 다카오 지구의 한 클럽에서 일을 해오고 있었지요. 까놓고 말해 다카오에서 클럽 생활을 했다면 여자로선 사실 밑바닥인 셈이에요. 그러니 뭐 애초엔 세상이 바뀐다고 겁을 먹고 달아나고 말고 할 건덕지도 없었지요.

호아 달아나고 말고 할 건덕지도 없었는데?

롱 달아날 생각은 해보지도 않고 있는데, 전에 클럽에서 사귄 구정부의 높은 양반 하나가 그렇게 쉽게만 알면 안 된다나요. 세상이 막상 바뀌고 나면 사이공 사람은 거의 살아남을 길이 없을 거라구요. 어떻게 자기가 길을 마련해볼 테니 함께 사이공을 빠져나가자구요. 위인의 말이 별로 미덥지는 않았지만, 막상 사이공이 넘어가던 날의 그 아우성을 보게 되니 생각이 달라지더군요. 그래 작자와 약속을 해놓은 장소로 갔지요. 하지만 역시 작자는 없었어요.

호아 작자가 혼자 도망을 뺐구만. 하긴 그땐 누구나 다 그런 판이었으니까.

롱 아니, 작자가 혼자 내뺀 건 아니었어요. 하지만 그걸로 인연이 그만 끝났으면 좋았을 뻔했어요.

호아 또 무슨 일이 있었나?

롱 나중에 알고 보니 그도 실상은 헬리콥터를 못 타고 치화 형무소로 붙들려가서 갇혀버린 신세가 되었다지 않아요. 작자에게 탈출 헬리콥터를 약속했던 어느 미국인 친구가 마지막 순간에 그만 약속을 어겨버린 바람에 말예요…… 어느 날 위인의 옛 측근 한 사람이 옛날 클럽 자리로 사람을 보내왔더군요.

호아 사람을 보내다니, 무엇하러?

롱 저더러 형무소 안에 수감되어 있는 그 구정부의 높은 양반에게 비밀 편지를 전해달라는 것이었어요. 그때나저때나 우리나라 사람들이 하는 일이 늘 그런 식이지만, 형무소 간수 한 사람이 이미 이쪽 연락원으로 매수되어 있다구요.

호아 그래 그 짓을 해줬단 말이오?

롱 보수가 저로선 엄청났으니까요.

호아 그놈의 보수가 얼마나 되었길래?

롱 일에 따라서 많을 때도 있고 적을 때도 있었지만, 한번 심부름에 미국 달러로 대략 3백 달러 정도는 받았어요. 그 사람들 꼭 미국 달러로 심부름 값을 치렀거든요.

호아 (놀라 입을 벌리며) 3백 달러라…… 하기야 그 땅에선 이미 쓰기가 어려운 돈이었을 테니까. 그러나저러나 굉장한 금액이구만. 옛날 같으면…… (무슨 다른 말을 하려다 말고) 그래, 그 돈에 홀려서 꼬리가 너무 길어졌던 겐가?

롱 맞아요. 처음에는 아주 안전한 것 같았는데, 어느 날 문득 연락선이 끊기고 말지 않았겠어요. 은밀히 알아보니 연락을 받아가곤 하던 간수 녀석의 종적이 사라지고 말았어요, 아무래도 저까지 꼬리가 잡힐 것 같더군요.

호아 (머리를 끄덕이며) 하긴 그런 위험이 닥쳐든다면 손발 개고 앉아 있을 순 없었겠구만.

롱　게다가 그동안 애써 벌어 모은 돈도 거기선 별반 쓸모가 없었구요.

호아　금을 덮친 게 똥을 쥔 격이구만.

롱　처음엔 그래도 한 밑천 잡은 것 같았지요. 한때는 총액이 2, 3천 달러나 되었으니까요. 하지만 그것도 금세 헛일이 되고 말았어요. 죽 쑤어서 뭐한테 준다고, 탈출선 줄 잡는 데 몽땅 썼으니까요. 하긴 여기 이렇게 갇힌 몸이 되고 보면 그런 거 지녀왔대야 쓸 데도 없겠지만…… (뒤늦게 생각난 듯) 그런데, 전 사정이 그랬다 치고 아저씨한테는 무슨 사정이 있었나요?

호아　(서성대다 말고, 그러다 때로 다시 다리를 절뚝절뚝 서성대며) 사정이 있었다면 내게도 아가씨만큼 한 사정은 있었지요. 그게 내가 만든 허물인지 아닌지는 아직도 분간이 안 가는 일이지만……

롱　어떤 사정인데요? 아저씨는 그저 농사나 짓고 살아오셨다면서요? 인디안 성에서랬던가요.

호아　인디안 성 맞소. 메콩 강 남쪽…… 땅이 기름져 농사가 아주 좋은 곳이지요. 그만큼 베트콩들도 덕을 많이 보아온 곳이구. 우린 늘 농사의 수확을 한쪽에만 바치고 살 수는 없었거든. 정부에도 바치고 베트콩한테도 바치구. 맘에 내켜서 하는 일은 아니었지만, 어쨌거나 두루 공평한 셈이었지. 한데 그놈의 인디안 성에 와하우교가 성한 게 탈이었다오.

140

롱 왜요? 와하우교가 어째서요? 아저씬 그 와하우 교도세요?

호아 아니, 난 와하우는 아니요. 하지만 동네가 온통 와하우 일
색이었지요.

롱 그 와하우가 무슨 일을 저질렀었나요?

호아 세상이 바뀌고 한 달쯤 지나서였던가. 마을에서 엉뚱한 일
이 일어났어요. 사이공이 떨어지고 나서도 우리 성에는 정
부군 패잔병들이 엄청나게 많이들 모여들어왔지요. 그런
데 동네 와하우교 청년들 몇 놈이 그 쫓겨온 패잔병들을 믿
고 무슨 게릴라전 준비를 한답시고 마을 절간에다 무기들
을 구해다 숨겨놓았던 모양입니다. 그러데 정부군은 금세
항복을 해버리고 숨겨놓은 무기들만 뒤늦게 북쪽 사람들
에게 발각되고 만 거지요. 그러자 그 와하우교 청년들은 물
론 일대 와하우교 주민들에 대한 일제 소탕령이 내리게 되
질 않았겠소. 말인즉 무슨 특별 재교육이란 걸 받는다는 거
였지만, 그 교육을 받기 위해 끌려간 와하우교 교인들은 한
사람도 다시 마을로 돌아온 사람이 없었거든.

롱 하지만 아저씬 와하우가 아니라면서요?

호아 와하우교는 아니었지만, 한번 마을이 점을 찍히고 나니 아
무도 마음 놓고 견뎌 배길 수가 없었지요. 그 왜 있지 않았
소? 사상검토다 비판회다 하여 지난 죄과들을 청산한답시
고 밤마다 사람을 끌어다 놓고 서로 남의 욕을 시키면서 들
볶아대는 그 지랄 같은 욕설 놀음 말이오. 한데다 난 거기
서까지 그만 안 할 소리를 해버리고 말았지 뭐겠소.

롱 무슨 말을 했게요? 거기선 원래 시키는 대로만 하는 건데……

호아 그러게 말이오. 나도 물론 시키는 대로 말을 해야 하는 곳인 줄은 알고 있었지요. 그런데 하루는 나도 모르게 그만 바보 같은 소리를 하고 말았어요. (제물에 신이 나서 일인극식 동작을 섞어가며) 그날 비판회의 토론 제목은 미국 놈들의 만행이었지요. 미국 놈들은 어째서 죽일놈들이냐…… 그 만행을 하나하나 뒤져내어 증거하는 거였어요. 별별 해괴한 소리들이 다 나왔지요. 미국 놈들은 우리 여자들을 강간하고 죽인다, 집을 불태우고 쌀을 빼앗아간다, 심지어는 미국 놈들이 우리 아기들을 잡아다가 통조림을 만들어 먹는다는 소리까지 나왔으니까요. 거짓인 줄 알면서도 괜히들 열성을 보이느라 하는 소리들이었지요. 제정신 지니고는 듣고 앉아 있을 수가 없었어요. 하지만 나는 입을 꾹 다물고 그저 가만히 남 하는 소리들을 듣고만 있었지요. 맘에도 없이 기막힌 거짓말들을 꾸며내고 있는 꼴들이 한심스럽긴 했지만 그렇다고 공연히 섣부른 소리를 하고 나설 자리가 아니었으니까요. 그런데 실상은 그렇게 가만히 입을 다물고 앉아 있었던 게 잘못이었던가 봅디다. 그렇게 앉아 있기만 하는 것이 못마땅했던지 옆에서 하는 꼴들만 지켜보고 있던 당 간부 녀석이 갑자기 나를 지목하지 않겠소. 왜 동무는 아무 말이 없소? 동무는 미국 놈들의 만행을 듣지도 보지도 못했단 말이오? 어디 이번에는 동무가 한번 발언해보오. 미국 놈들이 어째서 나쁘오? 난 그만 혼비백

142

산이 되고 말았지요. 그래 엉겁결에 입에서 나온다는 소리
가 그만……

롱 (호기심이 나서) 그만 뭐라고 했는데요?

호아 나도 그들을 미워합니다. 세상에선 징그럽고 몹쓸 인간들
입니다. 놈들은 우리를 이렇게 내동댕이치고 저희들끼리
만 도망간 놈들입니다. 그래서 우리를 이렇게 비판회니 뭐
니 고역을 치르게 해놓은 것만 봐도 놈들이 얼마나 나쁜 놈
들인가를 알 수 있습니다. 일은 실상 그렇게 된 게요.

롱 (킬킬 웃다가) 그거 참 말씀 한번 속 시원하게 잘 하셨네요.
그런데 그걸로 허물을 삼았어요?

호아 너무 그렇게 웃을 일만도 아니오. 그동안 듣고 본 일이 그
세상이 어디 크고 작은 허물을 가리는 세상입디까? 하긴 그
당원이란 작자도 처음에는 그저 어이가 없는지 혼자 히죽
히죽 웃고만 있습디다. 그러다가 지나가듯 이렇게 말했어
요. 저 동무 아무래도 사상 검토를 좀 받아야겠구만. 하지
만 그게 어디 웃고 들어 넘길 소립니까. 사상 검토다 재교
육이다, 종내는 그 무더기 죽음길로까지 내몰리는 무서운
생지옥 길도 다 그렇게 사소한 빌미로 시작되지 않습디까.

롱 알 만한 일이에요. 하지만 그건 어쨌거나 아저씨의 허물은
아니지 않아요. (단정하듯 단호하게) 아저씬 허물이 없는 분
이에요.

호아 (잠시 침묵 끝에) 내가 허물이 없는 거라면 그야 아가씨도 마
찬가지지 뭘. (지긋지긋하여 이젠 그만 말머리를 돌리고 싶어 하

며) 하지만 지금 우리는 자기 허물 자랑을 하자는 건 아니
니까. 중요한 것은 어쨌거나 우린 지금 여기 이렇게 절해고
도에 갇혀버리게 된 일이란 말이오. 그리고 그 허물이 누구
의 것이든 우리를 이렇게 만든 허물을 따질 사람들은 여긴
아무도 없다는 것이오. (새삼 혼자서 절망에 싸였다가 다시 기운
을 되찾으려 하며) 그러니 그보다 지금 우리에게 필요한 일은
이 황량스런 섬에서 우리가 어떻게 죽지 않고 살아날 것인
가 그 방법을 찾아내는 일일 게요.

롱   (새삼 절망하며) 맞아요. 그건 저도 알고 있어요. 하지만 어
떻게?

호아   우선 섬에서 먹을 것과 마실 물을 찾아봐야지요.

롱   섬에 아무것도 먹을 것이 없으면요?

호아   미리 실망을 해버릴 건 없지요. 우리가 어떻게 그 땅에서
살아남아 여기까지 왔는데 아무려면 하필 여기서 죽겠소.
모쪼록 함께 힘을 내보도록 합시다. (앞서 여자에게 자기가 한
말은 잊어먹은 듯) 재수가 좋으면 혹시 구조신호를 받아주는
배가 한 척쯤 있을지도 모르고……

두 사람, 한동안 망연스런 침묵. 이때 선장 춘이 등장. 그는 한 손에 헌
라디오 부서진 것을 들고 있다. 두 사람, 그가 손에 들고 있는 것에 관
심이 끌린다.

롱   (몸을 꼿꼿이 일으키며 다소 조급해지며) 선장님, 이 섬 어땠어

요? 사람이 좀 지낼 만했어요?

춘   (여자 곁에 털썩 주저앉으며 긴 한숨 끝에) 틀렸어요. 말짱 죽음
     의 섬이에요.

롱   죽음의 섬이라니요? 곡량거리도 식수도 아무것도 구할 수
     가 없던가요?

춘   이런 돌섬에 무슨 곡량거리가 있겠소. 그보다도 (손에 들고
     온 물건을 내보이며) 이게 무언지 알겠소?

롱   그게 무어예요?

춘   라디오를 뜯어 무선 송신기를 만든 거외다. 저쪽 바닷가 바
     위틈에서 주은 거라오.

롱   (예감이 움직이며) 그렇다면?

춘   짐작이 가는 일이지요. 이 섬엔 우리가 처음이 아니었어
     요. 먼저 온 사람들이 있었던 거외다.

롱   먼저 온 사람들이 있었다면…… 그럼 그 사람들은 어떻게
     되었을까요?

춘   (한동안 침묵을 지키다가) 글쎄, 그건 나도 장담을 할 수가 없
     구료. 하지만…… (말끝을 흐리며 얼굴을 찌푸린다)

롱   (절망스럽게) 죽었으리라는 짐작이시군요.

춘   (무겁게 고개를 끄덕이며) 시체나 무덤을 못 봤으니 아직 그렇
     게 단정 지을 수는 없지만, 이 통신기의 배터리가 다 닳아
     있는 걸 보아선……

롱   (잠시 침묵 끝에) 그럼 우린 정말로 죽음의 섬을 찾아온 격이
     군요. 한데도 그냥 이 섬에서 주저앉아버릴 건가요?

춘　그럼 어떻게 합니까?

롱　(단호하게) 섬을 떠나야지요.

춘　어디로 말이오?

롱　어디로든지 살 곳으로 가야지요.

춘　어디가 살 곳입니까? 이 한 달 동안 아가씨도 다 겪어온 일이 아니오. 바다도 육지도 이제 우리가 삶을 얻을 곳은 없습니다. 게다가 이젠 너무들 지친 데다 배를 움직일 기름도 다해가고……

롱　그렇다고 그냥 이 섬에서 그 사람들처럼 죽음을 기다리고 앉아 있을 순 없는 일 아니에요?

춘　도리가 없는 일이지요.

롱　(잠시 생각에 잠기다가) 아니, 갈 곳이 전혀 없는 건 아니에요. 우린 다시 우리 땅으로 돌아갈 수가 있어요.

춘　(진심으로 하는 소리냐는 듯 여자를 쳐다본다)

롱　(자답하듯이) 그게 여기서 대책 없이 그냥 죽음을 기다리고 앉아 있는 것보다는 낫지 않겠어요. 적어도 그곳엔 삶이 있으니까.

춘　(타이르듯) 아서요. 그런 말. 하기야 그곳에 아직 목숨이 부지될 길만 있다면 오죽이나 좋겠소. 하지만 얘기들을 들어보면…… 그 왜 우리 일행 가운데도 이렇게 일단 피신을 해 나왔다가 설마하면 제 살던 땅인데 싶어 다시 찾아 들어갔다던 사람이 있지 않습니까. 탄이라구, 그 구정부군 상사 말이외다.

롱　알고 있어요.

춘　그 사람 얘기를 들어보면 다시 찾아갔어도 삶을 얻을 수가
　　없었다지 않아요. 그래 오죽하면 그런 사람이 다시 탈출선
　　을 탔겠소.

롱　그건 선장님이 당하신 일이 아니지 않아요. 선장님한테도
　　무슨 돌아가시지 못할 허물이 있으세요?

춘　상사만큼 한 허물이야 없지요. 하지만 그 세상에서 어디 허
　　물 안 만들고 사는 사람 있습디까.

롱　그래, 선장님이 지은 허물이란 건 어떤 건가요?

춘　그야 이런 게 바로 내 허물이지요. 당신네들을 이렇게 나라
　　밖 바다로 실어내 나른 거……

롱　전에도 여러 번 이런 일을 하셨나요?

춘　세상이 뒤바뀌고부터는 죽 이 노릇을 해온 셈이지요. 그만
　　큼 재미도 보아온 셈이구.

롱　하지만 요즘 와서 그 사람들도 그걸 공공연한 비밀로 눈감
　　아주지 않아요.

춘　하긴 그렇지요. 여태까지도 실상은 나 혼자서 그 짓을 해온
　　것은 아니었으니까. (혼잣말처럼) 그거 모두가 새 정부 사람
　　들하고 동업인 셈이었거든.

롱　그렇담 이번에도 그냥 돌아가서 모른 척하고 지내면 될 거
　　아니에요.

춘　그건 내가 화교 출신인 걸 몰라 하는 소리요. 그 왜 요즘 중
　　국하고의 일이 시끄러워지지 않습디까. 중국계 출신은 모

두들 제 나라로 돌려보낸다느니, 그 일로 해서 중국하고 한 판 싸움이 붙을 거라느니……

롱 저도 그런 얘기는 들은 일이 있어요.

춘 그래 여태까지의 일이 나한테는 바로 피치 못할 허물이 되고 만 거라오. 게다가 그동안 너무 꼬리도 길었구.

롱 ……

춘 그래, 이번엔 나도 함께 마지막 배를 안 탈 수가 없었던 거라오. 집에 남은 사람들 신변도 안전치는 못하지만, 우선은 나하고 모은 가산이라도 무사해야 하니까. 그런데 하필 이런 꼴이 됐지 뭐요.

롱 ……

춘 (독백조로) 하긴 말이 이렇게 되고 보니 이러나저러나 차라리 고향 동네에서 그물질이나 하고 지냈으면 좋았을 뻔했다는 생각이 없는 것도 아니라오. 알고들 계시는지 모르지만, 난 원래 푸룩 섬 바다에서 그물질 노릇으로 이 나이가 됐으니까. 하지만 이제 와서 그런 후회는 해서 뭐하누. 죽으나 사나 이제는 이 섬에서 결판을 낼 수밖에.

롱 (긴 한숨) 결국 우린 아무도 다시 돌아갈 수가 없는 거군요.

춘 (한참 만에 다시 여자를 위로해야겠다고 생각한 듯) 하지만 너무 실망은 말아요. 이 섬이 며칠만이라도 지내볼 만한 곳인지도 모르고, 정 못하면 우리 대빵님이 다시 배를 띄워 나가보자고 할지도 모르니까.

롱 우리 대빵님?

춘   탄 상사 말이오. 구정부군과 북월군(北越軍)살이를 두루 살
     아 봤다는.

롱   하지만 우리들 대빵은 바로 선장님이 아니시던가요? 우린
     여태까지 선장님의 말씀을 들어왔는데.

춘   배에선 그랬지요. 하지만 여긴 그래도 마른 땅이니까.

롱   하지만 누가 그를 우리들의 대장으로 뽑아준 일이 있나요?

호아 (절뚝절뚝 계속 주위를 서성대며 두 사람의 이야기를 듣고 있다가
     비로소 끼어들며) 우리들이 언제 우리 맘먹은 대로 어른을
     뽑아 내세워본 일 있었소? 언제나 제가 나서서 내가 어른
     이 되겠다고 하면 그 뒤엔 무슨 수를 쓰거나 그걸로 그만이
     었지. 내 배에서부터 눈치를 채고 있었지만, 아까 그 사람
     도 섬을 둘러보러 나서면서 그럽디다. 이제부턴 모두들 자
     기 명령을 따라야 한다구.

롱   믿을 만한 데가 좀 있는 사람인가요? 한 달 가까이나 함께
     지내왔지만, 전 어쩐지 그 사람이 눈길이 섬찟섬찟해서요.

호아 우리 가운데선 그래도 그중 어려운 고비를 많이 넘겨온 사
     람이니까. 우리처럼 그저 멋모르고 휩쓸려 나온 사람이 아
     니니 어려움을 이겨나갈 지혜도 많을 테구.

롱   전력이 도대체 어떤 사람이에요?

호아 (춘을 눈짓하며) 그건 아마 선장님이 나보다 잘 알 거요. 선
     장님은 원래 사람을 태울 때 내력을 모두 들었을 테니까.

춘   그야 사람을 모르고 태울 수는 없었지요. 하지만 그 사람의
     내력은 이야기를 듣고도 믿겨지지가 않을 정도라서……

자기 말로는 그 사람 원래 베트남 사람이었는데, 나라가 남북으로 갈라진 다음에도 이런저런 곡절 끝에 남쪽에서 다시 구정부군 옷을 입게 되었다나요. 하지만 그 사람 자기가 입은 옷하고는 늘 반대쪽 사람들 일을 하고 있었던가 봅디다. 그래 나중에는 이것도 저것도 다 귀찮고 번거로워져서 그냥 공평하게 양쪽에 똑같은 일을 해줬다는 거예요. 그게 무슨 이중간첩이라던가.

롱 이중간첩이었담 북쪽을 위해서도 일을 해준 게 있었을 테니 이런 배를 타고 달아날 것까진 없었을 거 아니에요.

춘 하긴 그 사람도 첨엔 그런 생각을 했던가 봅디다. 작자가 마지막 싸움을 한 곳은 그 중부전선이 무너져 내리기 시작한 4월 중순의 수안록 전투였는데, 싸움 중에 사단장이 혼자 헬리콥터를 타고 도망을 빼버린 것을 알고 자기도 엉겁결에 총을 내던지고 해안 쪽으로 달아나고 말았다구요. 결국은 그달 하순쯤에 다낭인가 어디에서 미국 군 철수선을 얻어 타고 괌도까지 가게 됐다던가.

롱 그런데 거기까지 갔다가 왜 다시 돌아왔어요?

춘 그게 바로 그가 한 일 때문이었다는 겝니다. 좁은 섬에서 피난민 등쌀에 몇 달 동안을 시달리다 보니 처자 생각에 집 생각이 이만저만 나지 않더라는 거예요. 게다가 그때는 전쟁도 모두 끝나고 난 뒤라 사람들이 제법 인심을 쓰는 척하던 때였구요. 돌아오면 관대하게 받아준다는 소문이 거기까지 미쳐와 끝내는, 에라 죽더라도 제 나라 땅이나 한번 더 밟아보고 죽자는 생각이 들었더라나요. 자긴 그래도 북쪽을 위해서도 해준 일이 있으니 그걸 알아줄지 모른다는 희망도 있었구요.

롱 한데 그걸 알아주지 않았군요.

춘 알아주지 않은 게 오히려 다행일 뻔했지요. 배를 타고 돌아와 보니 그는 그러지 않아도 미리부터 이중간첩으로 체포령이 내려진 신세였더랍니다. 돌아가자마자 곧장 수용소 행이었다니까. 그런 사람들 모아 보내는데, 그 왜 아가씨도 소문을 들어 알고 있지 않소. 죄수들을 쇠고랑으로 묶어 중노동을 시키고, 밤이 되면 잡곡밥 한 움큼하고 해서 통나무에 비끄러매인 채 거머리와 물것들이 들끓어대는 땅바닥에서 밤을 지새우도록 내던져진다는…… 그런 데서 작자는 반년 가까이나 용케 견뎌낸 거랍니다. 싸움판이 일단 끝나고 나면 이중 간첩들의 운명은 늘상 그렇게 끝장이 나기 마련인 게지요. 그 사람도 바로 그렇게 당한 겝니다. 그러나 어떻게 탈출에 성공을 해 나온 거지요.

호아 (신기한 듯) 그거 참 우린 이편도 아니고 저편도 아니려다가 이렇게 됐지만, 그 사람 신세는 거꾸로 이편도 되고 저편도 되려다가 그리 된 것이구만.

롱 (호아를 무시하고 춘에게) 그래, 그 사람 지금은 도대체 어느 편이 되고 싶은 걸까요?

춘 (귀찮은 듯 다소 퉁명스럽게) 그거야 내가 어느 쪽인지 알겠소? 이따 그 사람이 오거든 직접 한번 물어보구료. (하다가 문득 자리를 털고 일어나 사람을 맞을 채비를 취하며) 아니, 뭐 오래 기다릴 것도 없겠소. 저기 그 사람이 돌아오고 있구려.

무대 뒤로부터 탄 상사와 가이 등장. 탄 상사는 어디서 구해 입었는지 일행 가운데서 가장 형체가 온전한 구정부군 옷차림에 목에는 색안경을 걸고 손에는 일행의 지휘자격을 상징하는 지휘봉 비슷한 막대를 들고 있다.
탄 상사는 말을 할 때마다 자주 위협적으로 그 막대로 자신의 손바닥을 찰싹찰싹 때리는 버릇을 갖고 있다. 상사를 뒤따르고 있는 중년의 가이는 웬 뱀 한 마리를 막대 끝에 매달아 들고, 무슨 죄수가 감시자의 눈치를 살피듯, 또는 늙은 충복이 주인 앞에 자신의 복종심을 다짐해 보이듯 상사의 언동 하나하나에 쭈뼛거리며 굽실거린다.

탄   (일행의 지휘자답게 주위를 한번 휘둘러보고 나서) 두 사람은 아직도 돌아오지 않았구만. 헌데 여기선 별일들 없었소?

롱   (상사의 말에 대한 대꾸보다는 가이가 들고 온 뱀을 보고 몸서리를 치며) 저건 무언가요? 뱀이 아니에요?

가이 맞소. 뱀이오. 뱀 중에서도 가장 독이 많은……

롱   그런 걸 왜 여기까지 가지고 와요. 빨리 갖다 버리지 못해요!

탄   (위엄있게) 얼간이 같은 소리 말아요. 이 섬에서 며칠만 지내면 그놈이 아가씨보다 훨씬 큰 몫을 하게 될 테니까.

롱   뭐라구요?

탄   (무시하듯) 두고 봅시다. 당신도 아마 머지않아 누구 못지않

152

게 녀석을 좋아하게 될 테니. 여기 이 가이 양반도 처음에
는 기절을 할 것처럼 질색을 했으니까. 하지만……

가이 (비위를 맞추듯 급히 끼어들며) 그러믄요. 상사님이 처음 저놈
을 간수하랄 때는 정말로 그만 기절을 할 뻔했다오. 하지만
지금은 금세 이렇게 친하게 되고 말았어요. (뱀을 입가로 가
져가서 입을 맞추는 척하다가 불쑥 여자 앞으로 내미는 시늉)

롱 (질겁을 하고 물러서며) 그만두지 못해요!

춘 그만두어요. 가이 양반. 나약한 여자에게 괜히……

그의 말을 듣고 가이도 이젠 멋쩍은 표정이 되어 뒤쪽으로 스적스적
물러서버린다.
그러자 선장 춘은 안심이 된 듯 그에게서 주의를 거두며 새삼 상사를
향해.

춘 그런데 섬 사정은 어떻습니까?

탄 (가이 씨의 장난기를 즐기고 있다가 비로소 주의가 돌아오며) 아,
이 섬 사정 말이오? 지금 우리가 보고 있는 대로지요. 여기
서 보는 것하고 다른 게 없어요. (잠시 무언가를 생각하다가)
헌데 우리가 이 섬에 처음이 아니었소, 먼저 이곳을 온 사
람이 있습디다.

춘 (고개를 끄덕이며) 맞아요. 그런 줄 알았지요. 이거 보세요.
(조립 송신기를 내밀어 보이며) 아까 내가 저쪽 절벽 위에서 주
워온 겁니다.

탄   (송신기를 받아 만지작거리다가 혼잣말처럼) 구조 신호를 보내
      고 있었군.

호아 한다면 그 사람들 어떻게 됐을까요? 구조를 받아 살아나갔
      을까요, 아니면……

탄   (퉁명스럽게) 모두들 죽었소. 섬 저쪽에 무덤들이 있었소.

춘   몇이나…… 전지가 다 닳아버린 걸 보고 짐작은 했지만,
      죽은 사람이 몇 사람이나 되던가요?

탄   (막대로 손바닥을 치며) 셋, 무덤은 세 개가 있었어요.

춘   무덤이 셋뿐이었다구요? 그건 좀 이상하구만. 단 세 사람
      이 어떻게 여기까지 배를 몰아 왔을까요? 혹시 일부는 나
      중에 구조를 받아 섬을 다시 떠나간 것이 아닐까요? 배를
      타고 온 사람들이 모두 죽었다면 그 배는 그냥 남아 있어야
      할 텐데 어디서 그것도 눈에 띄질 않고……

이때, 비엔 신부와 타오 학생 등장. 낡은 신부복과 검은 바지에 회백색
남방차림. 비엔 신부의 손에는 와이셔츠 자락을 찢어낸 듯한 흰 옷 천
이 들려 있다.

탄   (두 사람에게 아직 주의가 미치지 않는 듯) 글쎄, 살아남은 사람
      들이 다시 배를 타고 나갔을 수도 있겠지. 어쨌거나 내가
      찾아낸 무덤 수는 세 개뿐이었으니까……

비엔 (진실을 알고 있는 사람답게 조금 자신만만한 태도로 나서며, 선언
      하듯) 아니, 구조를 받아서 섬을 나간 사람은 없소. 여길 온

사람들은 모두가 죽었소.

일동, 놀라서 비엔 신부를 바라본다.

비엔 (다른 설명 대신 손에 있던 흰 옷 천을 상사에게 넘겨주며) 섬 동쪽
중턱쯤에 사람이 몇 쯤 은신할 만한 동굴이 하나 있었소. 거
기 어두운 동굴 속에 이것이 바위 밑에 눌려져 있었소.

신부가 상사에게 넘겨준 것은 흰 옷 천에다 피를 찍어 적은 혈서다. 상
사는 잠시 그 혈서의 내용을 혼자 눈으로 훑어본다. 그리고 말없이 다
시 어부 춘에게 넘겨준다.

춘 (놀라며) 이건 피로 쓴 혈서가 아니오?

남은 사람들이 궁금해 몰려든다.

춘 가만히들 있어요. 내 함께 읽어드리리다. (사람들에 둘러싸
여 큰 소리로 읽는다) 이 섬을 왔을 때 우리는 모두 일곱 사람
이었다. 그리고 우리는 이 섬에서 한 달을 지내면서 차례차
례 죽어갔다. 이미 여섯 사람이 죽어갔고, 그 여섯번째 사
람도 이젠 살집이 너무 못쓰게 썩었다. 나도 이젠 머지
않아서 마지막 일곱번째의 사람이 되어갈 것이다. 하여 나
는 나의 옷을 벗어 아직도 살아 있는 나의 피를 뽑아 이 글

을 적는다. 이 이야기를, 이 섬에서 일어난 참극의 이야기를, 누가 다시 이 섬을 찾아와 이것을 발견한 사람이 있거든, 그리고 그가 다시 육지로 살아 돌아가는 행운을 얻거든 (제발! 제발! 그만이라도!) 눈을 감고 돌아서버리지 말고 그가 닿은 세상에다 전하여주기 바란다. 우리를 위하여 피 흘려 싸우다 어느 날 우리를 버리고 돌아가버린 우방국들에게. 우리를 외면하고 지나가버린 수많은 우방국들의 선원과 국민들에게. 그리고 누구보다 먼저 우방국의 배와 비행기 편으로 재산과 함께 우방국으로 날아간 편한 삶을 누리고 있는 우리의 옛 위정자들에게. 그 천추의 애국자들에게. 1976년 4월 8일, 바다를 헤매며 구조를 기다리던 한 망국의 유랑 난민이.

(낭독이 끝나자 일동 절망적인 침묵. 이윽고)

춘   (침통하게) 시기는 대략 두 달쯤 전인 듯싶은데, 누가 썼는지 글을 남긴 사람의 이름은 밝히질 않았군.

탄   (나무라듯) 그깟 이름은 밝혀 뭐 하겠소. 어차피 떼죽음을 해가는 판국에 누가 그런 걸 알아봐주겠다구.

타오   그런데 왜 그 사람들 그렇게 그냥 이 섬에서 가만히 앉아서들 죽어갔을까요? 배를 타고 나가서 다른 섬을 찾아보지 않구서. 하다못해……

탄   (다시 나무라듯) 그런 생각이 났더라도 그땐 이미 배가 없었겠지. 사람들이 모두 죽어갔으면 배라도 아직 남아 있어야 할 텐데. 배가 보이질 않지 않소.

타오 그중의 몇 사람은 다시 배를 타고 이 섬을 나가지 않았을까
      요?

탄   일곱 명이 모두 죽었다고 그 유서에 씌어져 있지 않았소.
      아마도 어느 날 폭풍에 배가 떠내려가버려서 옴짝달싹들
      을 못 하고 갇히게 된 걸게요.

타오 그렇담 무덤의 수가 틀리질 않아요. 죽은 사람이 일곱이라
      면 무덤도 역시 일곱이……

탄   글쎄, 그건 나도 좀 이상하지만, 우리가 미처 나머지를 못
      찾아냈을 수도 있을 테니까. 그보다도 사람 수가 하필 우리
      와 똑같은 일곱이라는 게 기분이 안 좋구만.

그 소리에 일동 똑같이 어떤 불길한 예감에 사로잡힌다. 그러자 그 예
감을 털어버리기라도 하듯.

롱   (갑자기 끼어들며) 도대체 지금 무슨 소리들이에요? 지금 우
      리한테 죽은 사람의 수가 셋이고 일곱이고가 무슨 소용이
      냔 말예요. 그보다도 이젠 일이 이렇게 된 마당에 그냥 이
      섬에 머무르고 말 거냐. 다시 다른 곳을 찾아 나서볼 거냐.
      그걸 정하는 게 중요한 일 아니에요. 여기 그냥들 주저앉아
      서 그 사람들 모양 고스란히 황천길만 기다릴 거예요. 아니
      면……?

타오 (이미 결심이 서고 있었던 듯) 그거야 새삼 말해 뭐 합니까. 이
      런 섬에 그냥 갇혀 죽을 수가 있어요? 어디로든 다시 배를

저어 나가봐야지요.

비엔 (제지하듯 점잖게) 아니, 덮어놓고 그렇게 만용을 앞세우고
나설 일이 아니지요.

타오 (짐짓 무시하며) 우리한테는 무엇보다도 아직 배가 있어요.

비엔 배에는 이미 기름이 다해가고 있소. 게다가 지난 한 달 동
안 우리는 바다를 떠돌며 기다려왔지만 구원의 손길은 아
무 데도 없었소. 더 이상 바다 위를 헤매 다닐 기력도 없거
니와 다시 배를 띄워 나가본다 해도 우리 나약한 인간의 힘
으로는 이제 구원을 찾아낼 가망이 없어요.

타오 (비위가 상한 듯 화를 내며) 그래, 신부님은 그냥 이 섬에 주저
앉아서 곱게 죽음만 기다리자는 겁니까?

비엔 반드시 죽음만을 기다려야 한다는 뜻은 아니지만, 만약에
그게 주님의 뜻이라면 이젠 그 주님의 뜻을 따라 기도를 하
면서 기다릴밖에요. 아까 상사님도 말씀하셨지만 이 섬을
찾아온 사람의 수가 하필 서로 일곱씩이라는 것도 나는 그
저 우연으로만은 안 보이니 말이오.

타오 주님의 뜻, 주님의 뜻…… 그래, 이 무고한 사람들을 한 달
가까이나 망망대해 위에 떠돌게 하다가 그나마 종국에는
이런 절해고도에 갇혀 죽게 하는 게 당신의 그 알량한 주님
의 뜻이란 말이오?

비엔 타오 씨는 너무 눈앞의 두려움에 눈이 가려 더 크고 오묘한
주님의 역사를 모르오. 이게 오히려 우리를 구원하시려는
주님의 숨은 뜻일 수도 있는 것이오.

타오   죄 없고 가난한 동포들의 학살, 이 참담스런 고난의 유랑길
이 모두 그 알량한 구원을 위한 숨은 섭리라면, 더 이상 생
사람 잡으려 들지 말고 그런 시런 그런 구원, 신부님이나
맞아가세요. 나중에 오는 그 주님의 증거보다 우린 지금 이
순간의 삶이 더 중요하니까요.

비엔   그렇게 말하는 타오 씨 자신도 이미 그런 주님의 섭리에 함
께 갇혀버린 운명인 것을 알아야 하오. 지난 한 달 동안의
절망 속에서 우리는 그것을 깨달았어야 했단 말이오.

타오   (차라리 어이가 없어진 듯) 참으로 기막힌 변설이구료. 신부님
은 지난 한 달 동안 배 위에서도 내내 그런 궤변을 일삼아
왔지요. 그리고 그런 억지 변설로 사사건건 나를 반대해왔
어요. 하긴 신부님은 지금 살아 있는 사람들의 고난보다 내
일의 주님과 주님의 영광이 중요한 분이니까 이런 비극이
되레 즐거운 순교거리가 되실는지도 모르지만.

비엔   (감정을 억누르려 애를 쓰며) 지난 동안 사사건건 비뚤게 나간
건 나보다 타오 씨가 더했던 기억인걸.

호아   (물색없이 끼어들며 불평하듯) 사람들하곤…… 쯧쯧, 여기서
까지 웬 다툼질은……

춘   (호아를 향해 둘이서만 말하듯 낮은 소리로) 맞아요. 하지만 저
사람들은 원래 가락들이 있으니까. 전에는 티유가 상대였
는데, 종당에는 나라가 망하고 마니까 이번에는 그 허물을
두고 자기네들끼리 서로 맞붙어 싸울 수밖에……

가이   (듣고 있다 못해 말리고 나서며) 그래, 맞았소 맞아. 전에는

우리 모두 민주주의도 하고 반공도 했는데 나라는 결국 이 꼴이 되었지요…… 하지만 막상 일을 이렇게 만들어놓고 만 당사자들은 아무도 없는데 여기서 지금 우리끼리 이런 꼴로 다투면 뭘 하오. 게다가 이젠 후회를 하재도 그럴 시기가 너무 늦었구. 글쎄 지금 그런 걸 후회한들 일을 돌이킬 방법이 있어요? 희망이 있어요? 어차피 이젠 너나나나 모두 벙어리로 죽어 쫓겨난 목숨들 아니오…… 자, 그러니 이제 마음들을 좀 가라앉히고 지혜들을 한데로 모아봅시다. 여기엔 지금 당신들 두 사람뿐이 아니라 다른 사람들도 있으니까. 도대체 다시 배를 타야 할 건지, 아니면 섬에 남을 건지, 각자 의견들을 들어보아서……

탄 (무엇을 기다린 듯 방관만 하고 있다가 드디어 자신이 나설 때라고 판단이 서는 듯) 당사자가 아무도 없는 건 아니지요. 싸움들을 너무 좋아해서 탈이지만, 신부님이나 타오 씨는 누구보다도 나라 구하는 일에 앞장을 많이 서온 분들이니까. 뿐더러 그런 일엔 우리 모두가 당사자인 셈이기도 하구요. (막대로 손바닥을 두어 번 탁탁 두드리고 나서) 하지만 이제 그런 소리는 그만두기로 합시다. 아닌 게 아니라 여기서 우리끼리 그런 걸로 다투어봤자 들어줄 사람은 아무도 없으니까. 그보다는 역시 우리가 지금 배를 다시 띄워 나갈 것인가, 아니면 그냥 이 섬에 머물러 남을 것인가를 결정하는 것이 중요한 일일 게요. (목소리를 좀더 크게 하여 선언하듯) 하지만 그것도 뭐 새삼스럽게 의견들을 내놓고 자시고 할 것이 없는 일인 듯싶소. 일은 이미 정해진 거나 마찬가지니까. 난 지금 누구의 편을 들고 싶은 건 아니지만, 우린 이미 운명이 정해진 거나 한가지란 말이오.

가이 (비위를 맞추듯) 그럼요. 상사님 말씀이 옳습니다. (일동의 동의를 구하듯) 그렇지 않아요? 우린 너무 지친 데다가 다시 바다로 나가재도 기름까지 거의 다해간다질 않소. 우리가 할 일은 이제 이 경험 많은 상사님을 모시고 일사불란하게 상사님의 지휘를 받들어나가는 것뿐입니다. 결정은 이미 내려진 거나 마찬가지요.

일동, 침묵.

탄 그 일동 중에 누구 이의가 있는 사람이 있느냐는 듯 막대로 손바닥을 두들기며 주위를 둘러본다.

타오 이의를 말할 사람을 기다리며 주위를 둘러본다.

(그러나 아무도 입을 여는 사람이 없다. 이도 저도 모두 체념의 표정, 타오도 혼자서는 어쩔 수가 없다.)

타오 (체념조로) 알겠어요. 그렇다면 상사님은 이 섬에서 우리를 살려나갈 무슨 방도가 있습니까? 이제 우리는 식량도 거의 바닥이 났어요. 우리 일행의 책임자로서 상사님은 이 섬에서 목숨을 부지해나갈 무슨 희망 같은 걸 찾을 수가 있었나요?

탄 (그런 걸 물을 줄 알았다는 듯 얼마간 만족스런 얼굴을 하더니 가이 씨에게 손짓으로 뱀을 가져오게 한다. 그리고 가이 씨가 뒤쪽 위아래에 매어둔 뱀 막대를 집어들고 오자) 저거요. 저게 바로 우리들의 희망이오. (점점 더 의기양양해지는 목소리) 내 그래 먼저 온 친구들이 저런 걸 남겨준 걸 감사하고 있었소.

롱 아니, 그럼 우리더러 식량으로 뱀을 먹으라는 거예요?

탄 아가씬 그래도 눈치가 빨라서 다행이군. 그래 바로 말했소. 우리 군인들은 훈련을 받을 때 반드시 뱀을 먹는 법을 배워두고 있소. 그리고 그 메콩 강가의 수용소에선 나도 저 뱀들 덕분에 목숨을 부지하여 도망을 쳐 나올 수가 있었다오. (목소리를 낮추며 은근하게) 하지만 뭐 저 녀석 때문에 너무 겁을 먹을 건 없을 거요. 사실은 이런 거요. 이 섬에 뱀이 있다는 건 쥐나 바닷새 알 같은 다른 뱀의 먹이거리가 있다는 얘기요. 쥐나 바닷새 알 같은 것이 있다는 것은 놈들이 살아갈 또 다른 먹이거리가 있다는 얘기가 되지요. 그리고 또 하나 바닷가에는 작은 조개나 게들도 있을 게요. 뱀을 먹기 싫은 사람은 어쩌면 굳이 뱀을 먹지 않아도 좋을 행운을 얻을 수도 있을 거란 말이오.

일동, 일편 감탄스럽고 일편 안심을 하는 표정들.

탄 (설득을 덧붙여) 뿐더러 내 개인의 경험에 다르면 이 바위섬은 옛날에 내가 지내온 수용소 숲속처럼 거머리도 없고 독

충들도 없으니 그중 지내볼 만한 곳이랄 수 있는 게요. 아직 식수를 찾을 수는 없었지만, 그것도 하루에 한 번씩 소나기를 받아 모아 먹으면 이 더위 속에서도 그럭저럭 탈수증을 견뎌낼 수 있을 테구. (그러나 안심은 아직 이르다는 듯) 하지만 모르면 몰라도 시간이 흐르다 보면 사정이 아마 많이 달라질 거요. 이 사람도 일이 굳이 그렇게 되기를 바라는 것은 아니지만, 끝내는 저놈이 우리들한테서 가장 인기를 얻을 때가 오게 될지도 모른다는 말이오. 사실은 바로 그렇게 되는 때가 문젠데…… 나도 실상은 거기까지 장담을 할 수가 없다는 말이오. 구조선이 너무 늦게 오면, 아니 그것이 끝내 안 온다 하더라도 그건 내 능력 밖의 소관이니까. (약간 협박조로) 그러니 이 섬이 정 싫은 사람이 있으면 지금이라도 저 배를 타고 나가는 걸 말리진 않겠소. 하지만 여기서 나와 함께 뱀이라도 먹으며 기다려볼 사람은 이 섬에 그냥 남아주도록 하시오. 그러면 나는 이 사람들을 마지막 날까지 나의 경험과 지혜를 다해 보살펴나가겠소.
(말을 끝내고 나서 의견을 묻듯이 일동을 둘러본다)

모두들 침묵.

탄 (고개를 끄덕이며 못을 박아 선언하듯) 알겠소. 그럼 이제부터 모두 나의 지휘를 받아주시오. 자, 우선 소지품들을 챙겨 들고 나의 뒤를 따르도록.

탄 앞장서서 퇴장.

그 뒤를 따라 다른 사람들도 모두 차례차례 퇴장. 그리 마음에 내키지
는 않지만 어쩔 수가 없다는 듯 무거운 걸음걸이들.
마지막으로 호아까지 힐끔힐끔 뒤를 돌아보며 절뚝 걸음으로 퇴장하
고 나자,
텅 빈 무대는 차츰 파도의 숨결이 가득 차오르고,
그 파도 소리를 따라 물가에 매어둔 배가 커다랗게 흔들려 오르며 막
이 내림.

제2막 제1장

2주일쯤 뒤, 어느 날 아침.
바위산 중턱께. 조망이 괜찮은 바위 동굴 근처.
막이 오르기 전, 무대에서 구베트남 국가의 군가풍 합창 소리.

동포여 일어나 조국에 답하라
다 함께 나라 위한 희생의 길로
내일의 조국 산하 반석 다지려
구국의 화살 되어 돌진해 가자
창칼 위에 시체가 마른다 해도

조국의 반역 원수 붉은 피로 갚고
위난에 처한 민족 구해야 하리
베트남 청년이여 기상을 다져
그대들 가는 곳곳 용전을 빌며
민족의 영예를 만대에 올리자
청년이여 깃발 아래 몸을 던지라
청년이여 서둘러 강산 위해 일하라
고난이 지나가면 영광 있으리니
민족의 만년 영예에 합당하리라.

합창 소리 계속되는 가운데 막이 오르면, 가이 씨를 제외한 전원 동굴 앞에 도열하고 서서 가슴에 손을 얹고 (눈으로 국기를 바라보듯) 엄숙하고 비장스럽게 국가를 합창하고 있다. 옷들이 더욱 남루해지고 얼굴 모습들도 초췌해져 있다.

탄 상사가 곁에서 막대를 휘둘러 그 합창을 지휘한다. 이윽고 막이 다 오르면 노래가 끝나고 일동 가슴에서 손을 내린다.

탄   (일동을 향해) 잘들 하였소. 옛날에 이렇게 애국가를 열심
       히들 불렀으면 지금 이런 고생들을 안 하게 됐을지도 모르
       겠소. 그런데 오늘 아침 가이 씨는 어디 가고 일조 점호엔
       참석하지 않았소?
비엔   (너그럽게) 아마 어디 용변이라도 보러 간 게지요.
탄   (대수롭지 않게) 뭘 먹은 게 있다고 용변은…… 하여튼 그럼

난 해변가로 배를 좀 가보고 올 테니, 그동안 여러분은 아침 휴식들을 취하고 있으시오. (말을 마치고 지휘 막대를 휘두르며 퇴장)

호아 (잠시 후에 동굴 앞 그늘 아래로 몸을 눕히며) 젠장 맞을, 이건 무슨 어린애들 장난질도 아니고…… 이런 판국에 아침마다 배를 움켜쥐고 무슨 애국가라니. 전엔 실상 가사도 잘 몰랐던 애국갈 여기 와서 배우는구만.

롱 (자조적으로) 그러게 옛날부터 이렇게 애국갈 불렀으면 천년만년 나라가 잘 융성해갔으리라고 하지 않아요.

호아 이건 순 날궂이여 날궂이.

롱 하지만 어떡합니까. 이 짓이라도 해야 하루라도 더 살아 있게 된다는 상사님의 명령이신걸.

말을 하면서 그녀도 함께 자갈밭 그늘로 몸을 눕힌다. 타오가 다시 그 여자 곁으로 비스듬히 몸을 주저앉히자 다른 사람들도 차례차례 적당히 몸들을 기대어 눕힌다.

롱 (이윽고 누운 채로 그녀 곁에 비스듬히 앉아 있는 타오를 향해 힘없이) 우리가 여기 온 지 며칠이나 되었지요?

타오 (혼자 생각에 잠겼다가) 글쎄요. 확실한 날짜는 알 수 없지만 한두 주일쯤 되지 않았을까요? 상사가 날마다 날짜를 세니까 그 사람만은 확실한 걸 알 수 있겠지만.

롱 그새 배가 세 번 지나갔지요?

타오   두 번이고 세 번이고 지나가기만 하면 뭐 합니까. 우릴 구
      조할 생각이 있어야지.

롱   그래도 그냥 지나가는 배라도 있었으면 좋겠어요. (안타까
      운 듯 다시 몸을 일으켜 앉으며) 요즘은 며칠째 그런 기미도 없
      었지요?

타오   기다려 봐야 헛일이에요. 이젠 이도저도 다 틀린 일입니다.

롱   하지만 희망을 아주 버릴 순 없는 일이잖아요. 기다리는 일
      마저 단념을 하고 나면 우린 그냥 끝장이지 않아요.

타오   (잠시 대답이 없다가 안타까워죽겠다는 듯 제물에 다시 몸을 벌떡
      일으켜 앉으며) 그래요. 그래 우린 여태까지 이렇게 기다려
      온 것은 구조의 희망이 아니라 그저 죽음뿐이었지 않아요.
      이젠 식량도 다해가고 섬에 남아 있던 뱀이나 바닷게들까
      지 씨가 말라가고 있어요. 다행히 가끔씩 소나기가 내려서
      마실 물을 간신히 얻을 수 있었지만, 그것도 이 며칠 동안
      은 늘 바닥이 나 있는 꼴이구요. 이제 우리가 이 뜨거운 햇
      볕 속에서 기다리고 있는 건 죽음밖에 아무것도 아니란 말
      이오. (절망스럽게 얼굴을 감싼다)

롱   (잠시 입을 다물고 있다가) 여기 남은 걸 후회하세요?

(타오, 얼굴에서 손을 떼고 가만히 여자의 얼굴을 바라보다가 고개를 저을 뿐)

롱   그럼 상사님도 원망을 하지 않는단 말이세요?

타오   (역시 조용히 고개를 가로젓고 나서) 이제 와서 누굴 원망하고

후회해본들 무슨 소용이 있습니까?

롱   원망도 않고 후회도 않는다. 그러게 우린 이렇게 그냥 기다
리고 있을 수밖에 도리가 없잖아요. 그게 비록 죽음이라 하
더라도 마지막 희망으로 믿으면서 말이에요.

타오   (결연히) 아니오. 이건 누가 뭐래도 죽음이 분명해요. 상사
는 그걸 알고 있을 거요. 알고 있으면서 우리를 이렇게 속
이고 있을 게요. 이렇게 그냥 죽음만 기다리고 있을 순 없
어요.

롱   배를 기다리고 있을 수도 없다면요?

타오   다른 무엇인가를 찾아 해야지요. 죽음을 기다리는 일 말고
살아 있는 사람이 살아 있음을 말하는…… 그리고 가능하
면 좀더 목숨을 지탱해나갈 노릇을……

롱   그게 어떤 것이 있을까요?

타오   나도 몰라요. 그래 이렇게 절망을 하고 있는 게 아니오. 하
지만 우리는 어떻게든 그것을 찾아내야 합니다. 그래서 무
엇인가를 하고 있어야 합니다. (여자를 채근하듯 갑자기 그녀
에게로 달겨들어 안타깝게 어깨를 쥐어 흔든다) 하다못해 우리들
먼저 이 섬으로 와서 죽어간 사람들의 내력을 찾는 일이라
도……

롱   (역시 안타까운 듯 한동안 가만히 눈을 감고 있다가, 그러나 끝내는
그런 타오가 차라리 혐오스러워지고 만 듯 어조에 엉뚱스런 장난
기가 어리며) 맞아요. 그래 상사님이나 당신은 지금까지 그
죽은 사람들의 숫자를 맞추려 그토록 무덤들을 찾아 헤맸

군요.

타오 (여자의 말투에는 아랑곳을 않으며) 그렇소. 그런 일에라도 우린 열심이어야 했으니까. 게다가 그 사람들의 죽음의 비밀을 알아내는 건 같은 운명을 피하는 길이 될 수도 있었던 거구……

롱 하지만 무덤들의 숫자는 끝내 셋으로 밝혀지지 않았어요. 한데도 아직 그걸 찾아다닐 셈이세요?

타오 다른 할 일이 없는 한에는…… 게다가 그 사람들의 숫자는 우리와 꼭 같은 일곱 명이오. 그 사람들의 운명 속에 바로 우리의 운명이 숨겨져 있는 거요.

롱 (이젠 아예 어이가 없다는 듯) 호호, 그래 그 사람들에게서 우리의 운명을 읽으려는 거군요. 이건 완전히 연극인걸요. 죽은 사람의 숫자에서 자기의 운명을 읽으려는 타오 씨나 망해버린 나라의 애국가 곡조에 목이 메곤 하는 상사님이나 모두가 영락없는 연극쟁이들이 아니고 뭐예요.

타오 (더욱 열렬히) 그래요. 연극이래도 좋지요. 이게 만약 연극이라면 우린 바로 그런 연극이라도 계속해야 합니다. 그런 연극을 해서라도 우린 하루빨리 우리의 운명을 알아야 하니까.

롱 사람이 서로 일곱씩이니까 배역도 마침 안성맞춤이겠군요. 한데 그런 연극을 해서 얻을 것이 무어지요? 죽음을 기다리는 일 말고는 정말 할 일이 없어서요? 아니면 사람들의 죽음을 통해서 정말로 우리들의 운명을 알기 위해서요?

어차피 우리의 운명은 정해진 것, 연극을 한다고 해야 하는 우리는 어차피 죽음의 배역으로 죽음에 닿을 수밖에 없는 운명이 아니던가요.

타오 운명을 미리 읽을 수만 있다면 그것을 바꿔나갈 방법을 생각해낼 수도 있으니까.

롱 이 섬에서? 이런 처지에?

타오 당신의 말처럼 끝내 그것이 죽음의 연기로 끝장이 나더라도 그땐 적어도 자기 죽음의 이유만은 알게 될 거고, 그걸 자신에게 증거할 수는 있을 테니까.

비엔 (기회를 노려온 듯 일어나 앉으며) 그거 참, 우리 처지가 처지긴 하지만 타오 씨의 생각은 아무래도 너무 무모한 것 같구만.

타오 (못마땅한 어조로) 아니, 신부님은 또 웬 참견이시오. 앉은 개좆처럼 아무 때 아무 곳에나 불쑥불쑥 튀어나와가지구.

호아 (웃음을 참으려고 옆으로 돌아누우며 혼잣말처럼) 히히, 아무 때 아무 데서나 튀어나오는 개좆은 아니지만. 개좆보다는 맞수 쌈닭이여. 둘이는 언제나 참지를 못하고 맞붙어 나서거든.

춘 (재빨리 그 소리를 알아듣고 호아 쪽을 향해 낮은 소리로) 그래 내가 뭐랬소. 원래 가락들이 있는 사람들이라니까.

비엔 (두 사람의 소리를 못 들은 척해버리며) 아서요. 어설프게 연극을 하겠다는 무모한 생각일랑…… 연극은 학생들이 학교에서나 하고 노는 놀이지, 삶과 죽음길을 갈라서는 이 마당에……

170

타오 (장난하듯) 얼씨구!

비엔 물론 인간은 눈앞의 처지에 너무 절망할 때 그 현실의 중압을 벗어나 그것을 넘어서려는 갈망으로 그런 연극놀이를 생각해내는 수는 있어요. 내 타오 씨의 그런 갈망은 알 만도 하지요.

타오 절씨구!

비엔 하지만 우리는 결국 인간 이상의 아무것도 될 수는 없는 겁니다. 물론 자기의 운명을 바꿀 수도 없는 일이구요.

타오 지화자!

비엔 인간이 스스로 자기의 운명을 바꿔 인간 이상의 것이 되고자 하는 것은 다만 무모하기 짝이 없는 신에의 도전이며 모독일 뿐인 게요.

타오 (마침내 더 이상 참을 수가 없어지며) 이보세요. 신부님! 연극을 그렇게 너무 겁내실 건 없습니다. 신부님의 말씀처럼 그 당신네 하느님의 섭리가 그토록 크고 오묘한 것이라면 우리는 어차피 그 위대하신 하느님의 무대 안에서 기껏해야 그의 꼭두각시놀음밖엔 못할 테니 말이오. 그리고 그런 가엾은 꼭두각시들도 이름도 없이 무더기 죽음들을 당해갈 테니 말이오. 하지만 우린 이제 그런 꼭두각시놀음이라도 할 수밖에 없어요. 우리가 왜 이런 식으로 죽어가야 하는가, 자기 죽음의 사연을 알고 그 이름이나마 얻어 죽고 싶어서, 당신의 하느님에게 행여 그만한 사랑이라도 예비되어 있을까. 그것을 한번 기대해보는 뜻에서도 말입니다.

그런데 그게 신부님겐 그토록 두려운 죄악으로 보인단 말입니까?

비엔 우리의 죽음은 결국 주님이 하나하나 증거해주십니다. 중요한 것은 그 주님의 뜻을 옳게 따르고 순종하는 일인 것이오.

타오 인간이 인간 앞에 증거할 수 없는 것을 어느 허깨비 귀신이 증거해준단 말이오.

비엔 (기도하듯) 주여, 용서하옵소서. 하여 당신은 전지전능하신 분이 아니십니까.

타오 좋습니다. 신부님께서는 그렇게 혼자 기도나 하십시오. 그리고 그 당신의 주님을 위한 멋있는 순교나 생각해두시구료. 하지만 우린 연극을 할 겁니다. 당신의 주님은 그 오묘한 섭리로 이미 우리에게 이런 기막힌 무대를 마련해주신 터이니 말이오. 아니 우린 어쩌면 벌써부터 그 위대한 분의 연극 무대의 가엾은 꼭두각시놀음을 해오고 있었는지도 모르는 일이지요.

탄 (조금 전서부터 무대의 한쪽에 나타나 두 사람의 다툼질을 지켜보고 있다가 막대로 손바닥을 탁탁 두드리고 나서며) 맞았소! 연극은 이미 시작되어버린 거요. 내 두 사람이 다툼질을 좋아하는 줄은 알지만 이번 일은 더 이상 다툴 필요가 없어요.

일동, 영문을 몰라 일제히 그를 쳐다본다. 상사, 그 사람들을 잠시 둘러보고 있다가.

탄   가이 씨가 도망갔소. 물론 혼자서 배를 훔쳐 타고 말이오.

춘   (그 자리에 털썩 주저앉으며) 내 돈……

탄   (절망하는 춘을 내려다보고 있다가 사정을 짐작한 듯 위로 섞인 목
    소리로) 사람이 너무 고분고분해서 너무 믿었던 것이 내 실
    수였던 것 같소……

춘   그놈이 그놈이……

호아 (핀잔을 주듯) 아니, 아직도 돈을 배에다 놓아두고 있었단
    말이요?

탄   (다시 결연스러워지며) 그만들 두시오. 이런 지경에 그깟 돈
    같은 거 남아 있으면 뭐 하오. 그보다도 그걸로 이제 이곳
    은 세상과는 완전히 인연이 끊어진 천국과 지옥 간의 연극
    무대가 되고 만 거요. 타오 씨의 말처럼 이곳에 이런 무대
    를 꾸며준 건 (신부를 보며) 호아 씨에 앞서서 당신의 자비
    로운 하느님이었는지도 모르지만, 어쨌거나 이제 연극을
    할 수밖에 없게 되었다는 타오 씨의 의견은 썩 뛰어난 지혜
    인 것 같소. 이 점 타오 씨에게 차라리 감사를 드리고 싶소.

일동, 절망적인 침묵.

탄   하기야 우리에겐 아직도 지나가는 배를 부를 만한 얼마간
    의 기름은 가지고 있소. 신호용으로 미리 배에서 빼어다 놓
    은 기름 말이오. 하지만 그것도 아시다시피 별반 희망을 기

대할 만한 것은 못 되오. 우리는 이제 싫거나 좋거나 가이 씨가 장치를 끝내놓고 간 이 무대에 갇혀서 우리의 연극을 계속해나가는 수밖에 없게 된 거요. 아니 그 가이 씨가 이 섬에서 배를 끌고 도망가버린 것으로 하여 우리의 연극은 이미 시작이 되고 있었던 거란 말이오.

일동, 계속 침묵.

탄   (역설적인 어조로) 하여 나의 생각은 이렇소. 이제 기왕에 우리의 운명이 걸린 연극이라면 이제부턴 아예 좀 더 적극적으로 연극다운 연극을 해보는 게 어떻겠느냐는 것이오. 여기 타오 씨의 말처럼 우리가 이 놀음으로 앞서간 사람들의 죽음의 내력을 찾아내고, 그것으로 또한 우리의 운명도 읽게 될 수 있을 건지 어떤지 거기까진 나도 알 수가 없는 일이오. 하지만 우리가 기왕 그런 연극 속에 들어 있고, 지금 이 순간도 그걸 연출해가고 있는 꼴이라면, 여기엔 아직도 곁에서 그냥 남의 일처럼 구경이나 하고 있는 사람이 없어야겠다는 거이오. 우리 모두가 분명한 자기 역들을 한몫씩 찾아서…… 그래야 일이 서로 공평하지 않겠소. (타오를 흉내내며) 잘하면 아닌 게 아니라 그걸로 각자 자신의 운명을 읽어서 그것을 바꿔볼 요량도 생길 수가 있겠고 말이오. (동의를 구하듯) 안 그렇소. 타오 씨?

타오   (열을 내는 상사의 태도가 어쩐지 미심쩍은 듯, 그러나 묵묵히 고개를 끄덕이며) 이젠 구경이나 하고 있을 사람은 없을 겝니다. 어차피 사람 수가 서로 일곱씩이니까요.

비엔 (이번에도 그 타오에게는 입을 다물고 있기가 어려운 듯) 그래, 그럼 우리 모두가 연극놀이를 한다고 합시다. 하지만 도대체 어떤 연극을 한다는 게지요? 우리가 연출해갈 연극의 대본이란 게 어디 있단 말이오?

타오 그거야 바로 먼저 간 일곱 사람들의 죽음에 있지요.

비엔 하지만 우린 아직도 그 무덤이나 죽음의 내력을 다 알아내지 못하고 있지 않소.

타오 그래 우리는 우리들 자신의 연극으로 그것들의 비밀을 찾아내자는 거 아니오. 지금까지처럼 각자 한 삶씩의 역을 맡아서 그 자신의 배역 안에서 말이오.

비엔 지금까지처럼 자기 역 안에서? 그렇다면 그건 연극이 아니지요. 그건 바로 우리들의 삶이지 어째서 저들의 연기란 말이오? 곧 우리의 운명이 있으니까. 그리고 무엇보다 이제는 이미 우리의 삶 자체가 연극 속의 그것이 되고 있는 셈이니까.

탄 (두 사람을 제지하고 나서며) 맞아요. 내 깊은 뜻을 알아들을 수는 없지만, 내 나름대로는 타오 씨가 옳은 듯 보이오. 연극을 한다고 해서 뭐 새삼스럽게 따로 대본을 마련해서 일부러 연기를 하자는 것은 아니다, 타오 씨는 대략 이런 말 같은데…… 말하자면 지금까지 우리가 여기서 지내온 게 바로 연극 한가지다. 그리고 먼저 간 친구들과 우리의 처지가 서로 다를 바가 없으니 앞으로도 부러 다른 일 꾸밀 것 없이 지금까지처럼 그냥 각자 할 일들을 계속 해나가면 그 것이 바로 저들의 역이 되고. 거기서 저들의 명을 알게 된 다…… 어때요, 바로 이런 뜻 아니겠소?

타오 (고개를 끄덕이며) 나로선 그저 그걸로 죽음의 이름이라도 얻어가자는 것뿐이지요.

탄 알았소. 타오 씨의 소망이야 무엇이든 상관없소. 연극은 어쨌든 이제 시작된 거니까. 남은 일은 다만 이제부터 각자 자기의 역을 정해 갖는 일뿐이오. (각자 자신의 역을 대고 나서 라는 듯 일동을 둘러보며 반응을 기다린다)

비엔 (이윽고 체념을 한 듯) 대본이 따로 없이 우리가 이렇게 지내 고 있는 것 자체가 연극이 되고 있다면 대본은 이미 그런 우리들 자신 속에 있는 것 아니겠소? 배역도 이미 그렇게 각자 정해져 있는 거구. 그런데 또 무슨 새삼스런 배역이 오?

탄 (그 말을 기다리고 있었던 듯) 맞소. 실상은 배역도 이미 정해 져 있는 거요. 내 말은 그러니까 그걸 서로 간에 다시 한 번 확인해두자는 것이오.

비엔 당신의 역부터 말해보시구려.

타오 그거야 새삼 말을 시킬 게 뭐 있어요. 상사님이야 제물에 우리들의 영도자가 된 사람이 아니오.

춘 기왕지사 영도자가 되었거든 티우나 키같이 되지나 마시 구려.

타오   이제 여기 없는 사람들 이야기는 하지 맙시다. 상사님은 근
본적으로 사람이 다릅니다.

춘   무어가 어떻게 다르단 말이오?

타오   상사님이 만약 그 사람들하고 같으려면 그는 지금 미국 어
디쯤에 저택을 구입해 살고 있어야 할 겁니다. 하지만 상사
님은 지금 여기에 우리와 함께 있습니다.

탄   멋대로들 노시는군. 하지만 어쨌든 난 그런 사람들 노릇은
사양하겠쉬다. 그 정치 협잡꾼, 권력 중독자, 무책임한 도
망병들이 이제 와서 우리하고 무슨 상관이란 말이오. 가이
씨가 아직 여기 있다면 그건 아마도 작자에게는 맞을 법하
지만…… 작자는 아닌 게 아니라 디엠 때부터 내처 국회의
원을 지내오면서도, 본업은 실상 자기 권력을 밑천 삼아서
베트콩을 상대로 한 무기 밀매업에 재미를 봐온 위인이라
니까. 작자가 혼자 배를 훔쳐 타고 도망을 뺀 것도 아마 그
놈의 재산을 두고 온 때문이겠구.

비엔   그렇담 상사님이 원하는 역은 무엇이오?

탄   난 그냥 상사외다. 군인으로 살아왔으니 여기서도 그냥 군
인이 나의 역이란 말이오.

타오   (비웃듯이) 남쪽과 북쪽에 공평하게 봉사하다 쫓겨난 군인?
적진 가운데나 부하들을 버려두고 혼자 헬리콥터 꽁무니
에 매달린 밧줄을 타고 도망빼 나온 군인? 아니면 그 유명
한 유령군인이나 꽃군인?

호아   (조심스럽게 곁에 있는 롱에게) 유령군인은 뭐고 꽃군인은 또

뭐요?

롱　(역시 낮은 소리로) 유령군인은 군대의 서류상으로만 군인이
고 본인은 부대를 떠나 자기 집에서 지내는 군인이고, 꽃군
인은 군복만 입었지 장교들의 사택에 나가서 허드렛일을
돌봐주거나 부업을 해서 돈을 벌어다 주는 사병 같은 군인
들을 말하나 봐요. 모두가 돈 있고 권력 있는 집안 자식들
의 특혜였겠죠.

탄　(두 사람의 말을 엿듣고 있다가) 잘들 알고 있구만. 그러니까
나로 말하자면 그 구정부군의 아무도 못 되지만, 또는 그
누구도 될 수가 있는 거요. 그리고 그런 나의 군인의 경험
은 어쨌거나 여기선 제법 도움이 될 수 있을 거요. 그러니
까 내 역은 그쯤 알아들 두시고…… 그럼 다음으로……
(신부를 향하다가, 그러나 말을 하나 마나라는 듯) 그렇지, 참 신
부님은 그냥 신부님이시지. 밉고 곱고 간에 기도를 해주시
는. 하니까 여기서도 우리 누구나 신부님께 그 기도 신세를
지게 될지 모르겠소. 아무쪼록 동정 깊은 기도나 부탁드리
겠소.

타오　하지만 그 신부님은 그냥 기도만 하시는 신분은 아니었을
걸요. 그 양반은 원래 뀐 신부나 그 비슷한 분들의 열렬한
지지자였을 테니까요.

비엔　그렇게 말하는 타오 씨는 쾅 스님의 지지자였을 테죠?

탄　맞아요. 맞아 그쯤 해뒀으면 이제 해가 서쪽에서 뜨든 말든
두 사람 다 우선은 상대방을 서로 찍어 눌러놓지 않고는 몸

살이 나서 못 배기는 사람들인 것을 알 만하다니까요. 두 사람에겐 아마 그런 역들이 어울릴 테죠. 하지만 여기서까지 그런 싸움질은 소용되지가 않아요. 그러니 이젠 역들을 좀 바꿔보는 게 좋겠소. 신부님은 아까 말씀대로 우리들을 위한 마지막 기도를 맡아주시고, 그리고 타오 씨는 이 섬 꼭대기를 맡아주시오. 뭐냐 하면 우리는 이제 섬 외부와 연락을 취해볼 통신 수단을 잃고 말았어요. 그러니 당신은 눈이 좋은 젊은이니까, 오늘부턴 섬 꼭대기로 올라가서 지나가는 배들을 찾아봐주시오. 그리고 기름과 성냥을 준비했다 배가 보이거든 연기 신호를 올려서 구호 신호를 보내도록 하시오. 말하자면 당신은 우리들의 구조가 성취되느냐 마느냐 하는 마지막 희망의 눈이 되는 셈이오. 자 그러니 이것도…… (하면서 상사는 목에 걸린 쌍안경을 풀어 타오에게 건네준다)

타오 (쌍안경을 받아 자기 목에 걸고 나서) 알겠어요. 하지만 일이 잘 못되어 내게 마지막 기도가 필요한 경우가 생기더라도 난 신부님의 기도는 사양하겠소.

춘 그건 아마 신부님 쪽도 마찬가질 테죠. 하지만 난 이제 배도 통신기도 모두 잃고 말았으니, 이제부턴 다시 고기잡이 노릇으로나 돌아가야겠구료.

탄 맞소. 당신은 이제부터 식량 담당이오. 섬 주위를 돌아다니면서 아직도 어디 뱀이나 바닷새 알 같은 것이 있을 만한 곳들을 찾아두시오. 게나 조개, 해조류 같은 것도 찾아보

도록 하구요. 가능하면 바다 낚시질을 해볼 방법을 연구해
보는 것도 좋겠구……

롱   그럼 난 뭐지요? 난 무슨 역을 해야 하나요? 먼젓번 팀에
도 우리처럼 여자가 있었을까요?

탄   당신? 그렇지. 이번에는 당신 차례군. 하지만 걱정 마시오.
전번 팀에도 물론 여자가 한 사람은 있었을 거요. 없었더라
도 있었던 걸로 될 수밖에 없으니까……

롱   하지만 여기선 밥을 지을 일도 빨래를 할 일도 없을 거 아
녜요.

탄   (의미 있게 웃으며) 걱정 말라니까…… 당신의 직업은 원래
빨래나 밥을 짓는 일이 아니었지 않소. 그런 일이 아니라도
당신이 맡아줄 훌륭한 역이 있어요.

롱   ……?

탄   당신은 전에 사이공에서 죽음터로 나가는 가엾은 군인들
을 당신의 무릎 위에 재워 보내는 일을 했었다지요? 그건
참 훌륭한 일이었소. 여기서도 바로 그 일을 맡아주시오.
언젠가 우리들 가운데서 그 마지막 잠을 자야 할 사람이 나
타날 때, 그리고 신부님의 마지막 기도를 청하게 될 때, 그
때 그에게 마지막으로 당신의 무릎을 베고 잠들게 해주란
말이오. 어떻소? 그 일이 분명 마음에 들 줄 믿소마는……

롱   그게 만약 연극이 아니라면 상사님의 뺨부터 후려갈기겠
어요.

탄   어쨌든 좋아요. 이건 어차피 우리가 함께 공연을 해나갈 연

극인 셈이니까. (하고 나서 이번에는 늙은 호아 쪽을 향해 대수롭지 않게) 하고 보니 이젠 두엄짐 지고 장길을 따라오신 머슴 양반만 남은 셈이로군. 도대체 당신은 이쪽도 저쪽도 편이 없었다니까. 그래 편이 없었으면 그냥 집에서 죽은 듯이 땅이나 파며 엎드려 지내시지 이런 덴 뭐 하러 따라나와 고생이오!

비엔 (송구스러워 기가 죽어 있는 호아를 대신하여 나서며) 편을 안 가리려 했던 게 또 무슨 잘못이라고 그리 허물이오? 우리더런 너무 편을 갈라 싸웠다고 야단이면서…….

탄 (못마땅한 듯) 잘못이 아니라면? 그럼 편만 안 정하면 무슨 장땡이라도 잡은 건 줄 아시오? 말을 안 해 그렇지 실은 편을 정해야 할 마당에 끝내 편을 안 정하고 있는 것은 더 큰 허물이 되는 줄을 모르시오? 지금 우리가 바로 그리된 거 아니냔 말이오. 말이 쉬워 하느님 원망이지, 그래 이 연극의 무대만 하더라도 그렇게 너무 편을 갈라 싸우기를 좋아했던 사람들과, 아예 남의 일보듯 상관을 안 하려 했던 사람들이 허물이 함께 빚어낸 비극 아니냔 말이오. 싸우지 않을 일에 너무 싸우거나 싸워야 할 일에도 싸우지 않은 우리들 모두의 허물로 말이오.

호아 (쭈뼛쭈뼛 나서며) 그래 맞소. 누구 허물이 이런 마당을 만든 건진 모르지만, 나도 실상은 요 며칠 동안 자주 그런 생각이 들고 있었다오. 이러나저러나 죽을 목숨, 일찍 편을 정해 나섰더라면 죽더라도 그 땅에서 죽기나 했을걸……

춘 우리는 죽어 없어지더라도 재수가 좋으면 우리 새끼들은
그냥 그 땅에서 살 수도 있었겠구……

호아 그래 이젠 기왕 이 지경까지 왔으니 나도 여기서 무슨 할
일이 없겠소?

탄 (혼잣말처럼) 이제 겨우 눈들을 뜨셨군. 어쨌거나 그만하기
다행이오. 일이 이렇게 되어진 마당에 여기서까지 끝내 앞
쪽 뒤쪽이 없이 남의 일 구경하듯 하고 있을 순 없으니까.
이 연극에서 자기 역을 마다하는 것도 바로 자기 목숨의 몫
을 포기하는 거 아니겠소…… 자, 그러니 당신도 무슨 일
을 해야 하긴 하겠는데…… 옳지, 그러면 되겠군. 당신은
그냥 (어부 춘을 지목하며) 저 양반하고 식량거리 담당이 제
격이겠소. 당신은 전에 농사를 지었다니, 특히 뱀이나 들
쥐 같은 걸 찾는 일 쪽으로 말이오. 우리 식량은 이제 하루
한 줌씩으로 아껴 먹어야 겨우 이삼 일뿐이오. (일동을 돌
아보며 확인한 듯) 자, 그러면 이제 이걸로 각자 배역이 모두
끝난 셈이오?

일동, 고개들을 끄덕인다.

비엔 (자꾸 나서기가 뭣한 듯 잠시 망설이다가) 아니, 아직 다 끝난 건
아니에요. 한 사람이 아직 빠진 것 같아요.

일동, 영문들을 몰라 그를 본다.

182

탄　끝이 나지 않았다니. 누가 또 남았습니까?

비엔　우리가 이런 연극을 하자는 것은 아까 우리보다 먼저 이 섬에 왔던 사람들의 운명을 알아보자는 게 우선의 목적이라고 한 것 같은데, 우린 지금 여섯 사람뿐입니다. 그 유서에 씌어진 대로 먼저 사람들이 일곱 명이 틀림없다면 우린 아직도 한 사람의 배역을 빠뜨리고 있는 것 아닙니까?

타오　(답답하다는 듯) 아니, 그건 신부님이 잘못 안 것이지요. 한 사람은 이미 자기 역이 끝났어요. 아까 상사님이 말씀하신 것처럼 우린 이미 연극을 시작하고 있는 거란 말입니다. 그리고 가이 씨는 배를 훔쳐 타고 이 섬을 도망쳐 나간 걸로 그의 배역을 끝마친 겁니다.

비엔　상사님은 그를 무대 담당이라고 말하지 않았소.

타오　무대 담당자도 배역의 하나지요.

탄　맞아요. 그래 그 사람들의 배가 없었어요. 그들 중에도 탈출자가 있었던 거요.

비엔　그렇다면 가이 씨도 결국은 죽음의 배역을 맡아간 셈인가요?

탄　물론이오. 생각을 해보시오. 저 넓은 망망대해로 배를 타고 나간들 결국에 가서는 어떻게 되겠소? 식량이 있나요. 기름이 있나요? ……그 친구 실상 누구보다 먼저 자기의 배역을 서둘러 치러낸 격이지요. 그리고 그것으로 벌써 무덤이 없는 그 죽음들의 수수께끼의 비밀이 하나 풀려진 셈이구요.

타오   그러니 신부님도 이젠 그 첫 번 기도나 해주시는 게 좋겠
      지요.

비엔   (저주하듯) 내가 정 기도를 해야 한다면 두번째 기도는 바로
      타오 씨, 당신을 위한 것이 되었으면 좋겠소.

타오   그래 내 미리 당신의 기도는 사양을 하겠다고 말해두지 않
      았소.

탄   그만, 그만! 그만들 다투시오. 그리고 이젠 다들 자기 자리
      로 가서 각자 맡은 역들을 치러나갑시다. 그래서 가능한 대
      로 빨리 남은 죽음들의 수수께끼들을 알아내도록 해야지요.

신부는 기도를 시작하고, 나머지 사람들도 각자 자기 역의 자리로 흩
어지며, 무대, 어두워진다.

제2막 2장

앞장면과 같은 장소.
다시 일주일쯤 뒤.
무대가 밝아지기 전, 타오의 죽음을 위한 비엔 신부의 기도 소리.

(기도 소리) 아버지 하느님, 오늘 여기 아버지 하느님의 사랑과 권능을
모르고 끝내 눈이 멀어 죽은 가엾은 영혼을 당신께로 인도합니다. 그는

이 땅에서 당신의 높고 큰 섭리와 역사를 알지 못하였습니다. 그러나 그가 배우지 못하고 깨우치지 못한 것은 당신의 사랑의 역사만이 아닙니다. 그는 자신의 죽음조차도 내력을 모른 채 죽어갔습니다. 다른 신을 섬기려 하지도 않았습니다. 그는 다만 몽매하였기 때문에 당신을 알지 못한 것뿐입니다. 그리고 그가 당신을 알기에는 눈앞의 고난이 너무 혹심하였습니다. 그것은 당신의 종인 저에게마저도 힘든 시련이었습니다. 바라옵건대 저(그)의 가엾은 영혼을 당신의 품 안으로 거두어주시옵소서. 이 영혼이 이 땅에서 당신을 섬기지 못한 것은 절대로 저(그)의 허물이 아닙니다. 저(그)의 허물이 될 수가 없사옵니다……

기도 소리 차츰 멀어지며 무대 밝아지면, 탄 상사와 호아와 롱, 세 사람, 방금 기도를 끝내고 난 모습이다.
세 사람 모두 전번보다 더욱 지치고 마르고 남루해진 모습.

탄   (혼잣말처럼) 그러면 이걸로 두 사람의 운명은 결판이 난 셈인가? 무덤을 갖게 된 타오의 죽음이 하나, 무덤이 없는 가이 씨의 죽음이 하나…… (다음은 또 누구의 차례가 될지 궁금한 듯) 그래 봐야 아직 합이 둘이라……

롱   (힐난조로) 죽음의 숫자가 그리 중요한가요? 사람의 죽음을 무슨 중국집 짜장면 그릇 수 세듯하게. (그러나 그녀 역시 그리 따지고 싶은 기력조차 없는 듯 혼잣말처럼) 사사건건 성깔을 부리더니 마지막까지도 꼭 성깔대로였다니까.

호아   그나저나 우린 그냥 여기 있어도 될까요? 타오 씨를 묻는 일도 가보지 않고서……

탄 　(짐짓 아무렇지 않은 듯) 상관할 거 없어요. 신부님하고 춘 씨
　　가 갔으니까. 작자가 끝내 그걸 원하지 않았는진 모르지
　　만, 신부님이 기도를 해주고 나면 춘 씨가 알아서 무덤을
　　만들어줄 거요. 이런 판국에 죽어간 사람 그만하면 제법 호
　　화판 아니오. 게다가 그 사람 자기 죽음의 방식까지 찾아서
　　가장 지혜롭게 죽어간 것이오.

호아 (미심쩍은 듯) 그래도 어디 사람이……

탄 　(단호하게) 아니, 쓸데없는 걱정은 그만두라니까 자꾸. 나
　　한테도 다 그럴 만한 생각이 있어서 두 사람을 보낸 건
　　데…… 사실은 말요. (무슨 말인가를 하려다가 다시 참아버리며
　　은근한 목소리로 호야 씨를 달래듯) 아니, 아니, 이봐요, 호아
　　양반. 그런 쓸데없는 걱정할 시간 있거든 어디 가서 뱀이라
　　도 한 마리 더 잡아볼 궁리나 해봐요. 죽은 사람은 어차피
　　죽은 사람, 산 사람은 아직 하루라도 목숨을 부지해나갈 방
　　도를 생각해야지 않겠소. 자, 그러니 어서……

호아 (체념 섞인 어조로) 뱀이고 용이고 이제 이 섬엔 씨까지 몽
　　땅 말라버린 판인데 어디 가서 그런 걸 다시 찾아보누……
　　(그러나 할 수 없다는 듯 절뚝거리며 무대를 나간다)

탄 　(그 호아가 물러가는 것을 지켜보고 있다가 이윽고 롱과 둘이 된 것
　　을 알아차린 듯, 문득 목소리가 은근해지며) 그래 당신이 처음
　　보았을 때 타오 씨는 이미 숨이 끊어져 있었겠지요?

롱 　(웬 새삼스런 소리냐는 듯) 숨이 끊어져 있었냐구요? 그럼 제

몸에 제가 기름을 끼얹고 불을 붙여 죽은 사람을 되살려낼 방법이라도 있단 말예요? 난 그냥 꺼멓게 타 죽은 모습만 보고 그길로 이리로 달려 내려왔으니까 그 숯덩이가 아직 숨을 쉬고 있었는지 어쨌는지는 알 수가 없어요.

탄   그렇게 몸이 많이 타 있었소?

롱   도대체 상사님은 지금 뭘 알고 싶은 거지요?

탄   (뭔가 당황하는 빛은 감추며 변명하듯) 아니, 아무것도 아니오. 그냥 언젠가 그렇게 제 손으로 몸에다 기름을 붓고 불타 죽은 사람이 생각나서요. 사이공 거리에서 무슨 스님이던가요? 아 참, 그러고 보니 타오 씨도 늘상 그 스님들을 따라다녔다던가?

롱   어쨌든 참 끔찍스럽고 안 된 일이지 뭐예요.

탄   뭐 그리 안 되고 뭐 할 것도 없는 일이오. 이젠 어차피 우리도 며칠 상관일 텐데.

롱   그래도 그 사람 우리 중에서 가장 젊고 활달해서 오래 버틸 줄 알았는데.

탄   젊고 활달해서 성미가 급해졌던 게지. 그 사람 늘상 자기 운명의 비밀인가 뭔가를 알아내야 한다고 하지 않았소. 그걸 일찍 알아내는 길은 사실 그 방법뿐이었으니까. 게다가 아직 기도도 해주고 무덤도 만들어줄 사람이 있을 때…… 그리고…… (무슨 말인가를 하려다 다시 참아버린다)

롱   그 사람은 그래도 우리들 가운데서 가장 희망을 잃지 말아야 하는 사람 아니었어요. 그는 바다를 지키며 배를 기다리는 사람이었으니까요.

탄　　하긴 그렇지요. 하지만 희망은 배를 찾아낼 가망이 있어 보
　　　일 때 지닐 수 있는 것이었지요. 일주일 동안이나 아무것
　　　도 지나가지 않는 바다에선…… 그는 그 텅 빈 바다에서
　　　희망 대신에 절망을 읽었겠지…… 그는 어쩌면 희망이 아
　　　닌 절망과 가장 가까운 곳에 있었던 사람일 수도 있어요.
　　　(갑자기 단정하듯) 그래 마침내 다리 베개 생각을 하게 되었
　　　을 겁니다.

롱　　베개 생각이라니요?

탄　　말하자면 마지막 본능이랄 수 있는 거지요. 먹고 싶은 생
　　　각, 무릎베개를 베고 싶은 생각, 모든 희망을 잃고 막다른
　　　골목에 갇히게 되면 사람은 무슨 다른 생각에 앞서 그런 본
　　　능적인 자기 욕망으로 돌아와 거기 무섭게 매달리게 마련
　　　인 게니까.

롱　　(아직도 잘 알아들을 수가 없는 듯) 그런데 타오 씨는 어찌 되
　　　었단 말이지요?

탄　　아직도 모르겠소? (한동안 여자를 들여다보다가 이윽고 목소리
　　　가 은근스러워지며) 그래 어젯밤엔 어디에 가 있었소?

롱　　(겨우 짐작이 가는 듯, 그러나 얼핏 대답을 못하고 망설일 뿐)

탄　　그래요. 대답할 거 없어요. 대답하지 않아도 알고 있는 일
　　　이니까.

롱　　(공포에 질려 변명하듯) 그래요. 전 어젯밤에 섬 꼭대기로 타
　　　오 씨한테 가 있었어요. 그는 아직 젊고 남을 보살펴줄 힘

188

이 남아 있었으니까요. 하지만 나하고 있을 땐 아무 일도 없었어요. 새벽녘에 내가 그를 떠나올 때까진 말이에요.

탄　알아요. 당신이 있을 땐 아무 일도 없었겠지. 하지만 난 지금 그걸 따지자는 게 아니오. 내 말은 그게 아니라 다만, 말하자면 당신이 그에게 무릎을 빌려준 일이지요.

롱　(따지듯 대들며) 무릎을 빌려준 일, 그래요, 그런데 그게 뭐가 잘못되었나요? 그게 내가 여기서 맡아야 할 일이라고 했지 않아요?

탄　그렇게 말했지요. 난 지금 그걸 나무라고 있는 게 아니구……　다만 당신이 무릎을 너무 일찍 빌려줬던 게 아닌가, 대충 그런 생각이 들어 한 소리요.

롱　때가 일렀다는 것도 실상은 내 허물이 아니었어요. 그가 그걸 원해왔기 때문이었지요. 내게 정말 당신의 무릎을 베게 해줄 수 있느냐, 그걸 허락해줄 양이면 굳이 마지막을 기다리지 말고 살아 있을 때 베어보게 해달라……　난 차라리 그게 반가웠어요. 내 무릎으로 그 사람에게 힘을 줄 수 있을 것 같았어요. 그런데 그게 허물인가요?

탄　허물이라면 그게 결국 허물이었을 거외다. 아까도 말했지만, 그는 아마 그때 자신의 마지막 본능의 바닥으로 숨어들어가 있었을 테니까. 그리고 거기 매달려 자신의 생명력을 지탱해나가려 하였을 테니까. 그런 뜻에서 우리 생명의 마지막 본능은 지극히 소중스런 것일 수 있지요. 하지만 그 본능은 그냥 욕망으로 남아 있을 때라야 생명력일 수 있어요. 욕망이 충족되어버리면 끝장인 거지요. 욕망의 충족은 바로 그 욕망의 소멸이기 때문인 거요. 유일한 생명력의 근거가 그런 본능의 욕망일 경우에 그 욕망의 소멸은 바로 생명력 자체의 소멸인 거지요.

롱   (대꾸를 못 하고 어물어물하고 있다)

탄   (그 여자를 보고 있다가 어조를 바꾸어) 하지만 당신 말대로 그 역시 꼭 당신이 허물을 짊어질 일은 아닐는지도 모르겠소. 당신은 그저 당신의 소임을 다한 것뿐이니까. 어떻게 보면 난 오히려 그 친구가 부럽소. 당신의 부드러운 무릎 위에서 자기 소망을 남김 없이 모두 털어버리고 죽어간…… 그래, 어떻소? (천천히 여자에게로 다가가며 무엇을 구하듯한 눈길로 그녀를 좇는다)

롱   (눈치를 알아채고 사내를 피하듯 짐짓 시치밀 떼는 어조로) 그런데 이 양반들은 여태 무엇을 하고 있지요? 아직도 일들이 덜 끝났을까요?

탄   아니, 그 사람들 걱정은 할 것 없어요. 기도가 끝나면 신부님은 이제부터 타오 씨 대신 바다를 지키게 되어 있으니까. 그러니 우리는 한동안 둘뿐이오.

롱   (계속 모른 체하며) 하지만 선장님은 올 때가 됐잖아요.

탄   (무언가를 숨김 사람처럼 다소 더듬거리며) 그 춘 씨…… 아니 그 사람도 금방은 돌아오지 않아요. 신부님이 무덤을 만드는 일을 도울 수가 없을 테니까. 그 사람 혼자 무덤을 만들자면, 그러니…… (다시 여자에게로 다가선다)

롱 (계속 피해 서며) 안 돼요.

탄 (단호하게 막아서며) 그렇게 두려워하고 피할 거 없어요. 나도 타오 씨처럼 당신의 무릎을 한번 미리 베어보고 싶다는 것뿐이오.

롱 욕망을 끄고 나면 마지막 생명의 힘도 사라진다고 당신이 말했지 않아요. 당신은 좀더 살아남아 있어야 할 거예요.

탄 바로 맞았소. 하지만 그걸 말한 게 바로 나라는 걸 알아야 하오. 그걸 아는 사람은 그걸 피해나갈 방법도 아니까……
    (다시 덤벼든다)

이때 호아 씨가 다리를 절뚝거리며 허겁지겁 등장.

호아 (여자를 쫓고 있는 상사를 향해 물색없이 다급하게) 상사님, 상사님!

탄 (소리를 듣고 머쓱해져 돌아서며 멋쩍음을 숨기듯 퉁명스럽게) 무어요! 무에 어쨌다구 눈치가 그 모양이오. (차라리 천연덕스러워지며) 그래 당신도 벌써 여자 살베개가 급해졌단 말이오?

그사이 여자는 기회를 얻어 무대에서 사라져버린다.

호아 (여전히 물색없이) 여자 살베개라니오? 살베개라도 생기면 포식거리가 되게요. 그보다도 무서운 이변이 생겼소.

탄 이변은 무슨…… 죽은 사람이 다시 살아나기라도 했더란 말이오?

호아 　죽은 사람이 다시 살아난 게 아니라 사람이 바뀌었소.

탄 　사람이 바뀌다니?

호아 　간밤에 죽은 것은 타오 씨가 분명하다고 했지요?

탄 　아까 여자가 그러지 않았소.

호아 　그리고 그 타오 씨를 묻으러 간 것은 신부님과 선장님이 분명했지요?

탄 　그런데 누가 그 타오하고 바뀌었단 말이오?

호아 　맞아요. 타오 씨가 다시 살아난 건지 어쨌는지는 모르지만, 지금 산 위에 죽어 있는 사람은 아까 산을 올라간 신부님이었소.

탄 　(여전히 대수롭지 않은 어조로) 당신이 정녕 살아 있는 호아 씨라면 제정신을 차리고 차근차근 말해봐요.

호아 　(정신을 차리듯 머리를 두어 차례 흔들어 보이고 나서) 그러지요. 내가 정녕 허깨비가 아니라면 방금 전에 이 눈으로 직접 보고 온 일이니까. 사실은 바로 이런 겁니다. 내가 여기서 나가서 찾아간 것은 뱀이 아니라 섬 꼭대기였어요. 그 사람들 일이 어떻게 되었는지 손을 좀 보태볼 생각도 있었지만, 어차피 이 섬은 이제 골백번을 되찾아 헤매보아야 도마뱀 새끼 한 마리 만나볼 수 없는 곳이 되고 말았으니까요. 한데 그렇게 산을 올라가 보니 웬일인지 사람들이 안 보이질 않겠소. 신부님도 안 보이고 선장도 없었어요. 일단 일을 끝내고 어디서 쉬고들 앉아 있나 싶어 무덤을 찾아보니 무덤

도 안 보여요. 물론 타오 씨의 주검도 안 보이구요. 아무래
도 낌새가 심상치 않더구만요. 그래 주위를 샅샅이 찾아봤
지요. 그런데 참 이런 변이 있겠소. 난 결국 한 사람의 주검
을 찾아내기는 했지요. 꼭대기에서 한참 바위산을 내려간
대목에서 말이오. 하지만 그것은 내가 찾고 있던 타오 씨의
주검이 아니었어요. 그건 그 타오 씨를 묻으러 간 신부님의
것이었어요.

탄   (다소 심각해진 얼굴로, 그러나 지극히 사무적인 어조로) 그래, 신
     부님은 어떤 모양으로 죽어 있었소?

호아 글쎄요. 그게 또 조금 이상했어요. 신부님은 무엇인가를
     급히 뒤쫓으시다가 누구에겐가 해꼬질 당했거나 아니면
     바윗돌 같은 데라도 부딪혀 넘어져서 숨이 끊긴 것처럼 위
     에서 아래로 몸이 거꾸로 엎어져 있었지요.

탄   다른 한 사람…… 선장하고 그 죽은 타오 씨의 시신은 찾
     아낼 수가 없었구요?

호아 내가 여기로 올 때까지는. 하지만 마음이 급해져서 더 찾아
     볼 수가 없었소.

탄   (고개를 끄덕이며) 알았소. 일이 아주 나쁘게 되었구료.

호아 왜, 무슨 짐작 가는 일이라도 있소? 도대체 곡절이 어떻게
     된 거요?

탄   곡절이 어떻게 되긴 어떻게 되겠소? 이제 신부님이 그 세
     번째 죽음의 곡절을 밝히고 간 거지요. 그리고 그것으로 이
     제 이 섬엔 무덤 없는 주검이 둘이 생기고, 무덤을 가진 죽

제3의 신(神) 193

음은 다시 하나가 되고 만 거지요.

호아   (갈수록 영문을 알 수가 없어져서) 무덤이 없는 죽음이 둘, 무
덤을 남긴 죽음이 하나…… 그렇담 어떻게 타오 씨의 주검
은 끝내 찾아낼 수가 없는 것이 되고 말았다는 말이오?

탄   아마 그렇게 될 거요. 그것을 숨긴 사람은 아마 우리가 그
것을 찾아내는 걸 원하지 않을 테니까.

호아   그걸 숨긴 사람이라면…… 선장이 말이오?

탄   시체가 사라진 게 선장이 한 일이 아니라면 그 시체가 혼자
서 어디로 갔겠소.

호아   선장이 시체를 왜? 그가 왜 죽은 사람의 시체를 숨기려 합
니까?

탄   (딱한 눈으로 한동안 호아를 바라보고 있다가, 마지막 대답을 한 번
더 참아버리며) 아무래도 당신은 아직 그걸 모르고 있는 게
좋겠소. 하지만 언젠가는 당신도 그걸 알게 될 때가 올 거
요. 오늘 아니면 내일, 잘 버텨나가야 그저 모레 정도까지
는……

호아   (답답해죽겠다는 듯) 이번에는 상사님이 내게 수수께끼놀음
을 하시는군요. 여우 사람 홀리듯 말을 뱅뱅 돌려대지 말고
속 시원히 사정을 좀 털어놔보시오. (그래도 상사가 계속 침묵
을 지키고 있으니까) 그래…… 내일이든 모레든 어차피 나도
알게 될 일이라니 그건 그냥 그때까지 기다린다고 치고, 그
럼 신부님은 무슨 연고로 그런 식으로 돌아가셨다고 생각
하오? 그쯤은 지금 대답해줄 수 있는 일이 아니겠소?

탄　(작정을 내린 듯 의외로 선선히) 그야 선장이 타오 씨의 시체를 숨기러 가는 것을 막으려다 그리 된 것이지요. 당신이 본 것처럼 선장이 무슨 일을 저질렀거나 신부님이 제물에 바위에 걸려 넘어져서였거나…… 신부님은 원래 당신의 계율을 지키는 일밖에 모르는 분이 아니었소? 하지만 사실이야 어찌 됐건 그건 너무 신부님답지 않은 인색한 죽음이었어요. 남의 죽음을 기도해줘야 할 사람이……

호아　상사님은 마치 신부님이 자의로 그렇게 먼저 돌아가시기라도 한 것처럼 말을 하시는군요. 신부님은 불의에 돌아가신 것이 아니오?

탄　그런 사고가 아니었어도 신부님은 어차피 자신의 끝장을 예정하고 있었던 사람이니까. 그 사람, 입에 음식을 안 댄 것이 벌써 일주일째 아니었소.

호아　그야 신부님은 다른 사람의 몫을 남겨주기 위해서가 아니었소.

탄　그랬을지도 모르지요. 하지만 지금 우리들 가운데서 자기 죽음을 예정하고 그것을 기다리는 것보다 하루라도 더 살아남기 위하여 사람이 먹을 수 없는 것까지 먹어야 하는 고통을 더 낫게 생각하는 사람은 아무도 없을 거요. 죽은 타오 씨 말마따나 그 양반 이를테면 그런 식으로 늘상 바라오던 자기 순교를 해가신 거랄까……

호아　그렇담 상사님은 일이 이렇게 될 것을 미리 알고 있었던 거겠군요. 그래 그걸 알고서 죽은 타오 씨 대신 신부님에게 섬 꼭대기로 올라가 배를 찾게 했나요?

탄　그곳은 여기보다도 그의 하느님과 자리가 훨씬 가까운 곳
　　일 테니까. 그리고 바다를 보게 되면 누구나 일찍 살베개를
　　베고 싶어지는 모양이고……, 하지만 신부님은 나의 그런
　　호의마저 무시해버리고 만 셈이지요. 하지만 그런 신부님
　　의 죽음이 우리들에게 섭섭한 것은 실상 그런 신부님의 이
　　기심 때문이 아니에요. 난 애초부터 내 죽음을 남의 기도에
　　맡길 생각이 없었어요. 내 기도는 내 자신의 믿음 속에 지
　　니고 다니는 사람이니까. 내가 섭섭하다고 하는 것은……

호아　또 나한텐 알아들을 수 없는 소리를…… 도대체 한 인간이
　　죽어간 일에 그 삶이 죽은 일 말고 아직도 무슨 더 나쁜 일
　　이 있을 수 있는게요?

탄　있고말고요. 적어도 지금 우리들한테는……

호아　무슨 일이 그토록 나쁘다는 게요?

탄　(답답함을 못 견뎌 마침내 체념을 하듯) 하긴 그렇겠소. 오늘낼
　　사이에 어차피 알아야 할 일이라면 당신도 지금 아예 알아
　　버리는 게 좋겠소. 그래야 당신도 지금 우리가 하루라도 더
　　살아남아 있는 것이 서로에게 얼마나 소중하고 고마운 일
　　인가를 알게 될 테니 말이오.

호아　살아 있는 것이 서로에게 고맙고 소중하다? 그야……

탄　그렇소. 당신은 처음 우리들이 이 섬에 올라왔을 때 이 섬
　　을 먼저 왔다가 마지막으로 죽어간 사람이 써놓고 간 유서
　　를 기억하겠는지요? 거기에 아마 이런 말이 있었을 거요.

이 섬에 왔을 때 우리는 모두 일곱 사람이었다. 그리고 우리는 차례차례 죽어갔다. 이미 여섯 사람이 죽어갔고, 그 여섯번째 사람도 살집이 너무 못쓰게 썩었다. 나도 이젠 오래지 않아 마지막 일곱번째 사람이 될 것이다…… 아마 대략 그런 식이었지요? 그런데 말이오. 그 사람이 왜 하필이면 그 유서에서 여섯번째로 죽은 사람의 살집이 못쓰게 상했다는 이야기를 남겼겠소? 그리고 그래서 자기도 미구에 죽게 되리란 말을 했겠소? 그것을 곰곰 한번 생각해보시오.

호아   (곰곰 생각해보다가 마침내 생각이 미친 듯 깜짝 놀란다. 그러나 차마 믿을 수가 없다는 듯 애원 섞인 눈초리로) 설마, 설마…… 사람의 목숨이 아무리 모진들 설마하면 인두겁을 뒤집어쓴 인간이……

탄   설마? ……이건 절대로 설마가 아니오. 그랬길래 거기 그렇게 자기 피까지 뽑아서 일부러 써놓고 죽어간 게 아니겠소.

호아   그렇다면 상사님은 그때부터 그걸 알고 있었단 말이오?

탄   알고 있었지만 당신들한테는 숨겼지요. 어차피 제물에들 알게 될 일로 지레 겁을 먹게 할 필요는 없었으니까. 그래 그 대신 뱀을 먹어야 한다고 말하지 않았소.

탄   (침착하게) 그렇소. 모르면 몰라도 그랬을 거요.

호아   그걸 알면서 일부러 그를 골라 보냈단 말이오?

탄   그는 뱃사람이니 경험도 많고 이런 때 자기가 해야 할 일을 알 만한 사람이었으니까.

호아   해야 할 일이라면? ……사람의 시신을 식량거리로 숨기는

일? 어떻게 그럴 수가…… (절망적으로) 사람이 어떻게 그
럴 수가…… (세차게 고개를 흔든다)

탄　(냉정하게) 하지만 신부님을 함께 보냈던 게 실수였던 것
　　같소.

호아　(상사를 비난하듯) 그래 그 신부님도 함께 돌아가셨으니, 그
　　만큼 식량도 늘어난 거 아니오…… 그게 어째서 잘못이라
　　는 거요?

탄　(여유를 가지려 애쓰며) 이젠 차츰 말귀를 조금씩 알아듣는
　　것 같구료. 하지만 좀더 생각을 해보아요. 유서에서 그 마
　　지막 사람이 말하지 않았습디까. 앞서 간 사람의 삽질이 너
　　무 오래되어 못쓰게 됐다구 말이오. 일이 겹치는 건 좋지가
　　않아요.

호아　맙소사, 맙소사……

탄　차례와 간격이 일정한 게 좋았어요. 그런데 두 사람씩 죽음
　　이 한꺼번에 겹쳤으니……

호아　그래 진정 당신은 그 사람의 살집을 먹겠다는 것이오?

탄　선장이 그걸 먹을 수 있었다면. 그래 우린 서로서로가 고맙
　　고 소중스런 존재가 아니랬소.

호아　그 저주스런 식량으로 말이오?

탄　우리의 운명이 그런 걸 어떡합니까.

호아　그 저주스런 운명, 당신이나 따르시오. 당신 말고 아직 세
　　사람이나 남았으니 당신이나 차례차례 그 사람들을 먹어
　　가며 마지막까지 벌겋게 살아남으란 말이오.

탄　차례가 그렇게 정해진다면 그것도 어쩔 수 없는 일이지요. 하지만 누가 마지막까지 살아남게 되든, 그를 너무 원망해서는 안 되오. 우리들 중에 누구도 먼저 간 자보다 나중 간 자의 고통이 적다고 할 수는 없는 일이니까.

호아　(이젠 상사마저 아예 외면해버린 채) 오오, 인간이, 하늘이…… 이런 저주받을 사람의 운명이…… (그의 몸짓과 어조는 절망스럽다 못해 차라리 희극적이다)

그때 무대를 떠났던 롱이 황급히 돌아온다.

롱　(헐떡거리는 소리로 재촉하듯) 여보세요들, 큰일 났어요. 여기들 좀 보세요.

탄　(주의를 돌리며, 그러나 대수롭지 않게) 이번에도 또 무슨 도깨비 요술을 보고 온 게요?

롱　선장님이에요. 선장님이 지금 바다로 뛰어들어 파도 속으로 휩쓸려 들어가고 있어요.

탄　그건 또 무슨 심사로?

롱　물고기를 잡아보려던 것이었나 봐요. 그런데 너무 깊은 데로 들어가 파도에 휩쓸린 것 같아요.

탄　(말도 되지 않는다는 듯, 그러나 사태를 이미 짐작할 수 있는 듯 부정적인 어조로) 맨손으로 고기를 잡으러 나가요? 저 깊은 바닷물 속으로?

롱　글쎄, 지금 내가 그걸 보고 달려오는 길이라니까요.

탄　　그렇담 거기서 어떻게 사람을 구해낼 방도를 찾아야지, 방
　　　금 물속으로 가라앉아 들어가는 사람을 놔두고 여기로 달
　　　려오면 무슨 소용이요.

롱　　여긴 그래도 남자분들이 있으니까 그렇지요. 사람은 점점
　　　멀어져가는데 물가에서 그저 소리나 지르고 있으면 뭐 해
　　　요. 자, 이러고 있지들만 말고 어서……

탄　　(추근추근히) 가볼 거 없소. 공연히…… 이미 일은 끝난 다
　　　음이오.

롱　　끝나다니요?

탄　　자기 눈으로 보고 와서도 모르겠소? 무덤 없는 죽음의 내
　　　력이 또 하나 밝혀진 거란 말이오. 이번이 아마 세번째가
　　　되겠지요.

롱　　(따지듯이, 그러나 체념조로) 그래, 그냥 이대로 말 건가요?
　　　어떻게 되었는지 가보지들도 않구요?

호아　(끼어들며, 혼잣말처럼) 이제 가보면 뭘 하오. 식량거리도 남
　　　기지 못하고 간 사람…… (상사를 향해) 안 됐소. 일이 너
　　　무 급하게 겹쳐서…… 그것도 육신을 넘겨주지 못한 죽음
　　　이 되어가서…… 그런데 그 사람, 상사님 말대로라면 허기
　　　가 그리 심하진 않았을 텐데 웬 욕심을 또 부리고 나섰을까
　　　요?

탄　　그야 그 사람 비위장이 끝내 허기를 끌 수가 없었던 모양이
　　　지. 허기를 끄려다 되레 머리가 돌아버린 거 아니겠소.

롱　　지금 무슨 말들을 하고 있는 거예요? 식량이니 허기니.

호아 상사님 말씀으론……

탄 (호아를 가로막고 나서며) 이 여자에게까지 그런 걸 말해줄 건
없소. 그런 걸 안다 해도 이 여잔 어차피 마지막까지 살아
남을 사람이 될 수는 없을 테니까…… (여자를 향해) 상관할
거 없어요. 우리끼리나 하는 얘기니까. 우리 얘긴 그저 선
장이 너무 서둘러 죽어간 것이 나빴다는 것뿐이오.

롱 그렇담 선장님은 고기를 잡으려다 그렇게 된 게 아니라는
말이에요?

탄 그야 물고기를 잡고 싶어 그랬을 수도 있겠지. (잠시 생각을
하다가)…… 당신이 아까 그를 만났을 때 물고기를 먹고 싶
다는 말을 했다면…… (유도 심문을 하듯) 그래 당신은 아까
그가 바다로 들어가기 전에 그를 보았겠지요?

롱 (약간 놀라며) ……그건 사실이에요. 아까 내가 여길 떠나가
산을 오르려 했을 때 그가 저쪽에서 바닷가를 돌아오고 있
는 걸 보았어요. 그때 그가 나에게 손짓을 했지요. (뭔가를
더 말하려다 중단을 해버리며) 그런데 그게 어쨌다는 거예요?

탄 (무시해버리며) 그가 그냥 손짓만 한 것은 아니었을 테지?

롱 맞아요. 내가 그에게로 다가가자 선장은 웬일인지 갑자기
구역질을 시작했어요. 그리곤 먹은 것이 아무것도 없는 사
람 같지 않게 무언갈 마구 토해냈어요.

탄 토해내고 나선? 그리곤 당신의 무릎을 베어보고 싶다고 했
겠지?

롱 (다시 놀라며 실토하듯) 알고 있는 일을 다시 물어보는 게 상

사님의 취미 같군요. 그래서 내가 무릎을 내어주기 전에 신
선한 생선을 먹고 싶다고 말한 것까지도 알고 계신 건가요?
탄 당연히 짐작이 갈 법한 일 아니오. 당신은 그래 그가 당신
에게 고기를 먹여주기 위해 바다로 간 거라도 믿게 된 거겠
구…… 하긴 그것도 맞는 생각일지 모르오. (안심을 시키듯)
하지만 그걸로 너무 죄책감을 느낄 건 없어요. 당신의 말이
사실일 수도 있겠지만, 그러나 춘 씨가 당신을 처음 보았을
때 그때 이미 그 사람은 머리가 돌아 있었을 수도 있으니까.
롱 선장이 미치다니요? 그가 왜 그런 식으로 갑자기 미쳐야
했나요?
호아 (상사를 앞질러 나서며 답답하다는 듯) 빌어먹을! 여자 눈치가
어찌 그토록 칠대롱 속이오. (상사가 저지하려 하나 막무가내
식으로) 그 작잔 아까 타오 씨를 먹었단 말이오. 어젯밤에
불타 죽은 타오를 말이오.
롱 선장이 타오 씨를? (무심히 한마디 자문해보다가 문득 그 뜻을
깨닫고는 표정이 서서히 하얗게 질리며 그 자리에 털썩 몸을 주저앉
혀버린다. 그리고 이윽고 헛소리를 하듯) 선장이 타오 씨를……
그럴 수가…… 그럴 수가…… (간신히 정신을 차리며) ……
그렇다면 그가 구역질을 한 것은…… 나를 보자…… 아
아…… 하느님……

상사와 호아도 한동안 말을 잊은 채 가만히 여자를 내려다보고 있다.

롱 (이윽고 천천히 고개를 저으며 혼잣말을 하듯) 이젠 그만 끝을
   내야 해요. 이걸 무슨 무대 위의 연극이라 했던가요? 그럼
   그것도 모두 연극 속에서 일어난 일이겠군요. 하지만 이젠
   끝장이 나야 해요. 이게 정말 연극이라면 이젠 그만 이 저
   주스런 연극을 끝내야 한단 말이에요.

탄 (여자에게로 다가가 어깨를 감싸며 모처럼 풀이 죽은 소리로) 어디
   연극을 끝내고 돌아갈 곳이나 있어야지요. 우리에겐 이미
   이 연극을 끝내고 돌아갈 현실이란 게 없어요. 이 연극이
   끝나 막이 내려지고 나면 우리는 그것으로 끝장인 겁니다.

롱 끝장이 나더라도 상관없어요. 상관이 없으니 이젠 그만 막
   을 내리라고 해요.

탄 그것도 우리들 마음대로 할 수 있는 일이 아니오. 애초의
   허물이야 어디에 있었든, 이 무대는 우리가 우리 마음대로
   꾸민 게 아니질 않소. 이런 연극을 시작한 것도 우리가 좋
   아서 시작한 게 아니구요. 이 무대는 하늘이…… 그 하늘
   에 계신 어느 높은 분이 우리에게 꾸며준 것이었소. 막을
   내리는 것도 그 양반의 뜻이오. 그가 막을 내려줄 때까지는
   어쩔 수가 없어요. 우리는 그냥 이대로 연극을 계속해나가
   는 수밖에……

롱 (악을 쓰며 울부짖듯) 하늘이고 땅이고 모두 그냥 꺼져 내려
   버리라고 해요. 난 이제 상관없는 일이에요. 끝장이 나든
   말든 두려울 거 없어요. 난 이제 돌아갈 거란 말예요. (점점
   목소리가 작아지며 기진한 독백조로) 돌아갈 데가 없어도 좋아

요…… 아니, 내겐 아직 갈 곳이 있어요. 내 정신…… 내가 이곳으로 올 때 이 육신 속에 지니고 온 사람의 넋, 그게 내가 갈 곳이에요…… (그 자리에 털썩 엎드려버린다)

이때 사그라져 들어가는 듯한 여자의 독백 사이로 먼 뱃고동 소리가 환청처럼 지나간다.
여자의 독백이 끝나고 한동안 침묵이 계속된 끝에, 이번에는 좀더 분명해진 뱃고동 소리.
상사와 호아, 깜짝 놀라 방향을 찾으려 귀를 세운다.
사위에 가득한 정적.
정적 속의 파도 소리.
그사이로 이윽고 다시 어슴푸레한 선박 항진음.
호아, 이윽고 발작을 하듯 몸을 날려 섬 꼭대기 쪽으로 절뚝절뚝 내달려 올라간다.
상사는 그러나 아직도 뭔가 미심쩍은 듯 그 자리에서 그냥 이마에 손을 얹고 바다 쪽을 이리저리 둘러 살핀다.
룽은 이도저도 관심이 없는 듯 그냥 그 자리에 엎드려 있는 것이 아직도 뱃소리를 듣지 못한 사람 같다.

탄　　(아직 아무것도 찾을 수가 없는 듯 섬 꼭대기 쪽을 향해 큰 소리로) 어이, 이봐요. 호아 양반! 뭐가 보이는 게 있소?

대답 없음.

탄   (다시 한 번) 이봐요, 호아 씨! 뭐가 보이는지 말을 좀 해봐요!

호아의 소리   (이제 겨우 산꼭대기에 도달한 듯 숨을 헐떡이며) 배다! 배
        가 지나가고 있어요!

탄   뭐, 배라고? 정말로 배가 분명한 거요? 어느 쪽이요, 어느
        쪽?

호아의 소리   이쪽이요, 이쪽! 섬 뒤에서 동쪽 방향으로 들어오고
        있으니 거기선 아직 보이지 않아요. 어서 이리로 올
        라와 보아요.

탄   알았소. 올라갈 테니 어서 연기를 지피어 구조 신호를 보내
        도록 하시오.

급히 무대를 나가 섬 꼭대기로 내닫는다.
그제야 무슨 기미를 알아차린 듯 천천히 머리를 쳐들고 일어서는 여자.

점점 가깝게 다가드는 뱃소리.
이따금 뱃고동 소리.
그 뱃소리의 가까워짐과 멀어짐, 그리고 섬 꼭대기에서 들려오는 소리
의 내용에 따라 무대에 홀로 남은 여자는 이 대목부터 막이 내릴 때까
지 희망과 환희와 절망의 동작들을 계속해서 몸으로 춤춰나간다.

탄   (이하 소리로만 여자의 동작과 조화를 이루도록 처음엔 빠르게, 갈
        수록 느리게, 혹은 뜸뜸이) 어디요, 어디? 배가 이쪽으로 계속

다가오고 있소?

여자가 고개를 들고 귀를 기울임.

호아 저쪽이요, 저기…… 이쪽으로 다가오고 있지 않소. 하지만
      이쪽으로 뱃길이 잡혀 있소. 아마 이 섬 남쪽을 지나 동쪽
      으로 나가려는 뱃길인 듯싶소.

여자, 알아듣고 희망의 율동.

탄 (서두르며) 어느 나라 배요? 망원경이 어디 있소, 망원
     경…… (여자의 율동, 기쁨) 그리고 당신은 좀 더 연기를 짙
     게 올려요. 이게 마지막 기회가 될는지도 모르니까 기름이
     나 쏘시개들을 아끼지 말고……

호아 배가 계속 이쪽으로 오고 있어요? (뱃소리 접근) 어느 나라
      배인지 깃발이 보이는가요?

탄 깃발이 꽁무니에 붙어 있어 아직은 잘 보이지가 않아요. 그
     래도 전쟁 때 우리들을 위해 싸워주던 나라의 배였으면 좋
     으련만.

호아 우리를 보았을까요?

탄 글쎄, 아직은…… 아직은 그냥 이쪽으로 다가오고 있으니까.

여자의 율동, 초조, 불안.

뱃소리 점점 가깝게 접근해온다.
그러다가 차츰 다시 멀어져가기 시작한다.

호아　(이윽고) 아니, 배가 그냥 지나가버리려는 거 아니오?

뱃소리, 점점 멀어져감. 여자의 율동, 초조.

호아　그렇지요? 우리를 그냥 지나가버리려는 눈치지요?

탄　……

호아　우리를 아직도 못 본 걸까요?

탄　못 보았을 리가 없지요. 어서 연기나 좀 더 피워 올려보아
　　　요. 기름이나 나무가 있는 대로 모두……

호아　이제 기름도 다 됐어요. 나무도 모두 불태워버렸구.

여자의 율동 절망.
뱃소리 점점 더 멀어져감.

호아　(다급해져서 배를 향해 손을 휘저으며 부르는 소리) 어이…… 어
　　　이…… 여기 좀 보아요!

탄　쓸데없는 짓이요.

호아　(아랑곳 않고) 어이, 어이, 여기 사람이 있소…… 살아 있는
　　　사람이! 어이…… (울부짖음으로 변해간다)

뱃소리 점점 멀어지다 아주 사라져버림.

뱃소리가 사라지고 나서도 어이어이 한두 차례 더 호아의 외침 소리.

그러나 그 소리는 주저앉듯이 점점 힘이 풀려간다.

드디어 모든 소리들 사라지고,

무대에선 잠시 동안 더 무거운 정적 속에 여자의 절망적인 율동이 계속되다가 드디어 무대가 차츰 어두워지면서,

그 어둠 속으로 추락하듯 여자의 모습 무너져 내리며 막.

제3막 제1장

3막에서 3, 4일쯤 뒤.

섬 꼭대기.

호아는 섬 꼭대기의 높다란 바위 위에 걸터앉아 죽은 롱의 소지품에서 나온 손거울을 문질러 빛을 갈고 있다.

그는 가끔 바다를 살피며 지나가는 배를 찾고 있는 듯 그 거울을 이리저리 비쳐가며 멀리까지 빛을 쏘아보곤 한다.

호아의 조금 아래쪽엔 돌로 쌓아 올린 신부와 롱의 엉성한 무덤이 보이고, 그 곁으로 상사가 기진맥진 또 하나의 무덤을 만들고 있다.

탄   (이윽고 작업을 대충 끝내고 나서, 결과도 점검하듯 돌무덤을 둘러
        보며) 이쯤 했으면 그럭저럭 된 셈이군. (그 돌무더기 사이로
        들어가 자신의 몸을 눕혀본다. 그리고 호아를 향해) 여보, 호아 양

반, 이쯤 하면 당신 수고가 훨씬 줄게요. 내가 숨이 끊어지면 여기다 이렇게 끌어다 뉘어놓고 바윗돌만 서너 개 얹어 덮어주면……

호아 (거울에 계속 매달리며 남의 말을 하듯이) 그거야 아직 두고 봐야 알 일이지요. 상사님이 앞설지, 내가 앞설지 그 무덤의 주인이 될 사람은 정작 죽음의 차례가 앞선 사람일 거니까.

탄 (천천히 몸을 일으켜 나와 다른 바윗돌 위로 지친 몸을 부려 누우며) 하긴 그렇지요. 하지만 저 무덤은 결국 내 차지가 될 게요…… 난 알아요. 난 이제 끝장이 거의 가까워오고 있어요. 오늘 무덤 일을 서두른 것도 실은 그 때문이었소.

호아 (편잔을 주듯) 지금 그런 무덤 일 때문에 죽음을 다툴 건 없어요. 난 뭐니 뭐니 해도 상사님이 우리들 가운데선 마지막 사람이 될 줄 알았으니까.

탄 하긴 그랬지요. 나도 내가 마지막까지 남아서 당신의 무덤을 지어주게 될 줄 알았어요. 언젠가 그 사람을 먹는 일로 당신이 나를 무섭게 저주해댔을 때도 나는 어차피 마지막까지 남아서 내가 당신을 먹게 될 줄 알았으니까요. 그리고 그게 뭐니 뭐니 해도 내가 애초에 우리들 일행의 지휘를 떠맡고 나선 이유기도 하였구.

호아 남의 살을 먹고 무덤이나 지어주기 위해서? 그런 일을 위해서 당신은 그래 우리들의 어른을 자청하고 나섰더란 말이오?

탄 그래 그 노릇을 핑계로 오늘 아침까지도 난 여자를 먹지 않왔소.

호아 당신은 그럼 처음부터 우리가 결국 이런 꼴로 끝장이 나게
될 걸 알았단 말이오? 그래 그 사람까지 먹어가며 우릴 이
런 식으로 예까지 끌고 왔단 말이오?

탄 사정이 애초 뻔해 보였으니까. 그리고 생사의 갈림길이 분
명해졌을 때 군인은 무엇을 어떻게 해야 할 것인가를 배워
두고 있으니까요.

호아 사람을 죽음으로 인도하고 그 살을 먹는 일 말이오?

탄 그냥 인도를 하는 게 아니라 편한 방법으로 인도하는 일이
지요. 두려움과 고통을 될수록 덜 느끼게……한 데다 타오
씨가 마침 좋은 방법을 찾아내주었지요. 그 연극을 하자는
게…… 하지만 결국 이렇게 됐구료. 당신은 나보다 믿음이
많았어요.

호아 (퉁명스럽게) 믿음이 많다니, 무슨 믿음?

탄 희망이라 해도 상관없지요. 당신의 그 끈질긴 희망…… 거
울을 닦으며 아직도 끈질기게 배를 기다리고 있는 집념. 사
람들은 모두 저 바다에서 절망을 보았어요. 그리고 지난
번 배가 그냥 지나가버리는 것을 보았을 때 나도 거기서 그
것을 보았구요. 마지막 희망을 잃은 거지요. 하지만 당신
은……

호아 희망이고 절망이고 나는 그런 거까지 생각해본 일 없소. 희
망을 지녀서가 아니라 목숨 붙어 있는 인간이 다른 할 일
이 없어서인 게지. 고향에 살고 있을 때부터도 나는 그렇

게 살아왔소. 닥친 일을 그때그때 그냥 참고 견뎌내는 재주 밖에…… 희망이니 뭐니 그런 걸 가려가며 살려고 했으면, 난 벌써 옛날에 하늘 구경이 끝난 사람이었을 거외다.

탄　바로 그거지요. 그런 끈질기고 무한정한 참을성과 기다림 속에 당신의 생명의 힘이 있었던 거요. 그리고 그것은 우리 가운데에 누구도 지니지 못한 자기 생명에의 믿음일 것이오. 그게 당신에게 사람을 먹지 않고도 아직 희망을 잃지 않게 하고 있는 것이오. 사람을 먹지 않았기 때문에 오히려 더 깊은 믿음과 희망을 가지고 말이오.

호아　희망이고 믿음이고 난 그런 거 모른다고 하지 않았소. 내가 알고 있는 건 그저 난 여자를 먹지 않았지만, 상사님은 그걸 먹었다는 것뿐이오. 그건 오히려 상사님 쪽에 희망이 많았다는 것 아니오. 그런데 어떻게 그런 상사님이 나보다도 먼저란 말이오.

탄　(고개를 저으며 침통하게) 아니, 그건 이미 희망 때문이 아니었소. 그저 막다른 절망 때문이었어요. 하지만 이젠 그런 본능의 힘조차도 지탱해갈 수가 없어요. 이젠 모두 끝장이 난 거요. 사람을 먹은 건 그저 부끄럼일 뿐이었구요. 부끄러움, 이 부끄러움……

이윽고 상사가 구역질을 시작한다.
호아, 거울을 놓아두고 절뚝절뚝 곁으로 다가서서 상사의 구역질을 도우려 한다.

그러나 상사가 손을 내둘러 그의 접근을 저지한다.

호아, 그냥 엉거주춤하고 서서 상사의 구역질이 멎기를 기다린다. 차마 그의 토사물을 볼 수 없는 듯 시선을 반쯤 외면하고 선 채.

탄   (이윽고 구역질을 끝내고 다소 안정을 찾으며) 보았지요? 이게 바로 때가 다가온 증거인 것이오. 때가 다가오니까 그동안 배 속에 처박혀져 있던 부끄러움을 모두 토해내버리자는 것이지요. 이젠 내게도 더 이상 이런 부끄러움을 지녀야 할 필요가 없게 될 테니까.

호아   ……

탄   하지만 호아 씨……당신은 아마 상관이 없을 거요. 나는 당신을 용서할 테니까. 그리고 호아 씨는 이제 당신 혼자니까. ……(다짐하듯) 알겠소? 내가 부끄럼을 먹지 않을 수 없었던 것은 저들이 아무도 나를 용서해주지 않았던 때문이었어요. 그리고…… 그리고 당신이 나를 용서하지 않았던 때문이었어요. 하지만 이젠 오직 당신뿐이오. 그리고 난 당신이 마지막까지…… 기다릴 수 있을 때까지 기다려야 할 사람인 것을 알아요. 그것이 얼마나 고통스런 일인지도…… 그러니 당신은 부끄러울 필요가 없는 거예요…… 부끄러워하지 말고 먹어야 합니다. 싫더라도 그렇게 해야 하는 거요. 그리고 그런 다음에 무덤의 돌을 덮도록 하시오. 그 대신……

숨이 차서 더 이상 말을 이어가지 못한다. 그리고 다시 구역질을 시작
한다.

호아는 그동안 다시 제자리로 돌아가 거울을 닦고 있다가, 상사의 당
부를 불복하듯 불현듯 다시 자리를 일어선다.

탄   (힘없이 호아를 쳐다보며) 다시 말하지만 아무쪼록 부끄러워
       하지 말고 나를 먹어요……그 대신 내 사과 겸해서 호아
       씨에게 마지막으로 부탁을 드려둘 일이 있어요.

호아   이 지경에 와서 사과는 뭐고 부탁은 또 뭐요.

탄   아니, 이건 공연한 인사치레로 하는 소리가 아니오. 일이
       이렇게 되고 보면 이젠 호아 씨 당신이 마지막으로 그 일곱
       번째의 죽음을 맡아야 하게 되었길래 그래요.

호아   여섯번째나 일곱번째나 죽는 건 어차피 한 가지겠지요.

탄   (일깨워주듯) 아니, 한 가지가 아니오. 호아 씨도 아시다시
       피 우리 연극엔 사실 마지막 죽음의 차례가 없는 꼴이에요.

호아   죽음의 차례가 없다니 그건 또 무슨 소리요?

탄   우리들 중의 마지막 사람은 주검이나 무덤을 남기는 죽음
       을 죽을 수가 없게 되어 있었단 말이오…… (숨을 가눠가며
       설득하듯 천천히) 우리가 처음 이 섬에서 연극을 시작한 것
       은 바로 이 섬을 우리보다 먼저 찾아온 일곱 사람의 죽음의
       수수께끼를 찾아보자는 것이었지요. 그런데 지금 내가 죽
       게 되면 우리는 그걸로 그 사람들이 남기고 간 세 개의 무
       덤을 모두 채워버리게 되는 셈이에요. 신부님하고 롱하고

나까지 말이오. 나머지 다른 네 사람은 무덤이 없는 죽음을 죽어야 하는 것이지요. 그것도 우리들 중 세 사람은 이미 그런 죽음을 죽어간 셈이구요. 그러니 이제 차례가 남은 건 그나마 그 주검을 남기지 않아야 하는 유령의 자리가 있을 뿐 아니겠소. ……그건 마치 죽음의 차례가 없는 것 한 가지요. 그런데 그 어려운 차례가 하필.

호아 (기가 죽어서) 듣고 보니 딴은 그런 것도 같소마는…… (하다가 다시 생각이 바뀐 듯) 하지만 그거야 상사님이 말씀하시듯 이 노릇을 늘상 연극 놀음으로 생각하려고 하기 때문이 아니겠소. 이까짓 연극 놀음 이제 그만 집어치워버리고 나면 어떻게 죽은들 상관이 되겠소.

탄 아니, 그것도 그렇지가 않아요. 당신이 행여 이 섬을 살아나갈 수가 있다면, 그래서 이 섬에서 일어난 일들을 모두 세상에 알릴 수가 있다면……그땐 문제가 다르겠지요. 하지만 이렇게 그냥 이 섬에 갇혀 있는 이상 우리는 끝내 이 연극을 계속해나갈 수밖에 없어요. 그리고 이 연극 안에서 운명을 끝낼 수밖에 다른 도리가 없어요.

호아 그래 상사님 말씀처럼 이 노릇을 끝내 그냥 연극 놀음이라고 합시다. 하지만 이게 정작 연극 놀음이라면 그 연극 놀음 속에서 죽은 사람의 숫자를 맞추는 일 따위가 그토록 중요한 일이겠소? 이런 연극 놀음으로 어째서 굳이 먼저 사람들의 숫자를 맞춰나가야 하느냔 말이오.

탄 중요한 일이지요. 그리고 이건 실상 먼저 사람들의 숫자를

따라 맞추려는 일이 아니라 거꾸로 그 숫자를 맞춰두지 않
으려는 쪽이구요.

호아   ……?

탄   이 섬에는 아시다시피 우리보다 먼저 와서 죽은 사람들의
       무덤이 세 개가 있지요. 그리고 이제 나까지 합하면 무덤은
       모두 여섯이 됩니다. 그런데 거기다 호아 씨 당신의 마지막
       죽음까지 무덤을 남긴다면 그것은 결국 저 동굴 속에 남아
       있는 유서의 일곱 죽음을 맞추게 됩니다.

호아   그럼 되었구료.

탄   아니, 되는 게 아니에요. 그렇게 되면 나중에 온 우리 일곱
       사람은 죽음의 흔적조차 잃는 게 되지요. 아니면 무덤을 남
       기지 못한 다른 일곱 사람들의 죽음을……

호아   (잠시 생각에 잠기다가) 난 아직도 무슨 소린질 모르겠지만,
       결국은 그놈의 유서가 말썽이구만. (힘을 내어) 상사님, 그
       럼 그놈의 유서를 아예 없애버리면 어떻겠소?

탄   (희미하게 웃으며) 아니, 그럴 수는 없어요. 이 섬에서 있었
       던 일은 아무것도 우리 마음대로 더하고 덜할 수가 없어요.
       더욱이 (잠시 망설이다가 이젠 아예 호아의 이해력을 단념해버린
       듯 자신 없는 소리로) 다른 사람들이 자신들의 증거로 남긴
       일들을 우리가 없애버릴 권리가 없어요.

호아   그러면 우리도 유서를 하나 더 남기면 어떻겠소? 그놈의
       사람 수가 그토록 끝까지 말썽이라면 말이오. 상사님은 글
       씨도 쓰실 줄 알 테니……

탄 나도 그런 생각은 해보았지요. 하지만 그 역시 부질없는 노릇일 뿐이었소. 그런 간단한 유서 한 장으로 이 섬에서 일어난 일들을 증거할 수는 없어요. (호아의 이해력을 아예 무시해버리며) 그건 오히려 증거를 섣불리 마감해버리는 일이 되지요. 뭐니 뭐니 해도 우리가 지금까지 이 섬에서 겪고 보아온 것만이 이 섬에서 일어난 일들의 전부는 아닐 테니까요. 우리는 아직도 진실을 잘못 보고 있거나 적어도 그 전부를 못 보고 있을 수가 있어요. 그 동굴 속의 혈서 한 가지에 대해서조차도…… 이 섬에선 아마도……

호아 요컨대…… 그러니까 우리는 그 유서와는 다른 숫자의 무덤을 남겨놓아야 한다, 이런 말이겠구료?

탄 우리가 할 수 있는 길은 다만 그 길밖에 없으니까.

호아 하지만 그래선 또 무얼 하지요? 유서하고 무덤의 숫자를 틀리게 남겨서 무슨 소용이 되는 일이오?

탄 이 섬에서 일어난 일을 그런 식으로나마 바깥세상에다 알려보자는 것이지요. 뒷날에라도 혹시 이 섬을 찾아온 사람이 있다면, 그들에게…… 우리가 겪은 일을…… 우리가 어떻게 여길 왔으며, 어떤 죽음들을 죽어갔는가를…… 또 우리 앞에는 어떤 일이 있었고 어떤 일이 있을 수 있는가를……

호아 그건 또 해서 무얼 하자구…… 어차피 이렇게들 죽어가는 마당에……

탄 반드시 무얼 하자는 게 아니오. 누굴 위해서라고 할 수도

없는 일이구요. 숫잘 좋아하는 군인으로 살아온 버릇이랄
까…… 어쨌거나 우리는 지금 그러지 않고는 죽을 수가 없
으니까……

호아 그렇더라도 그 죽음의 숫자를 틀리게 남기는 것으로 어떻
게 그걸 다 말해줄 수 있겠소?

탄 모든 걸 다 말해줄 수는 없어요. 하지만 수수께끼를 남길
수는 있지요. 동굴에 남게 될 그 유서 속의 일곱 죽음에 무
덤이 여섯만 남게 된다면 그 무덤이 보이지 않는 하나의 죽
음은 그 수수께끼로 다른 일곱 명의 죽음들을 대신 말해줄
수가 있을 거란 말이오. 어쩌면 우리도 아직 모르고 있을지
모르는 이 섬의 다른 여러 죽음들까지도…… 우리는 이제
우리의 진실을 그런 수수께끼의 방식으로밖에는 증거를
할 수가 없는 형편이니까요. 그리고 그것만이 우리가 이 섬
에서 일어난 일들의 진실을 오해로 마감하는 일이 없게 하
는 길이구요. 모든 걸 다 말할 수 없을 바엔 수수께끼야말
로 가장 많은 것을 말해줄 수 있는 가장 정직한 방법일 테
니까요. 따지고 보면 그 동굴의 유서 속에서부터 이미 그런
수수께끼가 들어 있었던 셈이지요. 그런데 우리가 그 수수
께끼의 해답을 찾아 남기지는 못할망정 수수께끼 자체를
지워버리고 갈 권리는 없지요.

호아 (어느 정도 사정을 알아차린 듯, 혹은 아무래도 이해가 힘들어 이제
는 그만 이야기를 대강 끝내두고 싶어진 듯) 난 아무래도 자세한
사정은 알아들을 수가 없소만은, 상사님의 열성으로다가

내 상사님의 뜻만은 짐작할 만하외다. 상사님은 어쨌거나 내게 지금 시신을 남기는 죽음을 죽어서는 안 된다는 다짐을 받아두고 싶은 것 아니겠소?

탄　알아들어주니 고맙소. 그래 아까부터 미안한 사과를 드리려는 것이지만 이건 그저 부탁이나 다짐이 아니라 일행의 지휘자로서의 내 마지막 명령으로 알아주면 좋겠소.

호아　(이야기를 빨리 끝내고 싶은 듯) 다짐이거나 명령이거나 그 일이 그토록 중요한 것이라면 상사님의 뜻을 따를 수밖에요. 내 상사님께 맹세라도 드리리다. (다시 자신이 없어지며) 하지만 어떻게? 무슨 요술로 죽어 시신을 사라지게 만든다?…… 상사님은 혹 생각해놓은 방법이 없었소?

탄　(힘없이 고개를 가로 저으며) 없어요. 나도 무척 고심을 했지만 끝내 해답을 풀 수가 없었어요. 그래 당신한테 차례가 바뀐 걸 이렇게 미안해하고 있는 것 아니겠소.

호아　(더 물어봐야 허사임을 알아차린 듯) 알았소. 그건 어쨌든 지금부터 미리 걱정을 할 일이 아니고…… 이젠 좀 가만히 쉬기나 하구료. 이런 때일수록 기력을 더 아껴야 하니까……

탄　(다시 고개를 저으며) 아니, 아젠 소용없는 일이오. 사람은 누구나 자기의 마지막을 아는 법 아니오. 걱정스러운 것은 다만 당신의 마지막…… (하다가 갑자기 다시 구역질을 시작한다)

호아　(상사의 구역질이 가라앉기를 곁에서 가만히 지켜보고 있다가) 죽는 일을 서두를 건 없지요. 자, 그러니 이젠 더 쓸데없는 소리로 남은 기력까지 허비하지 말고…… 내 물이라도 한 잔

218

가져다드리리까?

탄   (간신히 구역질을 가라앉히고 나서) 아니, 이젠 그럴 필요 없어
      요…… 어차피 이젠 오래 기다릴 순 없을 테니까…… 그
      보다도…… (다시 한차례 구역질 비슷한 경련기를 참고 나서,
      힘없이 호아를 쳐다보며) 이제 거의 때가 된 모양이오. 그런
      데…… (무언가를 청하듯) 그런데 그 여자가 먼저 가고 없으
      니…… (힘없이 웃으며) 마지막으로 베고 잘 무릎이 없구료.

그러나 이번에도 그는 상사에게 다가가지 못하고 엉거주춤한 자세로
상사의 구역질이 끝나기를 기다린다. 이윽고, 구역질이 끝나고 잠시
안정을 기다렸다가,

탄   이리 와요, 호아 씨…… (호아를 손짓해 부른다)

호아, 절뚝거리며 천천히 상사에게로 다가가 그의 얼굴을 물끄러미 내
려다본다.
호아, 상사의 말을 알아들은 듯 그의 머리 쪽으로 다가가 주저앉으며
자신의 무릎으로 말없이 상사의 베개를 삼아준다.

탄   고맙소. 그래도 나는 이만하면 괜찮구료…… 그런데 호아
      씨, 당신은 어떻게 하지요? 당신의 차례엔 마지막으로 베
      고 잘 무릎조차 없으니……
호아   (이젠 상사의 마지막이 임박했음을 짐작하며) 사람이 이런 식으

로 마구 죽어가는 세상에 누가 상사님같이 살아 있는 사람의 무릎 위에서 눈을 감고 가기를 바라겠소. 더욱이 그 시신조차 못 남길 죽음을 죽어야 하는 판국에……

탄　어쨌든 미안하오. 하지만 한 가지 더 부탁을 드려야겠어요…… 혹시 노래 부를 줄 아는 거 있습니까?

호아　노래라니, 나 같은 촌구석 무지랭이가 어느 세월에 노래를 부르고 살았겠소.

탄　글쎄, 노랠 하고 살 만한 세월은 없었겠지만…… 그래도…… 무어 한 가지쯤 가사라도 주워섬길 노래가 없겠소…… 동네 아이들이 학교에서 배워온 것이든지. (애원하듯) 하다못해 논밭 일하면서 입속에서 혼자 흥얼대던 소리라도……

호아　(기억을 더듬다가 간신히 생각이 떠오른 듯) 혼잣속으로 흥얼대던 소리라면, 하긴 어디서 들었는지…… 그런 소리가 있기는 하였지요. 사설을 다 외우고 있지는 못하지만. 그런데 그런 건 해서 뭘 하오?

탄　(숨을 헐떡이며 띄엄띄엄) 지금 그걸 좀 불러주시오. 지금…… 이건 물론 명령이 아니오. 내 마지막 부탁이오.

호아　……

탄　전에도 말했지만, 난 원래 남의 기도를 안 믿어요. 이젠 기도를 해줄 사람도 없지만……그래 그 기도 대신에 마지막으로 당신의 노래를 듣고 싶구료.

호아, 무릎 위의 상사를 물끄러미 내려다보고 있다가 그 상사의 소망을 이해한 듯,
그리고 그 상사의 임종이 임박했음을 감지한 듯, 이윽고 천천히 서투른 곡조의 노래를 시작한다.

새야 새야 파랑새야
녹두밭에 앉지 마라
녹두꽃이 떨어지면
청포장수 울고 간다……

노래는 처음 다소 감상적이다. 두 번 세 번 거푸 되풀이되면서 갈수록 애꿎고 그리운 정조를 띠어간다. 상사는 그 소리를 들으며 숨을 거두고, 호아는 그것도 모르고 자신의 노래에 취하여 마치 기도라도 하듯 하늘을 우러르며, 또는 흐르는 눈물을 눈으로 삼키듯 하면서 노래를 한동안 계속하다가 이윽고 무릎 위의 상사를 내려다보고 비로소 그가 숨을 거둔 것을 알아차린다. 그러나 그는 이미 마음속으로 짐작을 하고 있던 일인 듯 아무 말이 없다. 누군가를 원망하듯, 또는 자신의 설움을 삼키듯 하늘을 한번 쳐다보고 땅을 한번 내려다보고 그리고 비로소 혼자가 되어 남은 자신을 의식하며, 그러나 이미 모든 것을 감수할 각오가 선 사람처럼 뜻밖에 언동이 말짱해지며, 그러나 때로 실성한 사람처럼,

호아　이젠 모두들 가고 말았군…… 그러니 이제 이것으로 모두

끝이 난 셈인가? (잠에서 깨어난 사람처럼, 또는 상대와의 이야기나 약속들은 그저 연극 놀음을 위하여 우정 그렇게 곧이를 듣고 다짐을 주었을 뿐이었던 듯 말짱한 시선으로, 새삼 주의를 한번 휘둘러보고 나서) 이 신파쟁이들…… 그래 이자들은 이걸 모두들 연극 놀음이라 했겠다? (하다가 또 갑자기 무슨 생각이 들어온 듯) 아니, 그럼 이놈의 연극 놀음도 이젠 모두 끝이 난 거 아닌가? (새삼 기쁨이 번지며) 그래, 이제 이 염병을 할 연극은 끝이 났어. (정신이 돈 사람처럼 느닷없이 손바닥을 짝짝 쳐대며) 어이, 이제 다 끝났어. 어서들 일어나라구. (목소리를 돋우어 외쳐대듯) 주검을 숨긴 자들도 다시들 돌아오구. (하면서 자신도 연극 의상을 벗는 시늉)

그는 죽어간 사람들이 다시 깨어나기를 기다린다. 누군가 다시 깨어나 돌아오는 기척을 살핀다. 그러나 사위는 그저 조용한 침묵뿐.

호아 (사람 애먹이지 말라는 듯, 그러나 살아 있는 이웃에게 말하듯 짐짓 천연덕스럽게) 어허! ……이러지들 마시구. 이제 신파극 놀음은 끝났다니까……

역시 사위는 무거운 정적뿐.
그러자 그는 새삼 불안하고 의심쩍어지며

호아 아니, 이 작자들이 사람을 정말 이토록 못 믿나? 연극 놀이는 끝이 났대도 꿈쩍들을 안 하게! (미심쩍게 이리저리 주위를 둘러보다 비로소 뭔가 사연을 깨달은 듯) 옳아, 그러고 보니 그 뭐라더라? 그래, 무대의 막이랬지. 맞아, 아직도 그놈의 막이 내리질 않고 있었군. 연극은 아직 제대로 끝이 안 났던 게야. (잠시 생각에 잠기다가) 그래, 이제 제대로 막을 내려야지. 그런데 누가 어떻게 막을 내린다? 상사님 그건 누구라고 집어 말한 적이 없는데? 하지만 누구, 애초에 이런 무대를 꾸민 자래야 한댔던가? ……그럼 누구…… 그 신부님의 하느님? 아니면 타오 학생의 부처님? 어쨌든 상관없지. 작자들 가운데서 누구든지 이 신파 놀음의 막을 내려주기만 한다면 그깟 이름이야 무어든지…… 아니, 그런데 그 작자들도 그만 자기가 할 일을 잊어먹었나?…… 어째 아직도 기척이 없는 게여!…… (무대의 허공을 쳐다보며 새삼 정색을 한 소리로) 여보시오, 거기 하느님이든지 부처님이든지 아무도 안 계시오? (따지듯 삿대질을 해대며) 당신들 거기서 지금 뭣들을 하고 있는 게요? 지금 여기선 연극이 끝났는데, 이젠 막을 내려줘야 할 게 아니요, 막을! (응답이 있을 수 없다. 호아 다시 혼잣말처럼) 아니 이거, 정말 이 양반들이 이 판국에 어디 나들이들을 나가셨나, 아니면 또 어디 좋은 동네에 일이 생겨 이쪽 일은 까맣게 잊어먹고 계시나…… (다시 목소리를 높여) 아니, 여보시오들! 이제 여긴 그만 막을 내려달란 말이오. (차츰 애원기를 띠며 다급하게) 여긴 이제 연극 놀음이 모두 끝났다지 않소…… 이제 그만 막을

좀 내리게 해달란 말이오. (울부짖듯) 제발 이제는…… 제
발 말이오…… (역시 무응답)

호아 (한동안 반응을 기다리다가 문득 다시 짚여오는 일이 있는 듯 독백
조로) 아니, 그럼 이놈의 연극이 아직도 다 끝이 나질 않았
단 말인가……? 그래, 막이 내려지질 않고 있는 건가? (잠
시 생각하다가) 그래 맞아, 이놈의 섬에선 어차피 마지막 사
람이 죽을 때까지 연극을 계속해야 한다고 말했지. 그 말
이 맞았어. 연극은 아직도 결말이 안 난 게야. 내가 아직
도 살아남아 있거든. 말하자면 내가 욕심을 부린 셈이구
먼. 나는 죽지도 않고 연극을 끝내려 덤볐으니까…… 허
허 그렇다면 내가 마저 죽어주는 수밖에 없는 일이지. 어
차피 연극은 끝장을 보아야 할 거니까. (그러나 이내 다시 자
신이 없어지며) 하지만 이제 누구하고 다시 연극을 계속하
나? 그 노릇을 더 계속하재도 이젠 상대해줄 사람이 없질
않은가 말이여…… 알고 했든 모르고 했든 약속은 약속인
데, 도대체 어떻게 혼자서 섬에다 그 시신도 남기지 않는
죽음을 죽어놓을 수가 있단 말이여. 무슨 도깨비 요술을 부
려서……? (다시 한참 생각에 잠기다가) 그래 혼자서는 역시
될 수가 없는 일이지. 누군가 한 사람 상대가 있어야 해, 그
래야 나도 주검을 남기든 허깨비로 사라지든 내 끝장을 맡
길 수가 있지. (다시 자신이 없어지며) 하지만 누가 나의 상대
로 나서주지? 누구에게 나의 마지막을 맡길 수가 있게 되
지? 이 죽어자빠진 상사님의 송장에게 굶주린 아귀처럼 죽

은 살을 먹으면서? (무심코 지껄이다 제 소리에 제가 소스라치게 놀라 고개를 세차게 내저으며) 아니, 그것은 안 될 일이지. 절대로! 절대로! (그는 한 번 더 머리를 젓고 그런 자신을 누구에게 증명이라도 하려는 듯 급히 상사의 시신으로 달려들어 어느 때보다 심하게 절뚝거리는 몸짓으로 그를 무덤으로 옮겨놓고 돌멩이를 얹어 덮어버린다. 하고 나니 뭔가 조금 위안이 되는 듯) 빌어먹을 인간…… 나를 용서할 테니 부끄러워하지 말라고? 혼자가 될 테니 부끄럼이 없을 거라구? 어림없는 소리…… 어리석은 인간…… (하다가 비로소 머릿속 생각이 분명해져오는 듯) 그래…… 이제 나를 상대해줄 인간은 끝났어. 그렇다면…… (자신을 가지고 단정하듯) 그렇다면 이제 상대는 분명해진 거지. 이 무대를 꾸며놓았다는 작자…… 아직도 이 노릇을 계속 시키고 싶어 하는 작자…… 아직도 끝내 막을 내려주지 않고 있는 작자, 그 작자가 직접 나서줘야지. 그리고 손수 연극을 끝내고 나의 죽음도 책임을 져줘야지. (대화를 하듯 천천히 허공을 향해) ……자, 그럼 이제 사정은 이쯤 분명해진 거요. 이 짓을 끝내자면 이젠 어차피 당신이 직접 나서줘야겠단 말이오. 당신도 보다시피 이젠 다른 상대가 없으니 말이오. (잠시 기다리다가 목소리에 차츰 노기를 띠며) 아니 왜 아직도 대답이 없는 거요? 아직도 직성이 덜 풀렸단 말이오? 일이 이쯤 되었으면 이젠 당신이 무슨 방책을 좀 내놔보아야 할 차례가 아니오.

(목소리 차츰 절망적인 울부짖음으로 변해간다) 아무리 세상이

당신 맘대로라지만, 일판을 여기까지 벌여놓았으면 이젠
당신도 무슨 마무릴 지어야 할 거 아니오. 무슨 책임을 좀
져줘야 할 거 아니오. 그런데 왜 대답이 없는 거요? 대답을
안 하고 있는 거요, 못 하고 있는 거요? 겁쟁이처럼 끝내
책임을 안 지겠다는 거요, 뭐요? (목소리 다시 애원조로 바뀌
며) 이젠 제발…… 좀 끝을 내주시오. 끝을 내게 나서달란
말이오. 이건 정말 나 혼자서는 감당할 수가 없는 일이오.
제발 이렇게 애원을 합니다. 많은 걸 부탁하고 있는 게 아
니오. 그저 차례를…… 주검 따위를 남기지 않아도 좋으니
이젠 그만 나의 차례를 가게 해달라는 것뿐이오. 제발 그
나의 차례를, 힘이 있다면…… 당신에게 정말로 능력이 있
다면…… (엎드려 흐느낀다)

그 흐느낌 속에 무대가 차츰 어두워진다.

제3막 제2장

실제 공연 시, 극의 무대 효과를 고려하여 이 장 대사들은 양과 길이를
적당히 취사한다.

잠시 후
무대가 밝아지면,

허공에 떠 있는 듯한 바위 꼭대기 위에 호아가 객석을 내려다보고 쪼
그려 앉아 있다.

그의 모습이나 거동새는 머리가 돌아버린 사람처럼 때로는 우스꽝스
럽고 때로는 터무니없이 진지하다.

그의 옷차림새도 애써 위엄을 갖추고 싶어 한 흔적이 엿보이지만 그것
이 오히려 희극적이다.

그러나 그런 희극적인 느낌은 극의 진행에 따라 차츰 장중한 비극미로
바뀌어나간다.

호아 (허공을 향해 히죽히죽 웃으면서 말하기 시작한다. 그는 전면의 허
공을 향해 말하고 있지만, 그것은 곧 객석을 향한 대사가 되기도 한
다) 내 결국은 이렇게 됐수다. 보시다시피 내가 이렇게 추
어(Chúa) 님이 되시고 만 거란 말이오. 아, 당신들 말로는
그 신이라는 거 있지 않소. 당신들이 흔히 하느님이나 부
처님이라고 부르는 거룩한 분들 말이오. 말하자면 이 몸이
바로 그 신이 되신 거란 말이외다. (뽐내려가다 짐짓 겸양스런
태도로) 하지만 내가 이렇게 된 걸 가지고 주제넘은 짓이라
고 너무 허물들은 마시오. 난들 뭐 이렇게 되고 싶어서 되
어진 것은 아니니까. 아시다시피 내게는 그 죽음의 차례가
없었질 않았소. 주검을 남기지 말아야 한다는 어려운 차례
밖에는 말이오…… 아니, 그렇다고 내가 뭐 상사님이 설
명한 그 연극 놀음이나 죽음의 숫자들을 이리저리 바꿔놓
는 수수께끼놀음의 뜻을 모두 알아들어서 하는 소리는 아

니오. 아시다시피 상사님의 말은 잘 알아들을 수가 없었지만, 그땐 그 상사님이 워낙 열심인데 감복하여 어물어물 제법 알아들은 척을 해 보였던 게 아니겠소. 그래, 기왕 죽어갈 사람, 살아 있는 사람의 인정으로 마음이나 편하게 죽어가라고 거짓 맹세까지 해보였던 것이고 말이오. 한데 막상 상사님이 가고 나니 사정이 정작 이리 되고 말았지 뭡니까…… 글쎄, 혼자서야 어떻게 시신을 남기지 않고 죽어갈 요술을 부려볼 재주가 있어야지요. 내게 그런 부탁을 남긴 상사님조차도 아예 속수무책이었던 판국에 말이오…… 그래 난 혼자서 곰곰 궁리를 했어요. 그리고 지혜를 짜낸 것이 결국 이 길뿐이었지요. 말하자면 헐수할수가 없어 어쩔 수 없이 이렇게 되고 말았다는 말씀이외다. 추어가 되고 보면 죽음만은 남기는 일이 없을 거니까 말이외다. 신의 시체라는 말 들어보았소? 아마 없을 게요. 추어 님이 죽는다는 것도 우스운 노릇이지만, 설사 추어 님이 죽는 일이 생긴다 하더라도 그 추어 님이 주검을 남기는 일만은 없을 거 아니겠소. 그래, 이 섬에 내가 흔적을 남기지 않고 감쪽같이 사라져 없어지는 방법은 아무래도 이 방법뿐이더라구요…… 한데…… (자세를 다시 고쳐 앉으며) 한데 말씀이오. 일단 이렇게 추어 님이 되고 보니 그것도 미상불 기분은 괜찮구만요. 내가 사람이었을 땐 그토록 저주스럽고 원망이 많았던 이 추어 님이신데…… 아니, 사실은 그 때문에 지금은 기분이 더욱 좋은 건지도 모르지요. 그래, 내가 당신들처럼 힘없고 가련한 인간이었을 때 난 얼마나 추어 님에 대한 원망이 많았었소. 내가 만약 추어 님이시라면, 내가 만약 추어 님이 될 수 있다면…… 그땐 얼마나 하고 싶은 일이 많았었소…… 무엇보다도 그 지긋지긋한 연극 놀음을 얼마나 애타게 끝내고 싶어 했었느냔 말이오…… 한데 보시다시피 나는 이제 바로 그 추어 님이 되셨단 말이오. (다시 자세를 조금 가다듬고 앉으며) ……하지만 ……내 미리 말하지만, 그렇다고 내게 너무 기대들은 않는 게 좋을게요. (단호하게) 쓸데없는 기대들은 않는 게 좋아요…… 난 방금사 추어가 되어온 인간이오. 추어가 되었다 하여 이것저것 함부로 능력을 행사할 처지가 못 된단 말이오. 아직은 능력을 부릴 요령을 익히지도 못했거니와 추어에게도 체면이라는 게 있는 법일 테니 말이오…… 이렇게 추어가 되기는 했지만, 난 그래도 실상 많은 것을 바라고 있지 않아요. 나는 그저 이렇게 나의 죽음 차례를 찾아낼 수 있는 것으로 만족하려 하고 있어요. 그래서 그 지긋지긋한 연극 놀음을 끝낼 수만 있었다면 그 밖에 주제넘게 무엇을 더 바라야 하겠소…… (이때 멀리서 우룽우룽 뇌성 소리, 호아, 말을 하다 말고 문득 그 소리에 귀를 기울이다가) 아니 이거 하필 이런 때 낮 소나기가 지나갈 참인가, (추어가 된 자신을 깜빡 잊어먹은 듯 가만있자) 그럼 우선 식수부터 좀 받아둬야 하나? (주섬주섬 옷가지를 벗어 비를 맞을 채비를 서두르다가 이내 다시 자신이 추어가 된 것을 깨닫고는, 쑥스러워하며) 아니, 이건 공연한 짓이로군

그래. 난 이제 추어 님이 아닌가 말이여. 식수 따위가 무슨
소용이 있어…… 뭘 알아야 면장질을 한다구. 이게 도대
체 무슨 망발이람. (그는 절뚝절뚝 다시 바위 위로 돌아와 옷매
무새를 처음대로 고쳐 입고 나서) 보아요. 난 어차피 별수가 없
어요. 그래 난 이렇게 내 죽음의 차례를 찾은 걸로 만족을
해야 할 처지라니까요. 그래 나도 이젠 그것으로 이쯤에서
이 지긋지긋한 신파극 놀음을 끝내야겠어요. 하지만 한 가
지…… 이 연극 놀음 아주 끝내기 전엔 한 가지 마지막 다
짐을 드리고서 말이오.
(새삼 높다랗게 자세를 높여 일어서며 제법 엄숙하게. 이후 대사의
진행에 따라 무대 뒤의 뇌성 소리 점차 가까워지며 조명이 어두워
지다가 마침내는 호아의 모습에만 머물러 남는다) 다짐이라는 건
그러니까 다른 것이 아니오. 그것은 말하자면…… 지금 내
가 진정 이토록 외람스럽게도 하늘의 추어가 되어갈 수밖
에 없었던 사연과도 깊이 상관이 있는 것인데, 난 워낙 셈
이 어두워서 상사님처럼 숫자를 이리저리 따져가며 말을
할 수는 없는 일이지만, 그런 숫자놀음 속을 모르더라도 공
연한 약속으로 제 죽음의 차례에 그토록 애를 먹고 나니 나
도 이제는 그 죽음의 차례를 지키고 그 혼령들을 빠짐없이
증거하는 일이 얼마나 어렵고 중요한 일인가를 웬만큼은
짐작할 수가 있게 되었더란 말입니다. 하긴 내 아무리 사리
와 말귀가 어두운 사람이기로 그만 이치와 도리쯤 어찌 그
런 나의 고난만을 빌어서 비로소 깨닫게 되었으리오만 말

이오. (이때 우렛소리 점점 더 가까워지고 무대 조명도 갈수록 어두워진다. 그러나 호아에 대한 부분 조명은 그만큼 강해진다. 호아, 잠시 우렛소리에 귀를 기울이다가, 그 우렛소리를 이기려는 듯 목소리를 좀더 돋우어) 이건 마치 무슨 재촉질 같구료. 하긴 나도 이젠 이쯤에서 그만 서둘러 끝장을 내야 할까 봅니다.

하지만 가만있자. (잠시 말을 끊었다가) 내 다짐이라는 걸 아직 말하지 않았었지…… 그래요. 그럼 이제 마지막으로 그걸 마저 말하도록 합시다. (다시 서두르는 어조로) 다른 것이 아니에요. 그건 내가 추어가 되어 하늘로 올라가 추어로서 내가 하려는 일에 대한 것이오. 하긴 그것도 뭐 별것은 아니오. 아까 미리 큰 기대들은 마시라고 했지만, 나 같은 신참 추어의 주제에 노릇은 무슨 대단한 노릇을 해내겠소. 나는 그저 추어가 되어가선 당신들 사람의 혼령 수들이나 세고 지낼 참이오. 시시하고 보잘것없는 노릇이지요. 하지만 나는 그걸로 만족하고 결코 부끄러워하지 않을 거요. (차츰 연설조로 바뀌며) 요즘 추어 님들은 아닌 게 아니라 너무 나이들이 드셔서 그런지, 아니면 손이 너무 커져서 무슨 다른 큰일들이 많아서 그러신지, 시시한 사람들의 죽음 따위엔 너무들 관심들이 없는 형편 아니오. 그것도 위대한 추어 님들에겐 그리 대수로운 일이 아닐는지 모르지요. 하지만 난 아시다시피 숫자 좋아한 상사 님이나 당신들 같은 인간살이의 경험이 있어, 그 추어 님들이 무관심하게 흘려버린 작은 일들이 힘없고 무지한 인간들에게는 얼마나 고통스럽고 무서운 재앙이 될 수 있는가를 알고 있소. 저 죽음의 숫자에 고삐가 풀려버린 땅의 참극은 당신들도 이미 익히 알고 있는 일이오. 그래 우리들은 그 추어들을 원망하고, 마침내는 그 무능과 무관심을 저주하기까지 하였지요. 하기야 인간 세상에서 몹쓸 인간들의 잘못으로 저질러진 횡액이나 불상사들을 모두 그 추어 님들의 허물로 치부하고 원망을 하려 드는 것은 애초에 그 인간들의 어리석음 탓인지도 모르지요. 하지만 이런 때 이렇게 말하고 싶은 것이 바로 그처럼 어리석고 힘이 없는 인간들의 일이 아니오. 그리고 그런 인간들을 불쌍히 여기고 알은체를 하여서 자신의 사랑과 정의를 알게 하는 것이 위대한 추어들의 도리일 테고 말이오.

그래, 나는 사람으로 태어나서 추어가 되어간 분수를 생각해서 다른 추어들이 둔감하게 지나치고 있는 이 작은 일, 당신들 인간들의 죽음을 하나하나 세어나가는 추어가 되기로 작정을 한 것이오. 그래서 이제는 그 우스꽝스러운 떼죽음 같은 것이 없게 하고, 그 죽음의 혼령들에게나마 하나하나 차례와 이름을 주어서 자기 주검조차 남길 수가 없어 애꿎은 추어들이나 원망하면서 구천의 허공을 떠돌아다니는 가엾은 영혼이 없게 말이오. 인간은 적어도 제 죽음의 차례라도 찾아 죽을 수가 있어야 인간인 것이오. 나는 바로 그 인간들이 인간으로 죽을 수 있게 해주는 추어가 되려는 것이오…… 이게 내가 새로운 추어로서 당신들 인간들에게 스스로 다짐을 드려두고 싶었던 것이오. 세상만사 무엇이나 제 뜻대로 경영할 수 있는 추어의 길이라면 마땅히 그만한 사랑이나 책임은 있어야 할 거 아니겠소. 내가 진정 지금 이대로 새로운 추어가 되어간다면 말이오.

이때 우렛소리 갑자기 커지며,
무서운 번갯불이 몇 차례 무대를 밝히고 지나간다.
그 번갯불의 하나가 마침내 호아에게로 떨어져, 그를 바위 위로 쓰러뜨려 눕힌다.
잠시 어둠이 깃들었다가,
한두 차례 다시 우렛소리와 번갯불이 무대를 채우며 바위 위에 늘어진 호아의 주검을 비춰주는 가운데,
천천히 막이 내린다.

(『현대문학』 1982년 8월)

훈풍(薰風)

1

　이주민(移住民), 이주민네, 이주민 집― 이곳 갯머리 마을 30여 가호 사람들은 어른아이 할 것 없이 우리 집 식구나 우리 집과 상관된 일을 말할 때는 언제나 그 '이주민' 호칭을 앞머리에 얹었다. 이주민은 아버지를, 이주민네는 어머니를 각각 가리켰고, 나는 이주민네 머슴아였다. 내 이름이 불리거나 식구들의 호칭에 그것이 이용된 적은 거의 없었다.

　그것은 이미 총각 소리를 들을 만한 내 나이 때문이 아니라 이주 당시부터의 마을 사람들의 버릇이었다. 뿐더러 어쩌다 기분이 언짢은 일이라도 거론될 때는 그 호칭들이 바로 이주민 녀석이나 이주민 여편네, 또는 이주민 집 새끼로 비하되어버리기가 예사였다.

— 이주민 녀석 그놈, 오늘 장바닥에서 보니 혼자 얼굴이 벌게 가지고 돌아댕기든디…… 쓴 입주 한잔 권해오는 법이 없이, 그래 남의 고을에 떠들어와 얹혀 사는 생판 외지 놈이 어디서 함부로 네 활개를 휘젓고 다녀!

— 이주민 여편넨 글씨 품앗이라는 걸 모르고 살아온 여편네 같여. 봄갈로는 서로 울력 삼아 일손을 보태고 사는 것이 우리 농촌살인디, 허구한 날 혼자 그놈의 코딱지만 한 산채전 구석에만 엎어져 지내니.

그러나 아버지는 아닌 게 아니라 외지 유입의 이주민답게 그런 마을 사람들의 이런저런 텃세를 고스란히 참 잘 참아 넘겼다. 그만한 텃세나 수모쯤 이미 단단히 각오를 한 사람처럼 묵묵히 자기 일에만 열중하고 지냈다.

이주 보상 대책으로 당국에서 배당받은 15평짜리 새마을주택 한 채와 1,200평 여섯 마지기 집 앞 간척답 한 필지를 그나마 소중스런 정착 근거지로 알뜰살뜰 관리, 단속해나갔다. 여섯 마지기 간척답은 이주 이듬해인 1978년 봄부터 볏모를 꽂았을 만큼 누구보다 일찍 손질을 끝냈고, 생 시멘트 냄새가 밴 집안은 이주 당년에 아버지가 옛 고향 집에서 애써 파 싣고 와서 여기저기 심어놓은 화초와 과수 들에 어느새 제법 새 가지와 잎들이 어우러지고 있어서 그런대로 안정감을 찾아가고 있었다.

아버지는 그 외에도 집 뒤쪽의 쓸모없는 산비탈 일부를 사들여 채전을 일구고 그 나머지 땅에는 집안을 채우고 임시 가식(假植)을 해둔 여분의 과목과 꽃나무들을 정성들여 차근차근 심어나가고 있었다. 터가 넓은 옛 고향 집에는 과목과 관상수와 약화초(藥花草) 들이 유난히 많았었는데, 키가 큰 배나무나 감나무 살구나무 들처럼 옮겨 심기 어려운 몇 가지를 제외하고 아버지는 대개 이식이 가능한 어린 화초목들, 이를테면 산앵두, 홍매화, 골담초 같은 약화초목류와 모과, 매실, 비자나무 같은 보잘것도 없는 과목류들까지도 이곳으로 욕심껏 파 실어온 것이었다.

그리고 그것을 집 안과 산밭에다 정성스레 다시 심어나간 것이었다. 그리고 아버지는 그것도 모자라서 물속으로 잠겨 들어간 그 고향 동네의 감밭과 밤산까지 재현하려는 듯 신품종 감나무와 밤나무 묘목들을 새로 사 들여다 뒷산을 온통 새 과원으로 일궈 나가고 있었다.

아버지는 그렇게 경상도와 전라도를 이웃해 넘나들던 그 옛 고향 수몰 마을 집을 이 남해안 간척지 들녘가로 고스란히 그대로 옮겨오기라도 하듯이 주위를 꾸미면서, 그 지리산 줄기의 옛집에 대해서는 한마디 회상의 말씀조차 없었다.

그리고 그렇게 마을 사람들의 수모와 홀대를 죽어 지내듯 묵묵히 견디면서, 그러나 될수록 토박이 이웃들의 웅크린 비위통은 건드리지 않으려 꾸벅꾸벅 인사와 부드러운 웃음기를 아끼지 않으면서 그럭저럭 새 삶의 뿌리를 내려가고 있었다. 이주 당년에 고향 마을을 함께 떠나온 세 가구 중에서 두 가구가 결국 가대 일체를 정리하여 갯머리를 다시 떠나고 나서도 아버지는 그 옛 고향 일을 까맣게 잊은 채 이곳을 기어코 새로운 고향으로 꾸며낼 결심인 듯 산밭 일구는 일에만 그저 열심이었다. 이주 3년째가 되던 해의 추석 무렵, 그 무참스런 폭행 사건이 벌어지기까지는 적어도 그랬었다.

그런데 그 몹쓸 불상사가 생겼다. 몹쓸 사건이란 다른 게 아니었다. 우리가 고향 고을을 뜨고 나니 한동안 친정 나들이가 어렵던 하동 고을 누님이 3년 만에 모처럼 추석 차례를 겸하여 아버지를 뵈러 오겠다는 연락이 왔었다. 그 무렵 나는 면소 지서에서 방위병 근무를 치르던 중이었으므로, 차에서 내린 누님을 만나 10여 리 갯머리 길을 걸어 들어오던 참이었다.

산기슭을 절반쯤 돌아오다 보니, 같은 길을 앞서가던 내 나이 또래의 젊은 녀석들이 술에 취해 걸음을 비틀거리고 있었다. 어울리는 일이 그리 많지가 않았지만, 갯머리 마을에선 그나마 낯이 익지 않은 얼굴들이었다. 손에 선물 꾸러미를 하나씩 챙겨들고 낮술까지 거나하게 걸친 행색들이 도회 살이를 나갔다가 추석 차례를 보러 오는 같은 마을의 어느 집 아이들인 것 같았다. 하지만 나로서는 그들이 누군지를 알아볼 수가 없었다. 술기까지 거나해 보여 모른 척 슬그머니 길을 앞질러가려 하였다. 한데 그 노릇이 무사하질 못했다.

"야, 거 그림이 좀 안 좋구나. 새파란 새끼가 까이 하난 제법 닮은 걸 달고 가네그래."

길을 앞지르고 나자 뒤에서 대뜸 시비가 쫓아왔다. 몰라서 그러는지 부러 그러는지, 앳돼 보이는 누님의 청바지 차림새에 나의 동행을 눈꼴시어 하는 소리였다. 나는 모른 척 그냥 길을 계속해 가려 하였다. 그러자 이번에 더 험악한 소리가 다시 뒷덜미를 낚아채왔다.

"야, 이 × 같은 새끼야! 사람의 말이 말 같지가 않어? 아는 첼했으면 무슨 대꾸가 있어얄 것 아녀! 너들 여기 좀 돌아다보지 못해?"

더는 참고 모른 척할 수가 없었다.

"거, 형씨들 말씨 좀 삼가쇼!"

나는 순간 참으라는 누님의 손길을 뿌리치고 돌아서며 점잖고 힘있게 한마디를 내뱉었다. 여차하면 한판 맞붙어버릴 심산이었다. 한데 돌아서며 말을 뱉고 보니 녀석들의 형세는 예상보다도 훨씬 더 험상궂었다.

"히히…… 이것 좀 보라구!"

한 녀석은 그새 바지 앞자락에서 시꺼먼 걸 꺼내들고 오줌을 질질 싸갈기며 히히대고 있었고, 체구가 좀더 큰 다른 한 녀석은 속이 근질근질하던 판에 너 잘 걸렸다는 듯 어정어정 이쪽으로 발걸음을 쳐오며 여유만만하게 씨부려대고 있었다.

"오호, 너 이새끼……!"

2

"이 새꺄. 깔치가 괜찮다고 칭찬해줬으면 고맙다는 인사나 하고 곱게 돌아갈 일이지 째리긴 어디서 째리고 돌아서! 그래, 그동안 어디서 굴러먹다 들어온 똥강이 빽다구길래 버르장머리가 그따우냔 말엿!"

그날 싸움판은 그렇게 해서 시작된 것이었다. 아무리 그토록 욕설이 심했기로 손찌검만 먼저 올라오지 않았으면 개싸움판까지는 가지 않았을지도 모른다. 한데 기세등등 욕설을 씨부리며 다가오던 녀석이 다짜고짜 먼저 명치께를 주먹으로 힘껏 내질러 왔다.

나는 더 이상 참을 수가 없었다. 낯선 고을의 이주민살이라고 목소리 한번 크게 내어보지 못하고 반벙어리처럼 지내오신 아버지가 떠올랐다.

그 바람에 자신까지 누구 앞에서나 조심조심 죽어 지내온 몇 년간이었다. 거기다 이번에는 모처럼 새 친정 동네를 찾아오는 누님의 앞이었다. 그 누님 앞에서 누군지도 모르는 술주정뱅이들에게 노상 봉변을 당하고 있을 수가 없었다. 그 누님에게까지 타향살이의 서글픈 처지를 보여주기가 싫었다.

나는 잠시 호흡이 정지당한 듯한 아픔을 참느라 허리를 앞으로 꺾고 엎드렸다가 그길로 벌떡 상체를 일으키며 녀석의 면상을 들이받아버렸다.

이내 둘은 몸이 한데 맞붙어 땅바닥 위를 나뒹굴기 시작했고, 뒤이어 녀석의 한패거리와 사람 살리라는 누님의 외침 소리가 두 사람 위로 뒤엉켜 들어왔다.

싸움의 결과는 불문가지였다. 나는 이내 정신을 잃고 늘어졌고, 다시 의식이 돌아왔을 때는 이마에 물수건을 얹어놓고 넋을 놓은 채 곁에 앉아 있는 누님뿐이었다. 녀석들은 이미 선물 꾸러미를 챙겨 들고 갯머리 쪽 길로 사라져간 뒤였다.

녀석들도 사지가 성해 가진 못했겠지만, 정신까지 잃고 쓰러진 나의 몰골은 말이 아니었다. 눈두덩이 멍들고 입술이 터지고 무엇보다 옆구리 한쪽이 결려서 숨조차 제대로 쉴 수가 없었다. 하지만 그날 싸움의 분통스러움은 그런 육신의 상처에서 끝난 것이 아니었다.

아픈 몸을 누님에게 의지하여 집으로 돌아오니, 아버지는 나의 다친 몸보다 그런 수모를 꾹꾹 견뎌나가야 하는 이주민의 처지 자체를 더 마음 아파하였다. 알고 보니 녀석들은 다른 이웃 마을이 아닌 바로 갯머리 토박이내기들이었다.

하나는 이장 강씨네 아들이었고 다른 하나는 농장 수로 관리인 천씨네 아들이었다. 두 녀석 다 서울로 공장살이를 나갔다가 추석 차례를 보러 오던 길이랬다. 아버지는 그게 더욱 마음에 걸려 하시는 것 같았다. 이쪽에서 먼저 풀어 없애야 하는 처지가 당신의 진짜 아픔이었던 것 같았다.

"사괄 하러 가야겠다. 너는 꼴이 그 모양이니 몸조섭이나 좀 하고 나서 당사자들을 찾아가보도록 하고, 오늘은 내가 우선 그 부모들이라도 만나보고 와야겠다."

말없이 그저 아픔을 속으로 삭이고 앉아 있던 아버지가 끝내 먼저 아들을 위한 사죄행을 나서려 하였다. 나는 물론 그 아버지를 가로막고 나섰다.

"사과를 하려면 저쪽 녀석들이 먼저여야지요. 우린 잘못한 거 아무것도 없어요."

그쪽에서 먼저 못된 시비를 걸어온 싸움의 경위가 그랬고, 정신을 잃고 쓰러지기까지 한 상처의 정도 또한 그러하였다. 자초지종을 모두 지켜본 누님도 물론 내 말이 옳다고 아버지를 말렸다. 그러나 아버지는 그러는 우리들을 조용히 나무라셨다.

"이건 잘잘못을 따질 일이 아니다. 이 애비가 잘잘못을 따질 줄 몰라 이러는 줄 아느냐."

아버지는 그러고 나서 끝내 이장네와 천씨네로 나를 대신한 그 당찮은 사죄행을 다녀오셨다. 그리고 그것으로 그 일에 대해선 더 이상 아무런 말씀도 없었다. 이장과 천씨네에게 어떤 말로 어떻게 양해를 구했으며, 그쪽에선 어떤 응대를 해왔는지, 가부간에 한마디 말씀이 없으셨다.

한데 그날의 경위야 어찌 됐든, 아버지는 그 묵묵한 침묵 속에 뜻밖의 큰 아픔을 혼자 쓰다듬고 계셨던 모양이었다.

다음 날 아침, 그러니까 그건 바로 추석 전날이었는데, 아버지는 느닷없이 지리산 줄기의 그 옛 고향 마을을 좀 다녀오시겠다며 아침 일찍 길을 나서시는 것이었다. 마을이 이미 물에 잠기고 없는데 고향 동넨 무슨 고향 동네냐는 어머니의 시답잖은 푸념에, 마을은 물에 잠겨 들어가고 없더라도 부모님 무덤이 아직 그곳에 남아 계시니 대명절을 당해 거기라도 한번 찾아뵙고 오겠노라 부득부득 먼 길을 나서버린 것이었다.

이주를 해온 지 근 3년 동안 고향 쪽 이야기는 입에조차 한번 안 올려온 아버지였다. 이주 몇 해 전에 해를 이어 돌아가신 할머니와 할아버지 두 분 산소가 반 넘어나 물에 잠겨 들어간 마을 뒤켠의 밤산 위쪽에 아직도 무사히 모셔져 있는 건 사실이었다. 하지만 그 역시 그간에 몇 차례나 대명절을 넘기면서도 벌초 한번 걱정을 안 해오시던 아버지였다.

그런데 그 아버지가 올해사말고 추석 명절과 돌아가신 분들의 성묘를 핑계 삼아 느닷없는 고향길을 나서신 것이었다. 아버지의 구실이야 어찌 되었든, 그날의 싸움과 그 싸움으로 인한 당신의 아픔이 그동안 이주민으로 참고 참아왔던 당신의 심회를 물속에 잃어버린 그 고향 마을 쪽으로 이끌고 나섰던 게 분명해 보였다.

그리고 그 첫 번 성묫길을 계기로 아버지는 마침내 한동안 아주 머릿속에서 까맣게 지워버린 것처럼 보였던 그 물속 고향 동네로의 새로운 나들이를 시작한 것이었다.

아버지는 그러니까 그해 추석부터 나의 엉뚱한 싸움질이 계기가 되어 물속 고향 동네로의 나들이 발길이 다시 트이게 된 셈이었는데, 곰곰이 돌이켜보면 아버지는 그 첫 번 나들이에서 이미 그리 될 기미가 역력히 드러나기 시작하고 있었던 것이다.

모든 걸 참으면서 새 이주지에 새로운 삶의 뿌리를 내리려던 그간의 노력이 그 한 번의 고향 마을 나들이로 그토록 쉽게 무너져내리기 시작한 거라고 할까. 아버지는 그날 아침 집을 나서면서 약속을 하신 대로 당일로 다시 일을 끝내고 길을 돌아오셨다. 그리고 밤늦도록 차롓상을 준비하시며, 아버지는 진정 먼 성묫길을 다녀오신 분답게 한동안은 그저 할아버지 생전의 범상찮은 일화와 추억담들에만 젖어들고 있었다.

3

─그 어른은 참 대단한 거인이셨지. 그건 당신의 우람스런 풍모만을 두고 하는 말이 아니다. 그 어른은 세상을 살아가시는 방법도 놀랍게 대범스럽고 호방하셨으니까. 당신의 그런 거인다운 대범성과 호방스러움은 어떻게 보면 퍽 둔감스런 느낌마저 들 때가 있었는데, 이를테면 그 두주불사의 주벽에 얽힌 일화들이 그런 거다.

한번은 너희 할머니께서 네 홉들이 빈 맥주병에다 석유를 사다 마루 끝에 놓아두셨는데, 아 글쎄 아침 들일에서 돌아오신 그 어른이 그걸 소주병인 줄 잘못 아시고 단숨에 냉큼 들이마셔버리셨더란다. 할머니께서 부엌에서 나와보니 금방 사다 놓은 기름병이 비어 있는데도 당신은 정작 아무 일도 없었던 양 태연히 시치밀 떼고 계시더라지 뭐냐. 할머니가 오히려 기겁을 하고 놀라서 야단이셨으나 당신은 그저 뒷간 길 두어 번으로 별반 탈이 없이 해가 넘어가더라는 게야.

뒷날 할머니께서 그게 정말 기름인 줄을 모르고 병을 다 비우셨느냐니까 그 어른 말씀이, 글쎄 처음엔 술인 줄만 알고 단숨에 병을 비우고 입을 떼는데 그때서야 코끝에서 석유 냄새가 어렴풋이 스치는 게 아닌가…… 그러고는 껄껄 웃고 마시더란다. 할아버지는 대개 그런 어른이셨더니라……

할아버지의 거인다운 풍격에 대한 아버지의 회고담은 그런 술이야기 외에도 여러 가지 일화가 더 이어져나갔다.

어느 해 여름엔 비가 갠 끝에 고구마 순을 캐다 밭에 심고 오시랬더니 할아버지는 웬 심술이 나셨던지 긴 고구마 덩굴들을 작두에다 썩썩 잘라 지고 나가셔선, 그걸 밭에다 흩뿌려놓은 다음 쟁기질로 대강대강 밭고랑을 갈아 덮고 돌아오신 일까지 있으셨다 하셨다. 또 한번은 당신의 한창 젊었을 적 일화로, 동네 친구분들과 이웃 마을로 수박 서리를 갔다 온 일이 있었는데, 어둠 속에서 각자 수박 한 통씩을 따 안고 돌아와 동네 어귀에서 각자 자기 몫의 수박을 처분하고 일어설 때였다.

할아버지는 웬일인지 이날사말고 일행 중에서 맨 나중에야 당신 몫의 수박을 처분하고 나서는, 당신이 먹고 난 수박덩이의 꼭지를 곁엣사람에게 건네며 물어오시더랬다. —내 수박 꼭지는 어째 이리 굵은고? 알고 보니 그건 수박 꼭지가 아니라 어른의 손가락보다도 크기가 굵은 멀쩡한 호박 꼭지더라는 것이었다. 할아버지는 이를테면 어둠 속에서 큼지막한 생호박 한 통을 다 파잡수신 꼴이셨는데, 그러나 할아버지는 그걸 아시고도 대범하게 한마디로 넘어가고 마시더라는 것이었다. —아 글씨, 덩어리는 큰데 단맛은 어쩐지 덜하더라 싶더라니……

할아버지는 그러니까 그 당신의 기이한 마지막까지도 가장 할아버지다웠다고 말할 수 있었다. 그것은 아주 몇 해 전 일이라 내게도 기억이 생생한 일인데, 할아버지는 그해 겨울 어느 추운 날 이웃 동네의 잔칫집에서 취기가 몹시 과해 돌아오셨다. 그런데 그때는 할머니가 이미 안 계신 때여서 추운 날씨 속에 술이 취해 혼자 주무실 할아버지를 위하여 아버지가 너무 아궁이 단속을 심하게 해드린 것이 화근이었다.

거기다 아버지는 할아버지가 평소에도 한번 잠이 드시면 무슨 변이 있어도 아침까지 몸 한번 들썩이는 일이 없이 나락 같은 숙면에 빠져버리시는, 거인풍의 먹잠버릇을 깜박 저버리고 당신의 정성만 과한 것이 오히려 천추의 불효를 낳고 만 것이었다.

다음 날 아침, 할아버지는 평소보다도 유난히 기침이 늦으셨다. 기다리다 못해 문을 열고 들어가보니, 할아버지는 역시 여느 때 한가지로 천장을 향해 몸을 반듯이 하고 누워 계셨다.

하지만 어딘지 당신의 얼굴에는 의식이 비몽사몽간을 헤매고 계신 듯 고통스런 표정이 떠올라 있었다. 아버지가 그 할아버지의 상체를 안아 일으키다 말고 얼굴색이 하얗게 변했다. 할아버지는 등짝이나 엉덩이 살들이, 방바닥에 살이 닿은 곳이면 어디라 할 것 없이, 심지어 종아리나 발뒤꿈치까지도 모조리 벌겋게 타 익어 있었던 것이다. 그리고 할아버지는 그 불가사의한 온돌방 화상의 신화를 남기고 며칠 만에 세상을 뜨고 마신 것이었다.

"내 부주의는 세상이 백번 바뀌어도 용서받을 수 없는 일이지만, 그런 당신의 마지막 역시도 사람들과는 다른 거인다운 무엇이 엿보이지 않았더냐."

아버지는 자신의 과실을 죄스러워하면서도 그런 할아버지의 마지막까지를 거인의 풍격으로 지니고 싶어 하셨다. 지금에 와서 그 일에 대한 나의 솔직한 느낌을 말한다면, 그건 할아버지의 거인다운 풍격이나 호방성보다는 아버지도 처음에 말씀하셨듯이 오히려 당신의 지나치게 무딘 둔감성의 결과처럼 보이는데도 말이다.

하지만 그건 어쨌거나 상관없는 일이다. 중요한 건 그보다 할아버지의 그 거인풍의 대범성이나 둔감성 뒤에는 뜻밖의 자상하고 과람스런 식재(植栽) 취미가 은밀히 간직되고 있었다는 점이었다.

할아버지로 시작된 이날 밤 아버지의 촉촉한 회고담은 예상대로 결국 고향 집 추억으로까지 젖어들어갔는데, 아버지의 그런 고향 집 추억은 할아버지의 그 식재 취미와 당신이 평생 동안 집 안팎을 꾸며놓은 수많은 과목과 관상수들을 통해서였다.

감나무 배나무 살구 무화과, 대추 후박나무 백일홍 비자, 앵두 매화 산작약 치자 도라지 더덕…… 할아버지는 그저 손에 닿는 대로 갖가지 과수와 약화초목들을 집 안팎 가득 파 옮겨다 심어놓고 그것들을 정성스레 돌봐오셨는데, 그래서 우리 집은 꽃이 피는 봄철이나 열매가 익는 가을철이나 계절들의 빛깔이 유난스레 요란했다.

마을과 집이 물에 잠겨들기 전에 아버지가 애써 그 나무들을 이곳까지 파 옮겨온 것도 아마 할아버지의 삶과 관련된 그 나무들의 각별한 사연과 추억 때문이었으리라.

한데 아버지는 고목이 다 된 과수들을 제외한 대부분의 나무들을 파 옮겨 오고서도 아직 그 고향 집에 마음의 한 조각이 은밀히 머물러 남아 있었던 것일까.

"그 어른이 돌아가시고 나서고 나는 계속 그 나무들에서 당신의 숨결을 느끼며 살아왔었지. 당신과 함께 살아온 세월, 비록 당신은 돌아가셨다 하더라도 그 나무들에선 변함없는 어떤 세월의 뿌리, 흔들림 없는 힘찬 삶의 뿌리 같은 걸 느낄 수 있었으니까……"

그날 밤 할아버지와 고향 집에 대한 아버지의 회고담은 그쯤에서 일단 마무리가 지어졌다. 하지만 아버지는 그것으로 이미 고향 나들이 발길이 다시 열려버린 셈이었다.

4

그러나 나는 그때까지도 아직 고향 마을에 대한 아버지의 심회가 얼마나 깊은 것인지를 똑똑히 모르고 있었다. 아버지는 다만 그날 하루뿐 고향 쪽 이야기에는 다시 입을 떼지 않았기 때문이었다.

아버지는 마치 그 한번의 고향 나들이에서 쌓이고 쌓은 원망들을 풀어버리고 새로운 삶의 힘을 얻어 돌아온 듯 꿋꿋하게 다시 허리를 펴고 일어서신 것이었다. 뒤늦게 볏논의 가을걷이를 서두르고, 집안과 뒷산 밭 과수 약초목들의 겨우살이를 보살피고……

그동안 이곳에 새 삶의 터전을 마련하고 마음의 뿌리를 내리려 애써온 전날의 노력을 다시 시작하신 것이었다. 추석 때의 일들은 어느새 기억에서조차 지워버리신 것 같았다. 그런데 실상은 그게 아니었다.

이듬해 봄이었다. 4월로 들어서 못자리 논갈이가 한창일 무렵이었다. 농사철이 시작되어 집집마다 일손이 바쁘기 마련이었지만, 이웃 간에 품앗이 일을 나다닐 만한 일솜씨가 못 되는 아버지는 어디 가서 쉬 못자리 일품꾼 한 사람 얻어 댈 수가 없었다.

아버지와 나는 서툰 대로 꼬박 사흘을 걸려서 우리끼리 못자리를 낼 수밖에 없었다. 그 일을 끝내고 나니 아버지는 거의 녹초가 되다시피 하였다. 한데 다음 날 아침— 지친 몸을 이끌고 다시 뒷산 밭을 오르시던 아버지가 어느 순간 느닷없이 깊은 탄성을 삼키고 계셨다.

"아, 그새 또……"

산밭 한쪽에 제 그림자까지 하얗게 밝히고 서있는 배꽃무리를 보시고서였다. 그 순백의 화영(花影)에 취해 아버지는 잠시 넋을 잃은 듯 손에 쥔 연장까지 떨어뜨리고 있었다.

하지만 알고 보니 그때 아버지가 그토록 넋을 잃고 바라보신 것은 그 눈앞의 배꽃만이 아니었다. 아버지는 거기서 그 지리산 줄기 고향 마을 집의 꽃을 겹쳐 보신 것이었다.

"나 집에 좀 다녀오마."

다름 아니라 아버지는 그날로 다시 그 고향 마을 나들이 길을 나서신 것이었다. 전해 가을의 첫나들이에 이어 두번째 걸음이 이어지신 것이었다.

알 수 없는 일이었다. 고향 집은 이미 물에 잠기고 없었다. 고향 마을과 고향 집의 흔적들은 그곳에 꽃피던 나무들과 함께 추

248

억까지 모두 차 옮겨져와 있었다.

아직도 그곳에 남아 있는 것이라곤 반 넘어 물속으로 잠겨들어 간 밤산과 그 위쪽 할아버지들의 무덤들뿐이었다. 그런데 아버지는 다시 그곳으로 무엇을 찾아 나서시는 것인가. 한데다 아버지는 이번에도 그 잃어버린 고향 집의 구석구석을 물속으로 내려가 살피고 오기라도 하신 듯 또 한밤 세세한 추억과 회고담에 밤이 깊은 줄을 모르셨을 정도였다.

— 그 배꽃…… 우리 집 울 너머로 흰 배꽃이 어우러지면 그때부터 온 동네에 봄기운이 익어 올랐지. 게다가 할아버진 가을에 감이 익는 것도 화초로 보시며 쉽게 손을 대려 하질 않으셨으니까……

하지만 다행스러운 것은 이번에도 아버지가 더 이상 별다른 변고가 없이 이틀 만에 무사히 길을 되짚어 돌아오신 것이었다.

그리고 그 하룻밤의 감회와 회고담으로 다시 일손을 서둘러 나서게 되신 일이었다.

아버지는 그렇게 고향 마을을 한차례 다녀오시고 나서는 다음 날부터 다시 힘있게 들일을 시작하신 것이었다. 이번에도 역시 그 고향 마을에서, 혹은 할아버지의 우람스런 삶의 터전에서 새 힘이라도 얻어 지녀오신 듯이.

그러니까 아버지에게 그런 식의 고향 나들이는 그때부터 이미 하나의 버릇이 되어가고 있던 모양이었다.

다시 가을이 되어서였다. 아버지는 이번에도 가을걷이를 끝내자마자 어느 날 또 훌쩍 그 고향 나들이 길을 떠나셨다.

"저 양반 거기 가서 대체 무얼 하고 돌아오시는지, 네가 한번 같이 따라가보고 왔으면 싶구나."

궁금해하시는 어머니의 권에 따라 이번에는 나까지 아버지와 동향을 해서였다.

나로서는 수몰 무렵 마을을 떠난 지 4년 만에 다시 가보는 고향 길인 셈이었다.

하지만 그새 고향 고을은 주변 풍정마저 옛 모습을 찾아보기 어려울 만큼 많이 변해 있었다. 마을은 수심 백 미터가 넘는 골짜기 물속으로 흔적도 없이 사라져 들어가고, 할아버지의 산소가 모셔진 뒷산 꼭대기께의 밤나무밭도 그새 아무도 돌볼 사람이 없어 보잘것없는 숲 덤불로 황폐해가고 있었다.

아버지 역시 그런 밤산에는 관심이 그리 오래 머물질 않았다. 밤산은 본 체 만 체 할아버지 할머니 산소에만 간단히 성묘를 끝내고 난 아버지는 나를 버리듯 그곳에 남겨둔 채 당신 혼자 작은 산비탈 하나를 돌아 넘어갔다. 그리고 그곳 골짜기 물가에 아직 오두막을 지키고 남아 있는 노인에게서 조그만 거룻배 한 척을 빌려 타고 나오셨다.

아버지는 당신 혼자 그 배를 저어 맑은 호숫물의 한 지점으로 나아갔다. 바로 마을이 가라앉아 들어가 있음 직한 자리였다. 아버지는 거기다 배를 세우고 낚시꾼처럼 그 오후 한나절을 그곳에서 보내셨다. 마치 그 물 아래로 가라앉아 들어간 옛날의 마을에서 살아 있는 추억이라도 낚아 올리려는 것처럼. 그렇게 한가하고 조그맣고 간절하고 하염없는 모습으로.

하지만 아버지는 오직 그뿐이었다. 그리고 그 오후 한나절 해가 설핏해지자 아버지는 비로소 깊은 꿈에서 깨어난 사람처럼 서둘러 다시 배를 저어 호수를 나오셨다.

"올해도 감이 참 보기 좋게 익었더구나."

밤늦게 갯머리로 돌아오는 차 속에서 아버지가 모처럼 입을 열어 내게 해온 말이었다.

아직도 어딘지 꿈을 덜 깨고 계신 것이 분명한 말투였다. 하더니 아버지는, 물속에 어떻게 아직 마을과 나무들이 남아 있을 수 있느냐는 나의 어쭙잖은 물음에 그런 나를 오히려 나무라듯이 한숨 섞인 어조로 덧붙여오시는 것이었다.

"그래, 넌 아마 보지도 듣지도 못할 게다…… 하지만 난 물밑으로 모든 걸 보고 들을 수가 있다. 마을에 봄이 오고 가을볕이 따갑게 여물어가는 것을. 너의 할아버지께서 주렁주렁 붉어가는 감나무 밑을 지나가시는 기침 소리나, 그 소리에 놀라 새 떼처럼 골목길을 우르르 쫓겨가는 동네 아이들의 함성 소리까지도……"

5

아버지는 다시 마음을 가라앉히고 그해 겨울을 조용히 넘기셨다.

그리고 이듬해 봄이 되어 배꽃이 필 무렵 아버지는 또 한 차례 그 이상스런 고향 마을 나들이를 다녀오셨다. 그처럼 그것이 아버지에겐 이제 정례적인 행사가 되어버린 것이었다.

그런데 끝내는 그 아버지에게 다시 예상치 못한 파탄이 찾아들고 말았다. 아버지가 그 고향 마을 나들이를 시작하신 지 3년, 그리고 우리가 이곳 갯머리 간척지 마을로 이주를 해온 지는 여섯 해째가 되던 해의 가을이었다.

추석에 뒤이은 가을걷이가 거의 다 끝나갈 무렵이었다. 윤씨성을 가진 마을 토박이 하나가 아버지에게 심히 엉뚱스런 흥정을 한 가지 걸어왔다. 윤씨네 아들 하나가 이해 봄 대처에서 농업학교를 졸업하고 돌아와 비육우 양축을 시작하고 있었다. 여름께부터 비육용 송아지를 다섯 마리나 들여와 노지 사육을 시험해오던 중이었다. 하지만 이젠 날씨가 추워오니 겨울을 나게 할 새 축사 마련이 시급하게 되었다. 대규모 양축을 꿈꾸는 윤씨네고 보니 마을 안에는 그런 규모의 축사를 들어앉힐 만한 빈터가 없었다.

축사 터를 이리저리 물색하던 윤씨네가 마침내는 우리 집 뒤켠 산밭을 지목하고 나섰다. 산밭이라곤 하지만 지세가 아늑하고 해받이가 좋아서 축사 자리로는 과연 안성맞춤이었다.

하지만 아버지는 물론 첫마디부터서 거절이었다. 남의 집 뒷마당에 집단 우사(牛舍)라니— 주위가 지저분해지고 냄새가 나는 것 따위는 둘째 문제였다. 뒷산 밭은 그새 아버지의 노력으로 꽤나 아담한 과원의 모습을 갖춰가고 있었다. 그곳을 우사터로 내놓아야 한다면 이제 겨우 제대로 열매를 맺기 시작한 나무들을 다른 곳으로 다시 파 옮겨야 하였다.

아버지에게는 무엇보다 그게 용납될 수가 없는 일이었다.

윤씨네는 몇 차례나 계속 흥정을 다그쳐왔다. 하다가 하루는 끝내 내켜 하지 않는 그 아버지를 마을 사람들이 나서서 윤씨네로 불러갔다. 그리고 아버지는 거기서 일방적으로 집 뒷산 밭의 노른자위 일부를 윤씨네 우사터로 넘기고 돌아왔다. 윤씨네를 위해 이미 입들이 모아진 듯 마을 사람들이 한결같이 아버지를 강요하다시피 해오더라는 것이었다.

"채전이라도 일궈 먹겠다고 그 산자락을 사자고 했을 때, 그러라고 곁에서들 말을 보태준 걸 잊어먹었느냐는 거여. 아무리 타지에서 떠들어왔기로 그때의 일을 생각한다면 땅을 더 긴하게 써야할 사람이 나선 마당에 나 몰라라 고개를 젓고 나서는 경우가 어디 있느냐구."

억울해하는 어머니에게 아버지가 자탄하듯 달래시던 소리였다.

"그것 참…… 그때 우리가 산 건 황무지 돌밭이었지만, 이젠 저렇듯 채전과 나무들이 어우러져가는데 이제 그걸 또 어디다 옮겨 심어?"

하고 보니 일은 거기까지로도 아직 끝이 날 수가 없었다.

사정이 그리 된 걸 보고 이미 짐작한 일이었지만, 아버지는 바로 다음 날 아침으로 윤씨네에게 떼어 넘기기로 한 그 뒷밭의 나무들을 자신의 손으로 모두 파 제껴버린 것이었다. 그리곤 그것들을 다시 남은 땅으로 옮겨 심을 생각도 하지 않고 그길로 훌쩍 집을 떠나가버리신 것이었다.

그렇게 다시 집을 떠나가신 아버지는 하루가 지나고 이틀이 지나고 한 장거리가 지나도록 소식이 없었다.

하지만 우리는 그 아버지 쪽은 크게 걱정을 하지 않았다. 어머니도 나도 아버지의 행선지를 알고 있었기 때문이었다. 이번 가을에도 이미 한 차례 다녀오신 일이 있었지만, 아버지는 지리산자락의 물밑 고향 마을을 찾아가신 것이었다. 그리고 그 골짜기 호수 물 위에 낚시꾼처럼 배를 띄우고 백 미터 물속 마을의 가을을 지키고 계실 것이었다. 주렁주렁 붉어가는 감나무 가지들의 손짓이 선하고, 골목길을 누비는 아이들의 함성과 할아버지의 기침소리에 귀가 젖고 있을 것이었다.

아버지보다는 뿌리가 파헤쳐진 나무들이 걱정이었다. 우리는 그 나무들부터 남은 산밭으로 정성껏 옮겨다 심었다.

한데 아버지는 어머니와 내가 그 옮겨 심은 나무들의 겨우살이 단속까지 모두 끝내놓고 나도 여전히 소식이 없었다.

나는 결국 그 지리산 줄기의 고향 마을 쪽으로 아버지를 찾아나서는 수밖에 없었다.

아버지는 역시 그곳 호수가 골짜기 노인네의 오두막에 함께 계셨다. 이번에는 진짜 낚시꾼처럼 노인과 함께 배를 타고 다니며 그 얻는 것 없는 허망스런 물질을 일삼고 계셨다.

하지만 아버지는 거기서 그런 식으로 계속 겨울을 나시겠다며,

"너 혼자 그냥 돌아가거라. 나무를 다시 옮겨 심었다니, 가서 겨울 동안 그거나 잘 돌보도록 하거라."

먼 길을 찾아간 내게 마지막으로 당신이 버리고 온 그 나무들에 대해 가느다란 희망 한마디를 남기셨을 뿐이었다.

"그래 혹시 내년 봄에 나무들이 다시 살아 싹을 내밀거든, 그때 그 소식이나 가져오도록 하거라."

할 수 없는 일이었다. 나는 그 아버지를 더 이상 채근하지 않았다.

나는 그길로 다시 갯머리로 돌아와 한겨울 내내 그 나무들만을 정성껏 보살폈다.

아버지에게는 이미 다른 방법이 없어 보였기 때문이었다. 아버지에게는 무엇보다 이 갯머리 땅에서 나무들이 계속 뿌리를 내리고, 꽃이 피어 열매를 맺는 것을 보여드리는 것 이외에 마음을 다시 옮겨오게 할 길이 없었기 때문이었다.

한데 그 나무들에 대한 나의 희망과 정성은 끝내 헛되지가 않았던 모양이었다.

이윽고 다시 이듬해 봄이 왔다. 그리고 어느덧 바다를 건너온 남녘의 훈풍이 산과 들녘에 부드러운 봄기운을 불어넣었을 때, 대지의 생명은 푸나무들의 줄기와 가지들을 빌려 그 싱그럽고 힘찬 숨결을 내뿜기 시작했다.

나무들은 고맙게도 그 새로 지은 시멘트 우사 위에서나마 딱딱한 둥치와 가지들마다에서 파란 봄기운을 피어 올리기 시작한 것이었다. 뿐더러 나도 머지않아서, 새 이주지의 봄바람과 되살아난 나무들의 꽃소식을 안고서 다시 한 번 아버지를 찾아나설 수가 있게 된 것이었다.

텍스트의 변모와 상호 관계

이윤옥
(문학평론가)

「닭쌈」

| **발표** | 『학원』 1958년 5월.
| **최초의 단행본 수록** | 『거인의 마을』, 문학과지성사, 2017.

「닭쌈」은 이청준이 고등학교 재학 중 쓴 작품으로 뒤에 『학원』 1978년 1월호에도 실렸다. 당시 선자(選者)는 이 글을 뽑은 이유를 이렇게 말했다. "이청준 군의 닭쌈은 서둘지 않고 차근차근 써 나간 솜씨가 훌륭했다. 닭쌈을 하는 장면 묘사도 잘 되어 있고, 거기에 대한 감정 같은 것도 잘 나타났다." 「그 가을의 내력」(1973)은 닭이 개로 바뀌고 이야기와 인물이 다소 변형됐지만 「닭쌈」을 원형으로 한 소설이다.

「진달래꽃」

| **발표** | 『일고문예』 제2집, 1958년.
| **최초의 단행본 수록** | 『거인의 마을』, 문학과지성사, 2017.

「진달래꽃」은 이청준이 고등학교 1학년 때 발표한 작품으로, 광주일고 문예상 산문 부문 1등 수상작이다. 진달래꽃의 다른 이름은 두견화(杜鵑花)이다. 두견화는, 뻐꾸기가 진달래 필 무렵 한나절씩 울어 목에서 피를 토해내고, 그 피로 꽃을 붉게 물들여 따먹고 다시 울어 피를 토한다는 설화에서 나온 이름이다. 이 두견화 설화가 「석화촌」(1968)에서 인상적으로 재현된다.

「여선생」

| **발표** | 『지방행정』, 1969년 7월~1969년 8월.
| **최초의 단행본 수록** | 『거인의 마을』, 문학과지성사, 2017.

「여선생」은 '여선생'의 실명이 그대로 쓰였을 만큼 자전적 요소가 많은 소설이다. 전정자 선생은 『흰옷』은 물론 「돌아온 풍금소리」「빛과 사슬」 등 일일이 예로 들기 어려울 정도로 많은 작품에 '전영옥' '전정옥' 등의 이름으로 등장한다.

'여선생'의 특징은 향기와 노래인데, 이청준의 소설에서 이상에 가까운 여인들이 공통적으로 가진 요소라 할 수 있다. '여선생'을 놀라게 한 교탁 위 오물 사건은 「키 작은 자유인」과 「기로수 씨의 마지막 심술」에도 나온다.

「바람의 잠자리」

| **발표** | 『여원』, 1969년 10월.
| **최초의 단행본 수록** | 『거인의 마을』, 문학과지성사, 2017.

「바람의 잠자리」는 작가가 당시 재직 중이던 잡지사에서 발행하던 월간지에 발표됐다. 이 소설이 단행본에 실리지 않은 정확한 이유는 알 수 없지만, 『신흥 귀족 이야기』(원제 『이제 우리들의 잔을』)에 그 내용이 거의 그대로 들어 있다. 또한 「금지곡 시대」에는 은일 어머니처럼 기묘한 낮잠 버릇을 가진 인물이 나오고, '은일'은 「우정」 등 다른 작품에도 등장한다.

「거인의 마을」

| **발표** | 『농민문화』, 1970년 10월~1971년 3월.
| **최초의 단행본 수록** | 『거인의 마을』, 문학과지성사, 2017.

「거인의 마을」은 『농민문화』에 6개월 동안 연재된 작품이다. 이청준은 본문뿐 아니라 연재 끝에 덧붙인 글 「「거인의 마을」을 끝내고 나서」에서 간척사업이 무엇인지에 대해 말한다. 그의 많은 작품에 반복해서 나오는 간척사업은 단지 바다를 막는 일에 그치지 않는다. 어떤 사람들은 수평선을 '꿈과 동화의 나라로 넘어가는 아름다운 길목처럼 생각하고, 또 어떤 사람들은 그것을 죽음과 고난이 기다리는 마의 계단쯤으로 생각한다'. 작가가 생각하기에, 소설에 관한 한 이 수평선 이야기는 바로 우리나라 농촌의 정체와 비슷하다. 그는 농촌의 진짜 모습을 밝혀내고 싶었다. 달이를 통해 이청준이 본 것은 가난과 죽음의 그림자였다. 사는 게 죽는 것보다 더 무섭게 만드는 것이 바로 가난인데, 간척사업은 '가난'을 쫓는 일이다. 사람들은 가난을 쫓기 위해 바다에서 땅을 빼앗는 싸움을 시작한다. 그리고 그들이 바다에서 땅을 뺏는 마지막 순간에, 사무친 가난을 장사 지내는 행사로 절강제 같은 끔찍스런 희생 제의를

감수한다. 이청준은 「해공의 질주」와 수필 「가난과 가난의 소설」 등에서도 '가난'에 대해 언급했다. 가난을 알지 못하면서 가난을 깊이 이해하는 것처럼 행동하는 사람들은 남의 가난을 팔아먹고 사는 '가난의 장사치들'이다. 가난을 구체적 삶으로 체험한 사람들에게 가난은 그처럼 함부로 이야기할 수도 팔 수도 없는 것이다.

간척사업과 희생제물, 제방 둑이 무너지는 일화들은 「바닷가 사람들」을 시작으로 『침몰선』 『당신들의 천국』 『제3의 현장』 『자유의 문』 『사랑을 앓는 철새들』 등으로 이어진다. 「여름의 추상」에는 인부들이 방죽을 쌓는 울력판에서 산 채로 묻을 아이를 기다리는 일화가 있고, 『당신들의 천국』의 조백헌 원장은 생성이 정지된 삶을 이어가는 나환자 집단을 일으켜 세워 간척사업에 매진하지만 자연과 하늘, 인간과 그 인간들의 제도, 풍속에 모두 배반당한다. 『제3의 현장』에서 전도사 역시 철거민 집단을 격려하며 간척사업을 이끌지만 자연과 사람에게 여러 번 배반당한다. 두 장편소설 속의 간척사업, 태풍, 사람을 제물로 바치기 등의 묘사는 「거인의 마을」 속 그것과 매우 닮았다.

'달이'는 「바닷가 사람들」에서는 수평선을 넘어가 돌아오지 않는 형(「거인의 마을」의 '별이')의 이름이다.

「우정」

| **발표** | 『여성동아』 1972년 7월.
| **최초의 단행본 수록** | 『거인의 마을』, 문학과지성사, 2017.

「우정」의 소재는 『씌어지지 않은 자서전』과 많이 겹친다. 함께 다니는 두 여대생, 다방에 있는 낙서집으로 대화하기, 옷 바꿔 입기. 「우정」의 이은일(하늘색 원피스)과 지선희(초콜릿 색 점퍼스커트)는 『씌어지지 않

은 자서전』의 이윤선(물색 원피스)과 현수미(빨간 미니스커트)처럼 옷을
바꿔 입을 뿐 아니라, 한 걸음 더 나아가 이름까지 바꾼다. 이은일과 이
윤선은 하늘색(물색) 원피스의 원래 주인이라는 점에서 같은 유형의 사
람이라 할 수 있다. '은일'과 '선희'는 다른 작품에서도 볼 수 있는 이름
으로, 은일은 「바람의 잠자리」『낮은 데로 임하소서』에, 선희는 「가학성
훈련」『이제 우리들의 잔을』「다시 태어나는 말」에 나온다. 특히 『이제
우리들의 잔을』에는 「우정」의 여대생과 성(姓)까지 같은 여대생 지선희
가 있다.

「제3의 신」

| 발표 | 『현대문학』 1982년 8월.
| 최초의 단행본 수록 | 『비화밀교』, 나남, 1985.

「제3의 신」은 이청준이 남긴 유일한 희곡이다. 이 희곡은 베트남 난민
들의 해상 탈출극이 한창이던 때, 외딴 섬에서 일어난 사건을 다루고 있
는데, 본문에 나오는 난민의 참상을 적나라하게 보여주는 혈서가 「시간
의 문」에 그대로 인용된다. 「꽃과 소리」「변사와 연극」은 희곡은 아니지
만, 소설 속에 연극이 들어 있는 작품이다.

「훈풍」

＊ 발표 및 최초의 단행본 수록 기록 불명.